HEYNE <

Das Buch

Jean-Paul, der Freund von Alix, ist mit seiner vollbusigen blonden Kollegin zu einer Forschungsreise nach Amerika aufgebrochen. Ein Vierteljahr ohne Liebe, aber mit viel Eifersucht liegt vor Alix. Weil sie an Jean-Pauls Treue zweifelt, nimmt sie einen Job bei einer Treue-Test-Agentur als Flirtagentin und Lockvogel an. Sie will wissen, ob Männer überhaupt treu sein können oder jeder Versuchung sofort erliegen. Kritisch wird die Lage, als sie ausgerechnet auf Professor Kiesling, bei dem sie ihr Vordiplom machen möchte, als Lockvogel angesetzt wird. Justin bietet seine Hilfe an und auch der smarte Kommilitone Neville, aber können sie gegen Kieslings Charme und Champagner ankommen? Wie standhaft ist Alix?, fragen sich ihre Freundinnen Melli und Paula. Und ist Treue wirklich nur ein leeres Wort?

Die Autorinnen

Bianka Minte-König, gebürtige Berlinerin, ist promovierte Literatur- und Medienwissenschaftlerin und lehrt seit 1980 als Professorin an der Fachhochschule Braunschweig. Sie ist Autorin der Bestsellerreihe »Freche Mädchen – Freche Bücher«. Ihre Romane wurden in 21 Sprachen übersetzt, als Hörbücher vertont und verfilmt.

Gwyneth Minte, Jahrgang 1983, studierte nach dem Abitur zunächst Jura in Potsdam. Sie sammelte Erfahrungen bei Theater, Film und Rundfunk und arbeitet als Hörbuchsprecherin. Zurzeit studiert sie Schauspiel in Köln.

Weitere Informationen über die Autorinnen und ihre Bücher unter www.biankaminte-koenig.de

Lieferbare Titel

Liebe? Aber klar doch!
Liebe? Immer wieder!
Liebe? Jetzt sofort?!

Bianka Minte-König
& Gwyneth Minte

Liebe?
Nur mit dir!

Roman

Wilhelm Heyne Verlag
München

FSC
Mix
Produktgruppe aus vorbildlich bewirtschafteten Wäldern und anderen kontrollierten Herkünften

Zert.-Nr. SGS-COC-1940
www.fsc.org
© 1996 Forest Stewardship Council

Verlagsgruppe Random House
FSC-DEU-0100
Das für dieses Buch verwendete
FSC-zertifizierte Papier *Holmen Book Cream*
liefert Holmen Paper, Hallstavik, Schweden.

Originalausgabe 04/2008

Printed in Germany 2008
Redaktion: Christiane Wirtz
Umschlaggestaltung: init.Büro für Gestaltung, Bielefeld
Satz: KompetenzCenter, Mönchengladbach
Druck und Bindung: GGP Media GmbH, Pößneck
ISBN: 978-3-453-40541-7

www.heyne.de

♡ ♡ ♡

Liebe wird durch Leid erst schön! Ach ja?

Sie saß auf *seinem* Sofa und zwar auf *meinem* Platz! Sie trug ein Kostüm mit kurzem Rock, hatte einen topmodischen Kurzhaarschnitt und war in einem für Jean-Paul gefährlich passenden Alter. Sofort heulte meine innere Alarmanlage los und sprang auf Rot. Ihre langen, gut geformten Beine waren lässig übereinandergeschlagen, und sie führte gerade die Teetasse zum Mund, als ich vor Jean-Paul sein Wohnzimmer betrat. Ich fuhr herum und prallte gegen seine Brust.

»Wer ist das?!«, zischte ich ihn an. »Warum sagst du mir nicht, dass du Besuch hast?«

Er schob mich in den Raum, wo die Fremde mit einem Ich-verschlinge-gleich-deinen-Typ-Blick gerade ihre Teetasse auf dem Couchtisch abstellte.

»Sage ich dir ja.«

Jean-Paul deutete mit einer weit ausholenden Geste seines Armes zur Couch hinüber. »Das ist Amy, eine Kollegin aus den USA.«

Ich schluckte meinen aufkeimenden Ärger schnell herunter. Eine Kollegin aus den USA war ja nicht wirklich schlimm. War es aber doch!

»Sie ist gekommen, um mich zur Teilnahme an einer Grabung in Montana in die USA einzuladen ...«

»Eine Einladung, die du natürlich nicht annehmen kannst«, fiel ich ihm sofort ins Wort. Das ging ja gar nicht. Langhalsige Dinosaurierskelette konnte er gerne ausgraben, aber nicht zusammen mit langbeinigen, platinblonden und vollbusigen Amerikanerinnen! »Äh, ich meine, dazu lässt dir doch deine Doktorarbeit gar keine Zeit ...«

Das sah Jean-Paul leider anders.

»Doch, Alix, doch! Das Großartige ist ja, dass ich in der Nähe des Gebietes graben kann, wo das erste Skelett eines Corythosaurus entdeckt wurde, die Saurierart, über die ich promoviere.«

Na toll! »Aber ... das ... das ist doch viel zu teuer ...«, warf ich verzweifelt ein, denn mir schwante bereits Schreckliches.

Nun mischte sich auch noch diese Amy ein: »No, dear, it isn't, 'cause Jean-Paul will get an invitation from the Foundation, so he will have no cost to pay at his own. Er muss nicht bezahlen, you understand?«

Jahaaa, ich verstand. Ich verstand sogar sehr gut. Jean-Paul, die ultimative Liebe meines Lebens, würde mit einer außerordentlich attraktiven Frau irgendwo im Nordwesten Amerikas seine Lieblingstierchen ausbuddeln, während ich hier den Blues schob und vor Eifersucht verging. Aber es machte auch keinen Sinn, ihm das Ganze auszureden, denn dann würde er mir vermutlich ein Leben lang Vorhaltungen machen, dass ich ihm diese Chance vermasselt hatte. Hm.

Mein innerer Coach sah das ähnlich. *Da musst du ihn wohl gehen lassen*, sagte er. *Der Beruf eines Mannes ist ihm mindestens so wichtig wie eine gute Beziehung.*

Ach nee! Aber wo er recht hatte, hatte er recht. Und im Grunde musste ich mich ja auch nicht grämen. Jean-Paul und ich waren ein geniales Paar, und daran würde sich auch nichts ändern, wenn er ein paar Wochen in Amerika verbrachte.

»Es ist ja nur für ein Vierteljahr«, sagte Jean-Paul, und mir fiel fast der Unterkiefer runter.

»Ein … ein … Vierteljahr?«, stammelte ich entsetzt. Das war ja ein halbes Leben! Also zumindest ein halbes Beziehungsleben, wenn man die Beziehung von Jean-Paul und mir betrachtete. Viel länger als ein halbes Jahr kannten wir uns nämlich noch gar nicht. Und wenn er nun ein Vierteljahr nach Amerika ging, dann … dann war das … Ja, was war es eigentlich? Auf jeden Fall unfair! Ich hatte mich schließlich unter ganz anderen Voraussetzungen auf eine Beziehung mit ihm eingelassen.

So?, fragte mein innerer Coach mal wieder mit leicht süffisantem Unterton. *Darf man wissen, unter welchen?*

Na ja, zumindest hatte die Tatsache, dass er im gleichen Haus und in der Wohnung unter meiner WG lebte, jeden Morgen brav in sein Museum ging und jeden Nachmittag zur gleichen Zeit wieder nach Hause kam, nicht unwesentlich zu meiner Entscheidung beigetragen. So ein gewisses Maß an Verlässlichkeit tat einer Beziehung nämlich unglaublich gut. Das wusste man ja von dem kleinen Prinzen und dem Fuchs. Genau wie das Füchslein freute ich mich immer schon einige Minuten vorher auf Jean-Pauls Heimkehr und setzte das Teewasser so auf, dass es sprudelte, wenn er die Haustür unten aufschloss und Frau Waschkowski in schöner Regelmäßigkeit durchs

Treppenhaus rief: »Stellen Sie doch nicht immer Ihr Fahrrad im Flur ab! Das ist laut Hausordnung verboten!«

Er tat es trotzdem. Und wenn er an Frau Waschkowskis Etage vorbeikam, sagte er mit immer gleichbleibender Freundlichkeit, die ich an ihm komplett bewunderte: »Ich weiß, Frau Waschkowski, aber solange es keinen Fahrradkeller in diesem Haus gibt, werden Sie damit leben müssen.«

Dann machte er sich schnell frisch, und wir tranken bei ihm oder bei mir den frisch aufgebrühten Tee, und danach ... Ach, mein Gott, es ging doch nicht, dass er einfach mir nichts, dir nichts aus meinem so gut geregelten Liebesleben verschwand!

»Das ... das geht nicht!«, stieß ich hervor. »Das geht ganz und gar nicht!«

Ich war wohl etwas laut geworden, denn sowohl Jean-Paul als auch diese amerikanische Abwerberin schauten mich peinlich berührt an.

»Was meinst du mit ›Das geht nicht‹?«, fragte Jean-Paul schließlich, und man merkte ihm an, dass er nicht im Mindesten damit gerechnet hatte, dass ich bei einer in seinen Augen vermutlich ausschließlich ihn betreffenden beruflichen Angelegenheit auch ein Wörtchen mitreden wollte.

Hm, seine Frage war mir nun aber doch etwas peinlich. Nicht weil ich keine Antwort darauf wusste, nein, ich wusste jede Menge Antworten. Nämlich genauso viele, wie es Gründe gab, ihm diese Schwachsinnsidee, in Amerika nach Sauriern zu buddeln, auszureden. Aber die konnte ich ihm natürlich nicht im Beisein dieser blonden Sexbombe aufzählen. Das musste ihm doch auch klar sein. Wie unsensibel war denn das, mich so auflaufen zu lassen!? Ich wurde wütend. War ihm unsere Beziehung etwa so unwichtig? Wenn man mir solch ein Angebot gemacht hätte, dann …

Mein innerer Coach kicherte und sagte ironisch: *Dann hättest du natürlich sofort abgelehnt. Nein, vielen Dank, ich habe die Liebe meines Lebens gefunden, an eine Karriere denke ich nicht mehr. Ich mache nur noch schnell mein Examen, und dann sind erst mal Kinder und Küche angesagt. Man muss ja schließlich die Bemühungen der Familienministerin anerkennen.*

»Blödkopf!«, rutschte es mir heraus, und Jean-Paul und die amerikanische Sirene starrten mich perplex an.

»Das ist kein wirklich überzeugendes Argument«, sagte Jean-Paul und versuchte meinen Ausrutscher durch diesen Scherz etwas auszubügeln.

Wenigstens begriff diese Amy schneller als er, dass sie mit ihrem Angebot eine Bombe, oder doch zumindest eine Handgranate, zwischen uns geworfen hatte.

»Thank you for tea«, sagte sie und erhob sich. »You discuss this with your girl friend and then you contact me at the Courtyard. Rufen Sie mich an, Jean-Paul. Ich stehe bis tuesday dort. I'll look eagerly forward to your decision, so don't hesitate … Zögern Sie nicht, mich … immediately … zu informieren über Ihre Entscheidung …«

Jean-Paul stand ebenfalls auf und begleitete sie zur Tür. Mich würdigte sie keines Blickes mehr. Schnepfe! Die würde meinen Jean-Paul nicht kriegen, und wenn ich wie eine Löwin kämpfen musste!

Spar dir die Energie, sagte mein innerer Coach. *Wer sagt denn, dass sie überhaupt Interesse an ihm als Mann hat?*

»Natürlich hat sie!«, fauchte ich zurück.

Jeder, der Jean-Paul kennenlernte, entwickelte zwangsläufig Interesse an ihm. Seine Aura war irgendwie ... ja ... charismatisch. Jean-Paul hatte die blauesten Augen des Universums und blickte damit so tief in mich hinein, dass ich mich fühlte, als könnte er mir bis in die Gebärmutter schauen.

Aber lassen wir das. Es war ja nicht wirklich etwas darin zu finden. Und das war auch gut so! Kinder passten zwar ins Konzept der Familienministerin, aber nicht in meins. Was nicht hieß, dass nicht später, zu gegebener Zeit eben, auch mal an ein Kind gedacht werden durfte. Eines von Jean-Paul stellte ich mir direkt süß vor. Aber nicht jetzt! Ich riss mich am Riemen. Ziemlich unpassende Gedanken in diesem Moment, in dem Jean-Paul so brutal von mir gerissen wurde.

Nun werd aber nicht melodramatisch, mahnte mein innerer Coach.

Werde ich ja gar nicht! Aber wenn überhaupt, so wäre Jean-Paul der Mann, von dem ich mir vorstellen könnte, ein Kind zu bekommen.

Sag mal, leidest du an Gehirnerweichung? Wie wäre es erst mal mit dem Vordiplom und dann dem Examen und einem guten Job und ...

Ich fiel ihm ins Wort. »Jaaaaa, ist gut!«

Keine Kinder! Es gibt ja auch demnächst keinen Jean-Paul mehr – jedenfalls nicht in meinem Bett.

Gott, wie ich den Gedanken hasste, dass diese blonde Ami-Tussi meinen Freund einfach nach Übersee entführte und ich nichts, aber auch gar nichts, dagegen tun konnte.

Als Jean-Paul zurückkam, sah er mich irritiert und fragend zugleich an. »Was sollte das denn eben? Die Frau kommt von einer angesehenen amerikanischen Stiftung, sie verdient allen Respekt und nicht so ein blamables pubertäres Gehabe!«

Ich ging hoch wie eine Rakete. »Pubertäres Gehabe?«

Das war ja vielleicht witzig! Was erwartete er denn? Dass ich auch noch Beifall klatschte?

Ja, genau, sagte mein innerer Coach. *Sie bietet ihm schließlich eine großartige Chance, die seine Doktorarbeit garantiert mächtig aufwerten würde.*

Na und! Eine Doktorarbeit war schließlich nicht alles im Leben!

Nein, vermutlich nicht, aber sie bedeutete doch eine ganze Menge. Und für Jean-Paul war sie zumindest genauso wichtig wie unsere Beziehung. Das hieß, dass er zwischen beidem eigentlich gar keine Konkurrenz sah. Typisch Mann eben!

»Schau mal«, sagte er und zog mich zu sich aufs Sofa, genau auf den Platz, wo eben noch diese Amy gesessen hatte. »Das hat doch mit uns gar nichts zu tun. Drei Monate werden wie im Fluge vergehen, und dann bin ich wieder da und alles läuft weiter wie bisher. Perfekt!«

Aha, dachte ich, so sah er das. Und was sollte ich in den drei Monaten machen, in denen er sich mit Amy und seinen Saurierknöchelchen vergnügte?

»Dein Vordiplom«, schlug er vor. »Dafür musst du doch auch jede Menge tun. Du wirst gar nicht merken, dass ich weg bin.«

Wie konnte er so etwas sagen? Natürlich würde ich merken, dass er weg war! Ich würde alleine in meinem Bett liegen, keinen Arm um mich spüren und drei Monate keinen Sex haben ... Was für eine grauenhafte Vorstellung!

♡ ♡ ♡

»Ich werde mich wie amputiert fühlen«, stöhnte ich in die Runde meiner Freundinnen. Paula und Melli, die mit mir in der Wohndiele unserer WG hockten, schauten mich mitleidig an und suchten vergeblich nach aufmunternden Worten.

Paula war Theaterfriseurin am Staatstheater, und Melli studierte seit einer kleinen Ewigkeit freie Malerei. Sie war Meisterschülerin bei Professor Geschwindner, einem hoch gehandelten Malgenie mit Hauptwohnsitz in New York – Penthouse über Manhattan. Vermutlich lag es daran, dass er nur hin und wieder mal zu einem Workshop einflog, dass Melli ihr Studium immer noch nicht abgeschlossen hatte. In letzter Zeit verkaufte sie wenigstens ab und zu mal eins ihrer Werke, aber da sie von niemandem Unterstützung bekam, nagte sie gelegentlich echt am Hungertuch. Paula ging es in der Hinsicht besser, denn durch den Job am Theater hatte sie ein regelmäßiges Einkommen. Mir ging es eher wie Melli, aber im Gegensatz zu ihr bekam ich jeden Monat von meinen Eltern einen Scheck fürs Überlebensnotwendige spendiert, wie Mietzuschuss, Bücher und die wesentlichsten Grundnahrungsmittel: Nudeln, Ketchup und Kaffee.

Aber das war alles nicht so schlimm, denn Melli

und ich verdienten durch unsere Nebenjobs immerhin so viel hinzu, dass wir die Miete für unsere wirklich tolle WG-Wohnung bezahlen konnten, welche nur eine Etage über dem Apartment von Jean-Paul lag. Ein, wie schon erwähnt, äußerst glücklicher Umstand, der maximale Nähe und gleichzeitig maximale Unabhängigkeit erlaubte. Erlaubt hatte! Zumindest mit der Nähe war es jetzt vorbei. Ich seufzte, weil mir bei dem Gedanken graute, dass Jean-Pauls Wohnung bald leer stehen würde.

»Er kommt ja wieder«, sagte Paula schließlich, und Melli meinte: »Aus den Augen heißt ja nicht gleich aus dem Sinn.«

Die war ja spaßig. »Und wenn doch? Wenn er eines Morgens aufwacht und nicht mehr weiß, wie ich aussehe? Wenn er mich einfach komplett vergisst, weil sich dieses blonde Gift in seinem Gehirn breitmacht?«

»Man weiß doch, wie das ist, wenn ein Mann und eine Frau irgendwo in der Wüste hocken mit nichts als sich und ein paar Saurierknochen …«

»Wer sagt denn, dass die alleine in der Wüste hocken?«, warf Melli ein. »So eine Grabung ist doch relativ aufwendig heutzutage, da sind doch Dutzende von Wissenschaftlern und Hilfskräften beteiligt.«

Na und?, dachte ich, aber sie ist auch da, und sie hat diesen männermordenden Blick. Aber das behielt ich für mich, weil es doch zu albern klang.

»Also kann ich gar nichts dagegen tun«, zog ich schließlich einen Schlussstrich unter diese unergiebige Beratung.

Paula, unsere Hobby-Psychologin, versuchte es noch mal kurz nach der bewährten Methode von Frau

Kallwass und fragte nach dem Motiv meiner übertriebenen Eifersucht. »Hast du denn irgendeinen triftigen Grund, anzunehmen, dass Jean-Paul in Amerika mit dieser Amy fremdgehen wird?«

Nein, hatte ich natürlich nicht. Außer meiner notorischen Eifersucht gab es wirklich nichts, was diese Befürchtung rechtfertigte. Irrational. Völlig irrational. Besonders weil Jean-Paul wirklich kein Aufreißertyp war und sich genau wie ich in unserer Beziehung sichtlich wohlfühlte.

»Schau mal«, sagte Paula. »Manchmal kann es ganz gut für eine Beziehung sein, wenn man für eine Weile getrennt ist. Jeder kann dann noch einmal überprüfen, ob diese feste Bindung wirklich das Richtige ist. Denk an Thomas und mich ...«

Ich jaulte auf. Das war ja nun alles andere als beruhigend, denn schließlich hatte Paula sich nach dieser Überprüfung, wie sie es nannte, von Thomas getrennt. Und das nach fünf Jahren eheähnlicher Beziehung!

Daher sagte ich ziemlich verstört: »Ich will aber nicht, dass Jean-Paul das überprüft! Schon gar nicht in Amerika. Was ist, wenn er plötzlich das Gefühl hat, dass er sich *nicht* wohlfühlt, dass ihn eine Beziehung unnötig einengt, dass es viele schöne Blumen am Wegesrand gibt, die gepflückt werden wollen?«

Melli starrte mich angesichts dieser wahrhaft blumigen Rede reichlich perplex an. Dann holte sie tief Luft, um mir die bittere Wahrheit geradeheraus, wie es ihre Art war, ins Gesicht zu sagen: »Alix, er wird nach Amerika gehen, ob es dir passt oder nicht, und du wirst daran nichts ändern können. Du tätest gut daran, ihn zu unterstützen und alles zu tun, damit er dich in bester Erinnerung behält.«

»Stimmt«, meinte auch Paula. »Kein Mann hat gerne ein schlechtes Gewissen. Wenn Jean-Paul sich beim Gedanken an dich immer irgendwie schuldig fühlen muss, wird er den Gedanken lieber ganz vermeiden. Das kannst du doch nicht wollen, oder?«

Himmel! Diese Beziehungspragmatiker! Konnte eine Frau nicht einfach mal eifersüchtig sein, Abschiedsschmerz empfinden und sich die Augen rot weinen, weil ihr Freund für drei lange Monate einfach aus ihrem Leben verschwinden wird? Musste ich ihn wirklich mit einem falschen Lächeln im Gesicht zum Airport begleiten und so tun, als freute ich mich schier weg, weil er mit einer vollbusigen Blondine davonflog?

»Nicht weil er aus deinem Leben verschwindet. Sondern weil er so eine tolle Chance gekriegt hat. Weil sein beruflicher Stern aufgehen und bald heller und heller strahlen wird.«

»Hör auf, Paula!«, stöhnte ich. »Ich werde es so machen, wie ihr sagt, aber wenn ich diese drei Monate überleben soll, müsst ihr euch ganz doll um mich kümmern und …«

»… ich werde dich etwas intensiver bekochen!«

Ich fuhr herum. In der Küchentür stand Justin, unser einziger männlicher Mitbewohner, Schauspieler am Staatstheater und Hobbykoch, und grinste mich freundlich an.

»Ich habe da so ein ganz spezielles Spargelrezept gegen Liebeskummer …«

»Stopp, stopp!«, rief ich leicht panisch bei so viel Fürsorge und bereute es schon, dass ich eben noch um Beistand und moralische Unterstützung gebettelt hatte. »Von kulinarischer Unterstützung hatte ich eigentlich nicht gesprochen«, sagte ich und lehnte damit Justins Angebot sogleich ab. Der Typ war mir ja sympathisch, und er kochte auch gut, aber in meinem Liebesleben hatte er ganz und gar nichts verloren. Weder als Mann noch als Koch und schon gar nicht mit so unanständigem Gemüse!

... die ganze Welt ist wie verhext, Veronika, der Spargel wächst ... Nee!

Mein Kummer über Jean-Pauls Abreise nach Amerika ging ihn nun wirklich nichts an.

Das fand Melli, die ihn ohnehin gefressen hatte und in einem Dauerclinch mit ihm lag, offenbar auch, denn sie fauchte ziemlich krass in seine Richtung: »Misch dich nicht immer in Dinge ein, die dich nichts angehen, Justin! Im Übrigen gibt es Krisen im Leben, die sich nicht einfach wegkochen lassen. Behalt deinen Spargel also mal schön in der Hose.«

Auch wenn ich das nun etwas hart fand, konnte ich mir ein Kichern nicht verkneifen. Paula auch nicht, und selbst Justin hatte sein listiges Johnny-Depp-Grinsen im Gesicht, als er sich schlich. Was Melli anging, war er offenbar inzwischen einigermaßen abgeklärt.

»Künstler haben eh alle einen Sockenschuss«, meinte er mal und schloss sich darin wie selbstverständlich ein. Kein Wunder, dass er eine gewisse Seelenverwandtschaft mit ihr empfand.

»Kopf hoch!«, ermunterte mich Melli, ehe sie wieder in ihr Atelier zurückging, um an einem ihrer Bilder weiterzumalen. »So eine kleine Beziehungsauszeit kann doch auch ganz lustig sein. Du siehst, es gibt Männer, die nur darauf warten, dass dein Typ abreist, um dir ein unmoralisches Angebot machen zu können.«

Ach, du Schreck! So hatte ich das ja noch gar nicht gesehen.

»Meinst du echt?«

Melli grinste. »Aber klar doch! Und nicht jeder versteckt es in einer kulinarischen Verpackung.«

»Du willst doch nicht sagen, dass Justin …?«

Sie zuckte grinsend die Schultern. »Ein Mann ist ein Mann ist ein Mann …«

♡ ♡ ♡

Ein Mann ist ein Mann ist ein Mann …

Für den Rest des Abends ging mir Mellis Spruch nicht mehr aus dem Sinn, denn was für Justin und alle anderen Männer galt, das galt ja vermutlich auch für Jean-Paul.

Äußerst beunruhigend!

Mir fiel plötzlich überhaupt kein Grund mehr ein, warum Jean-Paul nicht mit dieser Amy fremdgehen sollte. Ein Kerl wie er, um die dreißig, der in Saft und Kraft stand und nach Mellis Meinung wie jeder Mann hauptsächlich triebgesteuert war, der hatte ja fast schon gar keine andere Möglichkeit. Warum sollte er es sich in der Fremde selber machen und an mich denken, wenn ihn diese Amy sehr viel komfortabler bedienen würde!

Jetzt jaulte mein innerer Coach aber gehörig auf. *Was hast du eigentlich für eine Meinung von anderen Frauen?*

Keine allzu gute, musste ich zugeben. Besonders

dann nicht, wenn sie meinem Freund zu nahe kamen und so gut aussahen wie diese Amy.

Nicht jede Frau betrachtet Männer ausschließlich als Naschobjekte, und es soll auch treue Männer geben!

Tja, sollte es. Und ich würde was darum geben, wenn mir jemand verraten würde, wie man sich so einen treuen Mann backen konnte. Ich war nicht halb so hübsch wie diese Amy, eher dürr statt proper und vollbusig und hatte noch nicht einmal das Vordiplom in meinem medienwissenschaftlichen Studiengang, während sie wissenschaftliche Mitarbeiterin bei einer angesehenen Stiftung war. Einer paläontologischen Stiftung, was bedeutete, dass sie zu allem Unglück auch noch etwas von Jean-Pauls Fachgebiet verstand. Weit mehr als ich, die ich mir lediglich ein paar armselige Fakten über den Corythosaurus in der Unibibliothek angelesen hatte, um Jean-Paul damit zu imponieren. Was dann nicht einmal geklappt hatte, weil ich in der mir eigenen spontanen Art erst mal ein von ihm mühsam errichtetes Sauriergerippe zum Einsturz gebracht hatte, statt ihm einfach nur mein Wissen zu präsentieren. Schwamm drüber! Das war eine wirklich unrühmliche Geschichte.

Obwohl ... Ohne dieses einstürzende Saurierskelett hätten wir auch nicht unter seinem Brustkorb begraben werden können und wären uns nicht so nahe gekommen. Sein Körper auf meinem ... Ach, Gott, war das toll gewesen. Echt nachhaltig! Aber würde die Erinnerung an dieses ultimative Erlebnis ausreichen, um Jean-Paul gegen Amy zu immunisieren? Vermutlich würde bei ihm nun genau das gegenteilige Gefühl hervorgerufen werden, nämlich Erleichterung darüber, dass er bei den Grabungen eine Fachfrau an seiner Seite hatte, die nicht durch ihre Ungeschicklichkeit seine mühsam freigelegten Saurierskelette zertrampelte, durcheinanderbrachte oder sonst irgendwie demolierte.

Was für ein deprimierender Gedanke! Gab es denn wirklich keinen einzigen Grund, warum er mir treu bleiben sollte?

Natürlich gibt es den, meinte mein innerer Coach mit besänftigender Stimme. *Ich verstehe deinen Pessimismus gar nicht. Wenn er dich liebt, bleibt er dir auch treu!*

Ja, dachte ich, *wenn* er mich liebt. Aber liebt er mich denn?

Bisher war mir diese Frage eher zweitrangig erschienen. Solange wir so guten Sex hatten, wie es zweifellos der Fall war, und zwar regelmäßig, war die Antwort ja auch wirklich relativ unwichtig. Was aber würde geschehen, wenn wir diesen Sex nicht mehr haben konnten, weil uns ein grausames Schicksal in Form einer bösen blonden Hexe auseinanderriss? War dann noch etwas anderes zwischen uns, was begründete, dass wir uns in der Zeit unserer Trennung treu blieben?

Wie blöd war denn das? Da war ich fast ein halbes Jahr mit diesem Typ zusammen und hatte es bis heute nicht geschafft, ihn zu fragen, ob er mich liebte?!

Erst hatte ich Angst, dass er sich durch eine solche Frage irgendwie bedrängt fühlen würde, und ich wollte ihm keinen unnötigen Stress machen. Dabei war es irgendwie geblieben, und ich hatte einfach angenommen, dass er mich liebte. Aber wenn ich wirklich ehrlich zu mir war, dann hatte er es nie gesagt. Gott, war das furchtbar!

Ich grübelte die ganze Nacht herum, stand schließlich völlig deprimiert auf und schlich zum Kühlschrank. Frustfressen! Aber auf meiner Ablage lag nur noch etwas vertrocknete Salami, die meine Depression garantiert noch verstärkt hätte. Hm. Bei Melli herrschte auch Ebbe, und Paulas diverse Diätjoghurts konnten mich ebenfalls nicht aufheitern. Ich inspizierte Justins Bestände.

Das ist Mundraub!, nölte mein innerer Coach.

Zu spät. Mein Blick wurde magisch von einer Packung Bruzzler angezogen. Her damit! Das war genau das, was ich jetzt brauchte: fett und ungesund – eine Currybratwurst mit Ketchup!

Wenig später stand ich am Herd, goss Öl in die Pfanne und schmorte zischend und spritzend zwei Bratwürste.

Ich hatte mir grade eine auf den Teller gepackt, klein geschnitten und reichlich Currypulver darübergestreut, als die Küchentür aufging und jemand hörbar die Luft einsog.

»Hm, täusche ich mich oder gibt's hier Currywurst?«, sagte Justin und zeigte sein attraktives Johnny-Depp-Grinsen.

Ach je, das war jetzt aber peinlich, so auf frischer Tat ertappt zu werden. Also versuchte ich zu leugnen, was nicht sein durfte. Vielleicht ging er ja dann wieder – mitnichten.

Als ich stammelte: »Äh, nein … äh, ja … also eigentlich eher nicht«, stand er schon neben mir und fragte: »Kriege ich auch eine ab?«

Ich zuckte mit den Schultern und fing mich wieder. Meine Herren, dann kaufte ich ihm morgen eben eine neue Packung. Wieso ließ ich mir durch meinen inneren Coach gleich so ein schlechtes Gewissen einreden? Man konnte sich ja wohl in solch einer existenziellen Lebenskrise mal etwas von einem Mitbewohner borgen, ohne gleich kriminalisiert zu werden oder in Schuldkomplexen zu versinken.

»Sind sowieso deine«, sagte ich also betont locker, um dem nächtlichen Mundraub einen Anstrich von Selbstverständlichkeit zu geben. »Wo hast du eigentlich den Ketchup?« Wenn schon, denn schon!

Wenig später hockten wir am Küchentisch und mampften genüsslich die Currywürste.

»Hatte ich schon gesagt, dass eine Currybratwurst der absolute Stimmungsaufheller ist?«

Justin lachte und war gar nicht beleidigt, dass ich so etwas Profanes wie eine Currywurst seinem Liebesspargel offenbar vorzog.

»Stimmt«, sagte er. »Darum habe ich auch immer eine Packung Bratwürste im Kühlschrank. Wäre nett, wenn du den Vorrat wieder auffüllen könntest.«

Ich starrte ihn finster an. Das war ja nun ein bisschen kleinlich und entsprach nicht ganz seinem angekündigten kulinarischen Beistand. Da hatte ich echt mehr von ihm erwartet.

Aber ehe ich etwas sagen konnte, fügte er charmant hinzu: »Im Übrigen war es mir ein Vergnügen, dass dir meine Würstchen aus der Depression helfen konnten. Falls du mal wieder Bedarf haben solltest, hätte ich auch ein wunderbares Rezept für eine Mitternachtssuppe.«

Das Wort Mitternachtssuppe spülte mich sofort wieder kuschelweich, denn es erinnerte mich an meine Freundin Sophya aus dem Studentenwohnheim, eine Inderin, die mich drei Semester lang mit ihren fernöstlichen Kochkünsten verwöhnt hatte und besonders bei mitternächtlichen Kochorgien zu kulinarischer Höchstform aufgelaufen war. Daher sagte ich aus diesen Gedanken heraus: »Danke für die Einladung! Ich liebe nächtliche Fressorgien.«

Justin sah mich etwas verwirrt an und meinte dann mit einem süffisanten Unterton: »Ich auch. Übrigens liebe ich jede Form von Orgien, sie müssen nicht unbedingt mit Fressen zu tun haben. Also, was mein Angebot angeht ...«

Ich ergriff die Flucht!

Bei aller Sympathie, das ging mir jetzt doch ein bisschen zu weit. Zwar war er eine echte Bereicherung für unsere WG, denn er bekochte uns immer mit viel Liebe, was mich und Melli besonders am Monatsende oft genug vor dem Hungertod bewahrte. Aber er war auch ein ganz gewaltiger Charmeur und nutzte jede Gelegenheit zum Flirten, was – da musste ich Melli recht geben – mitunter zu ziemlicher Unruhe in der WG führte. Leider wusste man auch nie, ob er nur schauspielerte und sich einen Jux machte oder ob er es mit seiner Anbaggerei ernst meinte. Aber das konnte eigentlich nicht sein, denn er war ja nicht blöd und musste doch sehen, dass wir alle drei vergeben waren. Neuerdings sogar Melli. Doch die stand mit ihm ja ohnehin auf Kriegsfuß und giftete ihn nach wie vor ständig an. Weil er sang, Geschirr zu laut spülte, nachts kochte, ihr im Weg stand ... Kurzum: Weil er die Frechheit besaß zu existieren, und das auch noch in unserer WG. Die war in Mellis Augen schließlich eine Frauen-WG – also überwiegend. Was für sie bedeutete, dass er als Mann nur geduldet wurde und sich diskret zu verhalten hatte. Letzteres lag jedoch nicht unbedingt in Justins Naturell. Es war ihrer Ansicht nach nämlich wenig diskret, dass Justin häufig in Unterwäsche in der Küche hantierte oder nackt in der Badewanne lag, wenn es Melli gerade nach einem Bad gelüstete. Und es passte ihr ganz und gar nicht, dass er mit würzigen Braten- und Kräuterdüften ihre Arbeitsatmosphäre versaute, weil diese den geliebten Farb- und Terpentingeruch ihres Wintergartenateliers neutralisierten. Wie sollte sie denn da kreativ sein und ihre Meisterwerke schaffen? In Öl und Acryl auf Leinwand, und zwar XXL! Ob sie je den angepeilten Weltruhm erlangte, stand zwar in den Sternen, aber immerhin hing eines ihrer Bilder in der diesjährigen Ausstellung der *Jury-Freien*. Ein apokalyptisches Triptychon. Sehr speziell, aber genial und altmeisterlich! Irgendwie doch vielversprechend. Nun ja, schließlich war ich ja diejenige, die sie managte!

♡ ♡ ♡

Jean-Paul nahm also wie erwartet das Angebot an und düste wenige Tage später mit der vollbusigen Amy in die Staaten. Zuvor hatte ich ihn unter erheblicher Selbstverleugnung euphorisch lächelnd am Flughafen verabschiedet. Danach saß ich heulend hinter Melli auf ihrer Vespa und stellte mir vor, dass ich ihn nie wiedersehen würde, weil er einen Oceanliner bestiegen hätte, der wie die Titanic gegen einen Eisberg gekracht wäre. Irgendwann würde ein Tiefseetaucher den kleinen silbernen Bilderrahmen aus dem Wrack bergen, den ich ihm zum Abschied geschenkt hatte und in dem unser vom Meerwasser zerfressenes Bild steckte. Ein letztes Andenken an ihn, meine einzige große Liebe ... Und verdammt, auch ich hatte es ihm nie gesagt!

Sehr rührselig, muffelte mein innerer Coach, *aber vergiss nicht: Er ist geflogen.*

Dann gerät bestimmt ein Schwarm Zugvögel in die Triebwerke der Maschine, dachte ich fatalistisch. Weg ist weg!

Ich hatte jedenfalls das dumpfe Gefühl, in meinem Leben nie wieder etwas von Jean-Paul zu hören, und schon gar kein »Ich – liebe – dich!«.

Na gut, ich hörte dann doch sehr bald von ihm, weil er mich gleich bei seinem Zwischenstopp aus New York anrief.

»Ich vermisse dich so«, nuschelte er unklar aus der Neuen Welt in die Alte herüber, »und ich finde es großartig, wie du hinter mir und meinen Forschungen stehst. Nicht alle Frauen hätten so viel Verständnis.«

Ich fühlte ein kleines Kitzeln in der Nabelgegend bei dieser Bauchpinselei, dankte innerlich meinen Freundinnen für ihren guten Rat und säuselte: »Das ist doch selbstverständlich, Jean-Paul. Ich wünsche dir alles Glück der Welt. Vielleicht machst du ja eine sensationelle Entdeckung. Ich bin in Gedanken bei dir, guten Weiterflug!«

Wir knutschten fernmündlich, dass sich die Ätherwellen bogen, und als ich ihm grade sagen wollte, wie sehr ich ihn liebte, da brach die Leitung zusammen.

Das Leben ist eben wie eine Banane – irgendwie krumm.

♡ ♡ ♡

Ich saß vor meinem Computer im Dienstzimmer des Lehrstuhls von Professor Kiesling und studierte einen psychologischen Ratgeber mit Tipps zur Bewältigung von Lebenskrisen: Laura Day, *Willkommen in der Krise*. Was Hollywood-Stars half, musste doch wohl auch mir helfen können. Wie so häufig in meinem Job als studentische Hilfskraft hatte ich mal wieder nichts anderes zu tun und konnte die Zeit zur Fortbildung nutzen. Lebenslanges Lernen. Was Männer anging, lernte eine Frau ja ohnehin nie aus.

Ich hatte mir das Buch aus der Bibliothek geholt, weil ich nach einer schlaflosen Nacht voller Albträume beschlossen hatte, mir so etwas nicht noch einmal anzutun. Es war zwar Mist, dass Jean-Paul schon nach einem knappen halben Jahr Beziehung nach Amerika entschwand, aber es musste nicht für unsere Beziehung das Aus und für mich den Weltuntergang bedeuten.

Jedenfalls konnte ich nicht tagelang mit rot geweinten Augen herumlaufen und alle fünf Minuten einen Blick auf mein Handy werfen, ob eine SMS von ihm angekommen war.

Ich starrte auf den Computerbildschirm und musste grinsen. Es sollte doch reichen, wenn wir uns täglich ein paar E-Mails schrieben. Diese, die grade vor meinen Augen flimmerte, war doch zum Beispiel sehr süß.

Hallo Süße,

du fehlst mir so. Also stürze ich mich in die Arbeit. Wenn ich einen noch unbekannten Saurier finde, werde ich ihn nach dir benennen: Sauropolus Alixis! Gefällt dir das?

Ich küsse dich tausendmal,

Jean-Paul

Sauropolus Alixis! Ich schmunzelte. Nicht übel. Das gefiel mir. Noch mehr aber hätte es mir gefallen, wenn er statt einfach mit Jean-Paul mit *dein* Jean-Paul unterschrieben hätte.

Sei nicht kleinlich, mahnte mein innerer Coach. *Männer sehen das nicht so eng.*

Tja, das war es ja genau, was ich befürchtete.

Nun gut, ich war entschlossen, diese Krise mit praktisch-psychologischer Unterstützung kompetent zu meistern, indem ich meine sämtlichen Problemlösungsressourcen mobilisierte. Das hieß im Klartext, eine Zitronenpresse zu besorgen, um aus sauren Südfrüchten, die mir das Leben schenkte, schmackhafte Limonade zu machen.

Spaß beiseite! Ich blätterte in dem Psychoratgeber und fand mich dabei richtig gut. Das war doch eine reife Einstellung zum Leben, sich fachliche Hilfe zu besorgen. Früher wäre ich klagend in die Wälder gerannt.

Apropos rennen. Ich schaute auf die Uhr. Ein wenig Parcourslauf wäre auch nicht verkehrt, denn da flitzte man superschnell aus jedem Stimmungstief. Flotter konnte es mit psychologischen Ratgebern auch nicht gehen. Ich war lange nicht mehr gelaufen, weil Jean-Paul den Parcourslauf für eine lebensgefährliche

Sportart hielt und ich ihm versprochen hatte, damit aufzuhören, wenn er mit mir eine Beziehung anfangen würde.

Hm. Max und Dennis liefen bestimmt noch immer regelmäßig. Dienstagmittags hatten wir uns früher immer an der Mensa getroffen. Heute war Dienstag. Ich sah erneut auf die Uhr. In zehn Minuten würden die beiden wahrscheinlich dort sein. Was lag näher, als mich ihnen blitzartig anzuschließen?

Ich raffte meine Klamotten zusammen, zog mir in der Damentoilette die Sporthose an, die ich – ein nostalgisches Relikt vergangener Parcourslauftage – immer im Rucksack hatte, und rannte zur Mensa rüber, wo ich meine Sachen in ein Schließfach stopfte.

Als ich mit den Jungs über die ersten städtischen Absperrgitter hechtete, wehte mir ein strammer Wind um die Nase, und der roch nach … Freiheit.

Ich war ausgepowert, voller widerstreitender Gefühle, aber irgendwie glücklich, als ich mich von den Jungs verabschiedete. Mit der Straßenbahn fuhr ich zurück zur Mensa, um meine Sachen aus dem Schließfach zu holen.

Während ich aus dem Fenster starrte, fragte ich mich, warum ich dieses starke Gefühl von Freiheit gehabt hatte. Das Laufen hatte mich immer irgendwie befreit, aber so extrem wie heute hatte ich es bisher nicht empfunden. Vielleicht machte ich mir ja auch nur etwas vor und lief tatsächlich vor meinen Problemen davon, rannte sie einfach tot, schüttelte sie beim Flickflack über diverse Absperrgitter aus meinem Kopf und fegte sie beim Herabrutschen an einem Treppengeländer der U-Bahn einfach weg. Gelöst waren sie dadurch natürlich nicht. Sollte ich also doch noch mal zum Psycho-Ratgeber greifen? Schaden konnte es jedenfalls nicht, und so nahm ich das Buch aus dem Schließfach mit. Als ich am frühen Nachmittag in der Jägerstraße vor unserem Jugendstilwohnhaus ankam, war ich ziemlich erschöpft. Unsere Wohnung lag im Dachgeschoss, und der Aufstieg fiel mir heute ziemlich schwer. Im dritten Stock zitterten meine Beine, und ich schämte mich für meinen schlaffen Zustand. Ich hätte nie mit dem Parcourslaufen aufhören sollen, sagte ich mir. Es war so ein geiles Gefühl, über Mäuerchen zu hechten, Rolltreppen falsch herum runterzurennen und über eine Parkschranke zu flanken. Wer findet den kürzesten Weg von A nach B? Genau, der Parcoursläufer! Und fit blieb man dabei auch noch. Ich würde mit Jean-Paul reden müssen, wenn er wieder zurück war. Der Sport fehlte mir, und es war in seinem eigenen Interesse, dass ich nicht völlig zum Stubenhocker mutierte. Klar, dass einem verstaubten Museumsmenschen wie ihm jede körperliche Betätigung eher suspekt war, aber vielleicht konnte ich ihn ja überreden mit mir zu laufen. Etwas Fitness konnte auch ihm nicht schaden. Ich würde wetten, dass er bei der Grabung nicht mal den Spaten hochbekam. Na ja, ganz so schlimm wie in diesem Worst-Case-Szenario würde es wohl doch nicht sein. Immerhin hatten wir reichlich Bettgymnastik getrieben in letzter Zeit. Da würde er sich vor dieser Amy wenigstens nicht völlig blamieren. Andererseits ... wenn er sich blamierte, wäre das ja nicht gerade zu meinem Schaden!

Nun fang nicht schon wieder mit deiner Eifersucht an, knurrte mein innerer Coach. *Ich denke, das Lau-*

fen hat dich entspannt und deine Aggressionen abgebaut!

Ich schnaufte weiter die Treppe hinauf, und als ich an Jean-Pauls Wohnungstür vorbeikam, würdigte ich sie keines Blickes, sondern stieg schnell weiter zu unserer WG hinauf.

Dabei murmelte ich vor mich hin: »Ich bin entspannt, mein Kopf ist frei, ich bin ja so was von entspannt, ich bin total frei, frei wie ein Vogel, frei wie ein Schmetterling ...«

War ich zwar alles nicht, aber es konnte ja nicht schaden, es sich einzureden und dadurch davon abzulenken, dass Jean-Paul zurzeit nicht in der Wohnung unter unserer WG wohnte.

Drei Tage hielt ich es auf diese Art durch, an Jean-Pauls Wohnung vorbeizugehen, aber am vierten Tag war es mit meiner Selbstbeherrschung vorbei.

Sein Schlüssel an meinem Schlüsselbund brannte plötzlich wie Feuer in meiner Hand. Er hatte ihn mir gegeben, damit ich seine Blumen ab und zu mal gießen konnte.

Also schaute ich mich rasch um, ob mich auch niemand beobachtete – bei Frau Waschkowski wusste man ja nie, in welcher Ecke des Hauses sie gerade mal wieder herumspionierte –, schloss auf und verschwand in seiner Wohnung. Ich ließ meine Klamotten im Flur auf den Boden fallen und ging ins Wohnzimmer. Es war kühl und durch die zugezogenen Vorhänge leicht abgedunkelt. Irgendwie gruselig, als wäre hier jemand gestorben. Ich hockte mich aufs Sofa und begann hemmungslos zu weinen.

Noch nie hatte ich einen Mann so geliebt, und noch nie hatte die Abwesenheit eines Menschen in meinem

Leben eine solch schreckliche Leere hinterlassen. Ich starrte durch die offene Tür ins Schlafzimmer. Das Bett war mit einem der typischen Überwürfe unseres geliebten skandinavischen Möbelhauses abgedeckt und wirkte, als sei es seit Monaten nicht mehr benutzt worden. Dass Jean-Paul und ich noch vor wenigen Tagen hier eine heiße Abschiedsnacht verbracht hatten, sah man ihm wirklich nicht an. Ich fröstelte, stand auf und ging ins Schlafzimmer hinüber. Gedankenverloren strich ich über den Bettüberwurf, schüttelte ein paar Zierkissen auf und rückte Jean-Pauls Kuschelclown in eine andere Position. Sein Grinsen nervte mich.

»Hier gibt's nichts zu grinsen«, schnauzte ich ihn an und fand, dass ich mit meinem schwarzen Panther doch irgendwie besser dran war. In dessen Fell konnte man auch mal hineinweinen, was ich mir bei so einer Grinsebacke von Clown ja nun gar nicht vorstellen konnte. Ob Jean-Paul deswegen in seiner Kindheit ein emotionales Defizit entwickelt hatte? So etwas hatte sich in unserer Beziehung zwar nicht direkt bemerkbar gemacht, aber ...

Männer weinen nicht in irgendwelche Kuschelwesen, schaltete sich mein innerer Coach ein.

Sollten sie mal ruhig tun, dachte ich, dann würden sie vielleicht auch mal eher eine Liebeserklärung über die Lippen bringen!

Wie auch immer. Im Moment war das emotionale Defizit ganz auf meiner Seite. Jedenfalls hielt ich es nicht länger in Jean-Pauls Wohnung aus. Ich konnte es nicht fassen, wieso diese Liebes- und Lusthöhle plötzlich derart abweisend, ja geradezu feindselig auf mich wirkte.

Man kann sich auch was einreden, meinte mein innerer Coach.

Aber das baute mich auch nicht auf. Ich redete mir nichts ein. Vielmehr erzeugte der Umstand, dass Jean-Paul ganz weit weg war, in mir das irrationale Gefühl, ihn für immer verloren zu haben. Meine Sorge, dass er mich vergessen und sich nicht mehr an seine Gefühle für mich erinnern könnte, drüben im fernen Amerika, traf mich erneut mit ihrer ganzen Härte. Ich hatte geglaubt, dass ich ihn überall lebendig spüren würde, wenn ich in seiner Wohnung wäre, und dass ich ihn nahezu körperlich vor mir sehen könnte. Meine Hoffnung, sein Lachen würde in meinen Ohren klingen und der wunderbar frische Duft seines Deos würde mir vorgaukeln, dass er neben mir stünde, wurde enttäuscht, denn nichts davon trat ein. Die Wohnung war entsetzlich leer und fremd ohne ihn, und selbst die Fotos von uns, die überall hingen und herumstanden, wirkten wie Ausstellungsstücke in einem Museum.

Panik überfiel mich. Ich eilte ins Badezimmer, griff nach seinem Deozerstäuber und sprühte sein Duftwässerchen in den Raum. Wie eine Süchtige sog ich den Geruch ein, um mich wenig später frustriert an die kühle Kachelwand zu lehnen. Es war nicht das Gleiche. Die Wärme von Jean-Pauls Körper fehlte, die dieses Industrieprodukt in die ganz eigene Duftnote meines Liebsten verwandelte. Ich öffnete den Wäschekorb, wühlte ein wenig zwischen den benutzten Handtüchern herum und fischte ein Pyjamaoberteil heraus. Jean-Paul trug nie Pyjamahosen, nur Oberteile. Ich presste es an meine Nase und schnupperte mit geschlossenen Augen daran. Und ganz unverhofft erschienen plötzlich Bilder vor meinem inneren Auge – Bilder heißer Leidenschaft, zärtlicher Küsse, liebevoller Gesten ...

Ein Geruch von Glück.

In der WG angekommen, ging ich in mein Zimmer und stopfte das geweihte Teil sofort unter mein Kopfkissen. Heute Nacht würde ich sicherlich viel besser schlafen und schönere Träume haben. Himmlisch!

Ich setzte mich auf die Bettkante und schrieb Jean-Paul eine SMS.

Hallo Schatz, ich bin verrückt – jedenfalls wirst du das denken –, aber ich habe mir ein ungewaschenes Schlafanzugoberteil von dir aus dem Wäschekorb geholt. Heute Nacht werde ich damit schlafen ... Kein wirklicher Ersatz für dich, aber wenigstens kann ich dich riechen, wenn ich dich schon nicht in meinen Armen spüren kann.

Sehr romantisch, meinte mein innerer Coach süffisant. *Meinst du, er versteht das?*

»Ja, meine ich«, gab ich brüsk zurück.

Aber ganz sicher war ich mir da nicht, denn als ich zwei Stunden später eine SMS von ihm erhielt, schrieb er etwas von einem Sensationsfund und ging gar nicht auf meine Botschaft ein. Hm, sie war wohl doch etwas zu mädchenhaft gewesen.

Sag ich doch, sagte mein innerer Coach besserwisserisch.

Aber als Paula mich besuchte und sah, wie ein Stück vom Pyjamaärmel unter meinem Kopfkissen hervorlugte, meinte sie sehr verständnisvoll: »Ich habe auch ein T-Shirt von Karlos im Bett. Das hat einen ungemein beruhigenden Einfluss auf mich.«

Na bitte!

Es stimmte schon: Zusammen war man weniger allein!

Und ich war ja mächtig viel zusammen – mit meinen Freundinnen, Justin und den Parcourslaufkumpeln. Außerdem hatte ich auch noch mein Vordiplom und die Uni und all die Menschen dort. Die Kabarettgruppe und Professor Kiesling.

Kein Grund also, den Blues zu schieben.

Ich drückte am Abend mein Gesicht in Jean-Pauls Pyjamaoberteil und weinte – trotzdem.

Ach, tat das gut!

Hatte nicht schon Goethe entdeckt, dass Liebe erst durch Leid schön wird?

♡ ♡ ♡

Nun gut! Zu viel Leid musste es aber auch nicht sein!

Das Foto von Jean-Paul mit dieser blonden Amy-Ziege, das wenige Tage später durch die Presse ging, war, ehrlich gesagt, dann doch etwas zu viel! Obwohl es reichlich unscharf war.

Jahrzehnte, ach was, Jahrhunderte hatten Paläontologen in Montana herumgebuddelt – und wer latschte prompt auf eine neue Spezies? Jean-Paul und diese Zicke! Das war ungerecht!

Jean-Paul gönnte ich es zwar von Herzen, aber dieser Amy nun wirklich nicht. Die hatte doch nur Glück, dass sie bei den Grabungen immer an Jean-Paul klebte und dadurch gleich mit aufs Foto kam.

Die hatte doch bestimmt nicht mal gemerkt, was für einen Schatz mein Schatz gerade ausgrub.

Sauropolus Alixis! Von wegen! Das blieb doch sicher nur eine leere Versprechung von Jean-Paul. Garantiert würde das Vieh nun als Sauropolus Amy in das Verzeichnis ausgestorbener Arten eingehen.

War es angesichts dieser Aussichten ein Wunder, dass ich mir nichts sehnlicher wünschte, als dass Amy auf der Stelle tot umfiel und sich zu dem fossilen Skelett in die Grabungsgrube gesellte?

Wenigstens gab es jede Menge Leute, die mich nicht leiden sehen wollten und sich darum sehr viel Mühe gaben, mich von Jean-Paul und seiner Stiftungstussi abzulenken und durch mehr oder weniger wilden Aktionismus aufzuheitern. Allen voran natürlich Melli. Sie bestand darauf, dass ich zu ihr in den Irish Pub kam, während sie dort kellnerte, und Paula beim Karaokesingen lauschte.

»Musik ist gut fürs Herz«, meinte sie, worauf ich nur lakonisch bemerkte: »Aber nicht unbedingt immer für die Ohren.«

Ihre Augen funkelten spitzbübisch durch die schmale Designerbrille, die Lars ihr geschenkt hatte, nachdem er beim heißen Liebesspiel ihre Fielmann plattgemacht hatte. »Wir müssen ja auch mal ein paar andere Leute singen lassen. Selbst wenn Paula fast schon ein Abo hat.«

Und viele treue Fans. Aber die hatten der Oberstadtdirektor und seine Frau auch. Warum sie aber ausgerechnet Schlager aus den Fünfzigern singen mussten, war mir schleierhaft. Andererseits kam es ziemlich originalgetreu rüber, denn ihre Stimmen klangen, als stammten sie von einer alten Schallplatte.

Der Abend wurde sehr lustig, denn es kamen auch noch Paulas Freund Karlos und Lars, mit dem Melli seit Kurzem liiert war, auf ein Pint vorbei. Und da ein Pint ja nicht gerade wenig Bier enthielt, waren bald alle ziemlich locker drauf.

Natürlich kam das Gespräch auch auf Jean-Paul und die Zeitungsmeldung über seinen Sensationsfund und … seine blonde Begleiterin.

Goethe hatte doch unrecht. Die Liebe wurde durch Leid nicht wirklich schön. Nicht in jedem Fall! Wenn das Leid durch Eifersucht verursacht wurde, wurde sie hässlich dadurch.

Das liegt ganz bei dir, meinte mein innerer Coach. *Keiner zwingt dich, derart überzogen auf Amy zu reagieren.*

Nee, tat keiner! Natürlich übte niemand Zwang aus – war auch nicht nötig. Eifersucht schien bei mir genetisch bedingt zu sein.

Ich erinnerte mich an mehrere Szenen, in deren Zentrum meine keifende Mutter stand, die meinem Vater vorwarf, sie mit irgendeiner Dorfschlampe betrogen zu haben. Mein Vater seinerseits stand ihr aber in nichts nach. »Wer ist der Kerl, mit dem du mich betrügst?«

Als Kind blieb mir damals nur die Flucht in mein Zimmer, wo ich mich im Kleiderschrank versteckte und mir die Zeigefinger in die Ohren stopfte.

Vielleicht brauchte ich doch eine richtig professionelle Psychotherapie. Laura Day war wohl nur etwas für leichtere Fälle wie Paris Hilton oder Lindsay Lohan.

Alle hatten natürlich das Bild in der Zeitung gesehen, und kaum hatte Lars – wer auch sonst? – sich höchst interessiert nach der »wohlproportionierten Blonden an Jean-Pauls Seite« erkundigt, war mir die Laune verdorben.

»Nur ’ne amerikanische Kollegin«, quetschte ich zwar hervor, aber danach sprach ich nur noch dem Bier zu und zuckte auf weitere Fragen lediglich mit den Schultern.

Das langweilte die Männer bald, und als Paula den Oberstadtdirektor ablöste und ein paar fetzige Songs performte, redeten sie über Aktienkurse und Hedgefonds-Risiken.

Da war mir mein Gespräch mit dem Guinness echt lieber. Es lockerte mich ungemein auf, und schließlich wurde ich richtig geschwätzig. Als Paula sich wieder zu uns an den Tisch setzte, fiel ich über sie her und wärmte alte Erinnerungen an unsere Schulzeit und unsere diversen Lover auf. Besonders ihre.

Hm, ja. Das war ihr wohl nicht ganz so angenehm. Doch das bemerkte ich erst gar nicht. Als dann aber die Männer den Aktienindex abschmieren ließen und besonders Karlos sich höchst interessiert wieder uns zuwandte, trat mir Paula unter dem Tisch so heftig gegen das Schienbein, dass ich laut aufschrie.

»Äh, was soll das?«, schnauzte ich sie mit etwas schwerer Zunge an. »Pass doch auf, wo du deine Hufe hinstellst!«

Ich grinste. »Wo waren wir stehen geblieben? Ach ja, der Kammersänger in Wien!«

Nun boxte sie mich mit dem Ellbogen.

»Wieso bist du plötzlich so aggro?«, fragte ich leicht verwirrt, weil ich die eher sanftmütige Paula so gar nicht kannte.

»Themenwechsel«, zischte mir Melli zu, während sie das Tablett mit einer neuen Runde auf den Tisch donnerte.

»Häh, Themenwechsel? Wieso? War doch extrem lustig, wie Paula sich in der Schulzeit durchgepo ...«

Jemand hatte mir die Hand auf den Mund gelegt und zog mich vom Stuhl hoch.

»Jetzt halt die Klappe, Alix!«, schnauzte Melli mich an, während sie mich zum Damenklo zerrte. »Wie kannst du Paula nur in so eine peinliche Situation bringen? Hast du nicht gemerkt, wie Karlos sie angestarrt hat?«

Nee, hatte ich nicht gemerkt. Wie so manches andere auch nicht. Aber was war denn eigentlich so schlimm? War doch alles sehr lustig.

»Sehrrrr lustig!«, sagte ich denn auch und grinste Melli an. »Paula hatte ein sehrrr lustiges SSSexualleben. Eigentlich viel zu lustig, um jetzt so einen ssstinkbürgerlichen Fatzke wie Karlosss zu heiraten. Der wird sie auf Dauer doch bestimmt nicht befriedigen können. Ich sage nur: Thomas! Das war doch auch so eine SSSchlaftablette im Bett!«

Diese Worte beseitigten bei Melli offenbar alle Zweifel, die sie hinsichtlich meines Zustandes noch gehegt hatte.

»Alix! Du bist ja betrunken!«, sagte sie mit leicht moralisierendem Unterton. Der war ja nun wirklich fehl am Platze.

»Ja, bin ich! Isss mein gutes Recht als SSStrohwitwe! Was dagegen?«

»Wenn Paula deinetwegen Schwierigkeiten mit Karlos kriegt, dann schon.«

»Kriegt sie nicht!«, wiegelte ich ab. »Warum sollte

sie? Wir waren alle keine Kinder von Traurigkeit in der Oberssstufe. Isss da wasss bei?«

»Nein, natürlich nicht. Aber Karlos geht das doch wirklich nichts an. Hast du denn nicht gesehen, dass es Paula peinlich ist?«

»Peinlich? Du meinst, sie hat deswegen mein SSSchienbein demoliert?«

Melli zuckte mit den Schultern. »Alix, komm, reiß dich zusammen! Auch wenn du deinen Frust wegen Jean-Paul ertränkst, musst du doch nicht gleich Paulas Liebe mit ersäufen.«

Gott, jetzt übertrieb sie aber. Derart apokalyptische Ausmaße hatte meine kleine Plauderei aus der Schulzeit ja nun wirklich nicht. Oder doch?

Melli schien diesbezüglich wirklich einige Befürchtungen zu haben. Erst als ich ihr hoch und heilig versprochen hatte, die Vergangenheit ruhen zu lassen und kein unbedachtes – und auch kein bedachtes – Wort mehr über Paulas verflossene Typen zu verlieren, gingen wir zurück an den Tisch.

Hm, sollte Melli recht haben? Jedenfalls fand ich die Stimmung unerträglich und die Luft zum Schneiden dick. Lars redete zwar nur über Börsenkräche, aber wenn man Paula und Karlos ansah, schien zwischen denen ein Krach auch nicht weit. Also tat Melli das einzig Sinnvolle in dieser Situation. Sie ging zu ihrem Chef Pat an den Tresen und fragte, ob sie Schluss machen könnte. Da außer uns nur noch zwei weitere Gäste anwesend waren, nickte er zustimmend. Wenig später pilgerten wir durch die kühle Nacht nach Hause.

Wir gingen alle gemeinsam zu unserer WG, und die anderen stiegen dort in ihre molligen Bettchen. Nur ich verkroch mich ins Badezimmer und reiherte erst mal über der Kloschüssel. Dort fand mich Justin. Er kochte mir einen Kamillentee, und wir redeten. Am großen Tisch in der Küche. Über Gott und die Welt, das Leben und ... die Liebe.

Aber da würgte ich ihn ab und den Kamillentee wieder hoch. Liebe schlug mir zurzeit einfach auf den Magen!

Als ich in mein Zimmer wankte und mein Gesicht auf Jean-Pauls Pyjama bettete, war mein letzter Gedanke, bevor ich völlig fertig einschlief, dass man auch zusammen manchmal ziemlich allein war!

♡ ♡ ♡

Ein Mann ist ein Mann ist ein Mann ist ein ... Lassen wir das besser!

Dass der Mann ein triebgesteuertes Wesen ist, gilt allgemein als gesicherte Erkenntnis, und so machte ich mir nicht allzu viel Hoffnung, dass Jean-Paul mir in Amerika treu bleiben würde. Die Frage war darum eher, wie ich im Falle eines Falles mit einem Seitensprung von ihm umzugehen gedachte. In meinem bisherigen teils stürmischen, teils beziehungsmäßig wenig aufregenden Singleleben musste ich mich mit dieser Problematik noch nie beschäftigen. Entweder waren mir die Typen schnell über oder es hatte sich ohnehin um eine »singuläre« Erfahrung ohne Zukunftsperspektive gehandelt.

Ich war ja auch bis zu dem Zeitpunkt, als mir dieser denkwürdige Mr Blue Eyes begegnete, nie ein wirklicher Beziehungsmensch gewesen, was einerseits mit meinem Alter, andererseits aber auch mit meinem unbändigen Freiheitsdrang zusammenhing. Das wird jeder verstehen, der mit Anfang zwanzig endlich den Schritt in ein eigenes Leben geschafft hatte und Vater und vor allem Mutter und die lieben Geschwister endlich losgeworden war.

Gott, wie hatte ich meine ältere Schwester Conny um jede ihrer »spontanen Dummheiten«, wie meine Mutter es nannte, beneidet, von denen die letzte sie schließlich von der Familie fort in die glitzernde Metropole Frankfurt am Main gezogen hatte, wo ihr Lover Banker war und sie einen sehr lukrativen Job als seine Sekretärin ergatterte. Ging doch auch, zwar nicht immer gut, aber zurzeit schien mit den beiden mal wieder alles paletti zu sein, auch ohne Mamas kluge Ratschläge. Wirklich, ich bin nicht undankbar, und ich weiß meine Familie echt zu schätzen. Ja, ich liebe die Freaks sogar, aber momentan muss ich keinen von denen dauernd um mich herum haben. Allein der Gedanke, ich müsste aufgrund irgendeiner materiellen Not wieder bei meinen Eltern einziehen, löste bei mir echte Panikattacken aus. Daher konnte ich auch meinen pubertären Bruder Robbie ganz gut verstehen, wenn er sich gelegentlich bei mir über sein hartes Los ausjammerte. Als letztes Geschwisterkind von uns dreien bekam er nun die volle Packung Liebe und Fürsorge meiner Eltern alleine ab. Armes Kerlchen!

Nun gut, es ging um die Frage, wie ich mich verhalten würde, wenn Jean-Paul mich in Amerika mit dieser Amy oder sonst einem weiblichen Wesen betrügen würde.

»Was ich nicht weiß, macht mich nicht heiß«, schlug Paula die Vogel-Strauß-Methode vor. Kopf in den Sand stecken und fertig.

Das lag mir aber irgendwie nicht. Schweigende Duldermentalität war echt nicht mein Ding. Dazu fehlte es mir an den nötigen Voraussetzungen. Ich war eher spontan, mit einer vorlauten Klappe gesegnet und auch nicht wirklich masochistisch veranlagt. Mich zur seelischen Erbauung in ein Kloster zu schicken, würde zwangsläufig zuerst zur Missachtung sämtlicher Schweigegelübde und dann zur Zerstörung des gesamten Ordens führen. Nun gut, auf die Idee würde ja auch niemand kommen. Glück gehabt, der Orden und ich!

»Zerbrich dir doch nicht den Kopf über ungelegte Eier!«, meinte Melli sichtlich genervt. »Wenn es wirklich dazu kommen sollte, dass Jean-Paul dich mit dieser Amy betrügt, können wir uns immer noch eine Strategie überlegen.«

Hm, Methode Merkel – aussitzen. Lag mir ebenfalls nicht.

»Was liegt dir denn überhaupt?«, wurde Melli noch ungeduldiger.

Tja, wenn ich das wüsste ...

»Also, wenn du schon mal für den Fall der Fälle vorsorglich Rachepläne schmieden willst – Club der Teufelinnen und so –, dann bin ich natürlich dabei.« Sie grinste herausfordernd und rieb sich tatendurstig und offensichtlich mit ziemlich boshaften Gedanken im Kopf die Hände.

»Nein! Um Gottes willen!«, lehnte ich jedoch diese Art von übertriebener Hilfsbereitschaft vehement ab. »Eigentlich will ich ja nur, dass er mir treu bleibt.«

Paula grinste. »Das heißt, du willst dich mit der Frage eines möglichen Seitensprungs nicht wirklich auseinandersetzen.«

Ich nickte. Sie hatte recht. Eigentlich wollte ich dieses Problem doch eher ignorieren.

»Okay«, meinte Melli entgegenkommend und fegte mit einer symbolischen Handbewegung das Problem endgültig vom Küchentisch.

»Seitensprung ist ab sofort kein Thema mehr!«

Ich nickte, wobei ich die Sachlage allerdings mal

wieder völlig verkannte. Die Seitenspringerei war natürlich ein Thema, und zwar nicht nur bezogen auf Jean-Paul! Und schon schämte ich mich …

Irgendwie war es plötzlich, als hätte ich ein Schild auf der Stirn pappen, auf dem stand: »Vorübergehend wieder im Angebot!« Jedenfalls hatte ich bereits in der zweiten Woche nach Jean-Pauls Abflug das dumpfe Gefühl, dass ich auf dem Liebesmarkt wieder frei gehandelt wurde.

… Gott sei Dank, geht alles schnell vorüber, auch die Liebe und der Kummer sogar. Wo sind die Tränen von gestern Abend? Wo ist der Schnee vom vergangenen Jahr?

Natürlich hatte der Song recht, und es war ja auch gut so, dass Kummer und Tränen schneller vorübergingen, als ich gedacht hatte. Was mich aber zutiefst beunruhigte, war die Frage, ob sich die Liebe tatsächlich genauso schnell verflüchtigte, wenn sie nicht täglich, stündlich, minütlich bekräftigt wurde. Und musste sie nicht auch körperlich regelmäßig vollzogen werden, um zu überleben?

Bilder von dir überdauern …

Das konnte ich nämlich leider nicht behaupten, dass Jean-Pauls Bild bis in die Ewigkeit überdauerte. Mit dem allmählichen Schwinden seines Körperdufts aus seinem Pyjamaoberteil schien auch die Erinnerung an ihn immer schwächer zu werden, und das Bild, das ich von ihm in meinem Inneren trug, wurde unscharf und verschwommen. Ich fürchtete den Augenblick, in dem es bis zur Unkenntlichkeit zerfloss. Führte dieses Phänomen irgendwann unweigerlich dazu, dass man einander nicht mehr treu war?

»Was kann ich denn nur tun, damit unsere Liebe erhalten bleibt?«, fragte ich verzweifelt.

Darauf wussten Melli und Paula leider auch keine befriedigende Antwort. Nur eines wurde mir plötzlich erschreckend klar: Jean-Paul war vermutlich kein Mönch, aber ich war ganz sicher auch keine Nonne, und ... die Versuchung lauerte überall, nicht nur in Amerika und nicht nur auf ihn!

♡ ♡ ♡

Der Erste, der mich anrief, war Markus – der mit der langen Nase. Meine unglaublich süße Grundschulliebe, mit dem ich vor etwa einem halben Jahr einen extraordinären Quickie auf dem Behindertenklo der *Markthalle* hatte.

»Alix, äh, ich wollte mich mal wieder melden, äh, weil du wolltest dich doch mal melden, äh, ja, hast du aber nicht, und da dachte ich, ich melde mich mal ...«

Wie in der Schule, dachte ich unwillkürlich. Da hat er sich auch meist als Erster gemeldet. Er war eben ein strebsames Bürschchen gewesen.

Ich schwieg. Nicht weil ich so überrumpelt war, das war ich zwar auch, aber nicht so, dass es mir die Sprache verschlagen hätte. Nein, ich wusste einfach nicht, was ich dem Typ sagen sollte. Ein heißer Kuss in der aufgeheizten Atmosphäre der nächtlichen *Markthalle*, ein Quickie in Erinnerung an alte Zeiten – das alles passierte irgendwie, auch ohne Worte ...

»Äh, Alix, bist du noch dran? Du sagst ja gar nichts ...«

Ich schluckte. »Doch, doch, bin ich – noch dran. Tja, das ist ja eine Überraschung ...«

»Ja, nicht wahr! Ist mir gelungen, stimmt's ?«

»Ja, stimmt.«

»Und? Hast du Lust mit mir Essen zu gehen?«

Hm? Essengehen war immer gut. Das ersparte es mir, selbst einzukaufen und zu kochen.

»Wann denn?«

»Heute Abend? Hast du Zeit?«

Mist, war ich denn verrückt, auf ihn einzugehen? Den hatte ich doch sofort an der Backe kleben, und wie sollte ich ihn dann wieder loswerden?

»Äh, heute geht nicht«, lehnte ich also etwas brüsk ab, wovon er sich aber nicht abschrecken ließ.

»Dann morgen?«

»Nee, geht auch nicht.«

»Übermorgen?« Er blieb hartnäckig.

Sollte ich ihm sagen, dass es nie gehen würde, weil ich mich einfach nicht mit ihm verabreden wollte? Weil das nämlich weder für ihn noch für mich Sinn machte, weil ich in festen Händen war, weil ich treu war ... weil ... ich nichts tun sollte, von dem ich nicht wollte, dass Jean-Paul es auch tat ... weil ...

»Na gut, dann übermorgen.«

»Wo treffen wir uns?«

Keine Ahnung.

»An der Weltzeituhr«, sagte ich schließlich. »Um einundzwanzig Uhr. Ist das okay für dich?«

Seine Stimme klang freudig erregt, als er zustimmte. »Ich werde da sein. Pünktlich! Alix, du glaubst gar nicht, wie toll ich das fand mit dir in der *Markthalle* neulich. Ich habe seitdem nur noch an dich gedacht!«

Neulich war gut. Das war doch fast ein halbes Jahr her. Natürlich machte ich mir, sofort nachdem das Gespräch beendet war, die größten Vorwürfe. Wie blöd war ich denn auch, mich ausgerechnet mit ihm zu verabreden? Der erwartete nach dem Essen doch bestimmt mehr als nur ein freundliches Dankeschön. Und wenn ich ihm nicht mehr geben wollte, dann war er garantiert sauer und ich versaute mir mein ganzes cooles Image bei ihm. Einmal ist keinmal, aber zweimal war in diesem Falle einmal zu viel!

Merde! Ich wurde einfach nicht schlauer.

»Du musst lernen, nein zu sagen«, meinte Hobby-Psychologin Paula denn später auch zu Recht. »Steht das denn nicht in deinem psychologischen Ratgeber?«

Und Melli orakelte: »Wer sich in Gefahr begibt, der kommt drin um!«

Nun gut, das war dumm gelaufen mit dieser Verabredung. Andererseits kannte ich Markus gut genug, um schon irgendwie elegant mit ihm fertig zu werden.

Leider war mir bei diesem optimistischen Gedanken nicht bewusst, dass meine Freundin Melli aus Erfahrung gesprochen hatte. Die Versuchung lauerte wirklich überall und besonders dort, wo man sie am wenigstens vermutete.

Wann ist ein Mann ein Mann?

♡ ♡ ♡

Ich hockte am Lehrstuhl von Professor Kiesling und sortierte Kopien. Ohne »Handouts« ging ja gar nichts mehr heutzutage.

Ich meine, Studiengebühren sind schon Mist, und natürlich kann man als Studi dann auch ein bisschen was von seinen Profs erwarten, wie zum Beispiel Abzüge von den in der Vorlesung verwendeten Folien. Aber warum musste ausgerechnet ich diese bescheuerten Handouts sortieren und heften?

Weil du dafür bezahlt wirst vielleicht?, gab mein besserwisserischer innerer Coach mal wieder seinen Senf dazu. *Schließlich hat Kiesling dich nicht ausschließlich für deine private Fortbildung in Sachen Lebenskrisen eingestellt.*

Ja, ja, schon gut. Aber warum benutzte Kiesling überhaupt solche Unmengen von Folien?

Weil er davon so wunderbar ablesen kann und es trotzdem nach freiem Vortrag aussieht!

Ein bisschen hegte ich diesen Verdacht ja auch, aber Kiesling war eine Kapazität und bekannt für seine brillante Rhetorik, und so antwortete ich: »Quatsch! Der will nur, dass die Studenten das auch visualisieren können. Manche Leute behalten Dinge einfach besser, wenn sie sie nicht nur gehört, sondern auch gelesen haben.«

Mein innerer Coach zuckte mit den Achseln und meinte nur süffisant: *Heißt ja schließlich auch Vor-Lesung!*

Ich sortierte schweigend weiter. Kiesling war wirklich einer der interessanteren Professoren. Er war relativ jung, erst siebenunddreißig, und wirklich ein guter Redner. Seine Witze waren spaßig und thematisch passend. Anders als bei Frau Professor Mikau, die uns ständig mit den geronto-psychiatrischen Ausfällen ihrer Schwiegermutter nervte. Was, in Gottes Namen, hatte es mit journalistischer Ethik zu tun, dass sie zum wiederholten Mal die Polizei einschalten musste, weil besagte Schwiegermutter aus dem Altersheim ausgebüxt und verwirrt im Stadtwald oder sonst wo herumgeirrt war? Als sie in der letzten Sitzung erneut davon anfing, meldete sich ein Kommilitone zu Wort und wies auf eine bahnbrechende Erfindung hin: Durch einen Elektrochip in der Schuhsohle konnte man dieses Problem in den Griff kriegen. Ihre Dankbarkeit für diesen Tipp hielt sich jedoch in Grenzen, woraus ich schloss, dass es ihr mehr um das entlastende Gespräch mit uns ging als um die Beendigung der Problematik mit ihrer Schwiegermutter. Wer weiß, vielleicht hoffte sie ja auch darauf, dass sie sich bei einem dieser Ausflüge den Hals brach oder ein Lastwagen sie plattfuhr.

Pfui, sagte mein innerer Coach in diesen Gedanken hinein, aber ich ignorierte ihn und fragte stattdessen meinen Nachbarn: »Hat sie Geld?«

»Wer? Die Mikau?«

Ich schüttelte den Kopf. »Nee, die Schwiegermutter!«

Er grinste verstehend. Aber als er grade antworten wollte, sagte Frau Professor Mikau mit einem tiefen Seufzer: »Ja, wenn die Demenz zuschlägt, nützt einem weder Geld noch Gut. Der Verfall ist einfach nicht aufzuhalten.«

»Erbschleicherin!«, zischte ich, und mein Nachbar lachte leise.

Er sah irgendwie sympathisch aus, und ich fragte mich, warum er mir noch nie aufgefallen war. Offensichtlich war er sogar ein älteres Semester. Klar, dass ich versuchte, nach der Vorlesung den Kontakt zu ihm ein wenig auszubauen, aber leider war er schneller verschwunden, als ich mein Zeug zusammenraffen konnte.

Und das ist auch gut so, moralisierte mein innerer Coach. *Denk an Jean-Paul!*

Danke schön für die Erinnerung! Was tat ich denn wohl Tag und Nacht? Genau, an Jean-Paul denken. Und dabei sollte ich doch allmählich mit dem Lernen für meine Vordiplomsklausur beginnen.

Ich rammte frustriert die Heftklammern in die Skripte. Drei Wochen ohne Jean-Paul waren einfach zu viel! Da verirrten sich die Gedanken schon mal zu jemand anderes. Besonders wenn derjenige so gut aussah wie dieser Kommilitone! Es konnte doch keine Untreue sein, wenn man an ganz schlichten Sex dachte. Na ja, gut, an ganz schlichten Sex mit einem anderen Mann. Aber mit einem Fremden, mit dem einen rein gar nichts verband. Schon gar keine Liebe! Das war doch eigentlich nichts anderes, als wenn man in den Fitnessclub ging! Schließlich gehörte zu einem gesunden Körper ein gesundes Sexleben. Mens sana in corpore sano. Ein gesunder Geist erforderte gesunden Sex!

Du denkst dir ja mal wieder einen Schrott zusammen, nölte mein innerer Coach. *Verfolgst Jean-Paul mit deiner völlig unbegründeten Eifersucht und gierst in Wirklichkeit selbst nach einem Seitensprung!*

Ich *gierte* nicht danach! Ich zog ihn allenfalls rein theoretisch und unverbindlich in Erwägung.

Sehr unverbindlich! Wenn der Typ aus der Vorlesung nicht verschwunden wäre, hättest du ihn doch hinter die nächste Stellwand gezerrt!

Jetzt reichte es aber! Sooo bedürftig war ich nun auch nicht.

Ach? Und dieser Markus? Mit dem triffst du dich wohl auch ganz ohne irgendeinen Hintergedanken? Mein virtueller Tugendwächter grinste hämisch.

Wenn ich es doch sagte! Es war eine ganz schlichte, rein hypothetische Überlegung.

Und? Wie sieht das Ergebnis nun aus? Fremdpoppen oder nicht?

Ich schüttelte angeekelt den Kopf. So wie der das schon wieder konkretisierte, klang es echt widerlich. Natürlich würde ich einen Traumtyp wie Jean-Paul niemals nur für den Kick des Augenblicks betrügen.

Vielleicht jetzt noch nicht. Aber warte mal ab, wie es in ein paar Wochen aussieht, wenn du halb verhungert und verdurstet jeder Fata Morgana hinterherhechelst, weil um dich herum nur Liebeswüste ist, verdorrte Gefühle, ausgetrocknete Emotionen, verwelkte Erinnerungen. Und immer wieder Bilder hochkommen von Jean-Paul und der platinblonden Amerikanerin! Glaubst du, dass du dann immer noch so standhaft und treu bist und ...?

»Nichts und! Hör auf und lass mich meine Arbeit machen! Jean-Paul ist mir treu, und ich bin ihm treu. Basta!«

»Wem sind Sie treu?«, fragte eine angenehme Männerstimme hinter mir und ließ mich herumfahren. Erschrocken starrte ich in das Gesicht von Professor Kiesling, das dem meinen verdammt nahe war. Außerordentlich nahe, denn er war auf leisen Sohlen hinter mich getreten und schaute mir über die Schulter. Als ich mich nun so abrupt herumdrehte, stießen unsere Nasen zusammen. Ups!

Gott, wie peinlich! Während ich noch völlig überrumpelt Löcher in die Luft starrte, richtete er sich auf, rieb sich mit schmerzverzerrtem Gesicht seinen Zinken und murmelte: »Bei den Eskimos wäre das jetzt ein Kuss gewesen! Passt das denn noch zu Ihrem Treueschwur?«

Mich durchfuhr eine derart heiße Welle, als stünde

ich komplett in Flammen. War der Typ denn noch zu retten? Immerhin war er mein Prof und Arbeitgeber, und das hier glich ganz klar einer Anmache! Oder etwa nicht?

Bilde dir bloß keine Schwachheiten ein!, versuchte mein innerer Coach mich wieder runterzuholen.

Aber ich bildete mir gar nichts ein. Schließlich grinste Kiesling geradezu impertinent, zog eine Augenbraue hoch, was seinem Gesicht einen ausgesprochen subtilen Ausdruck gab, und meinte: »Sehr schade, dass dies kein Campus in der Arktis ist. Leider weiß ich auch viel zu wenig über das Liebesleben der Eskimos. Was kommt denn nach dem Nasenkuss?«

Ich sprang auf. »Äh, ich glaube, ein Bad in Walfischtran und Fischblut«, schnaufte ich und rannte panisch aus dem Büro.

Sein Lachen schwappte in einer Schallwelle hinter mir her und klatschte am Ende des Flurs auf meine Ohren. Als ich mit dem Fahrstuhl ins Erdgeschoss fuhr, beschloss ich, ihm einen sehr sachlichen Brief zu schreiben und meinen Hiwi-Job bei ihm zu kündigen. Bevor er mich rauswarf.

»Warum sollte er dich rauswerfen?«, fragte Melli, als wir in der Mensa saßen. »Dazu hat er doch gar keinen Grund. Erstens schleicht man sich nicht an eine arbeitende Studentin von hinten heran, zweitens stellt man nicht solch indiskrete Fragen, und drittens sieht das alles eher so aus, als hätte er ein Interesse daran, das Arbeitsverhältnis noch etwas auszubauen, statt es zu kündigen.« Sie kicherte. »Eskimoküsse!«

Liebes Lieschen! Wurde sie jetzt auch noch kindisch?

»Kapierst du nicht, dass das ganze Gespräch total peinlich war? Wie soll ich ihm in Zukunft mit dem nötigen Respekt gegenübertreten, den ich ihm als meinem Prof und Arbeitgeber schuldig bin?«

Melli grinste immer noch. »Vergiss diesen Zwischenfall! Das wird er auch tun. Tu so, als wäre nichts gewesen. Und ehrlich gesagt: Es war ja auch nichts. Nur ein kleiner Unfall. C'est la vie! Kommt und geht. Was hat das schon für eine Bedeutung?«

Na, die machte mir ja Spaß!

Aber am Abend war Paula der gleichen Ansicht, und natürlich musste sich auch Justin mal wieder einmischen.

»Er hat doch cool reagiert, dein Prof«, meinte er allen Ernstes. »Und ein bisschen Flirten in einer solch peinlichen Situation ist doch okay. Hilft doch am besten darüber hinweg.«

Ja klar, er machte es ja immer genauso! Ich dachte an den Tag, als Melli rein aus Trotz zu ihm in die Badewanne gestiegen und sein bestes Stück deswegen gleich Amok gelaufen war. Da hatte er auch versucht, seine Verlegenheit mit charmanter Anmache zu überspielen. Hm, sollte Professor Kiesling auch einfach nur verlegen gewesen sein nach diesem Nasenstüber?

Ich musste kichern bei dem Gedanken, und sofort sagte Justin: »Na, siehst du, Alix. Nicht verzagen, Justin fragen! Ein Mann sieht so was nicht so eng, und dein Prof ist doch schließlich auch ein Mann.«

Ich nickte und dachte bei mir, dass er das tatsächlich war, ganz und gar, in Kraft und Saft. Und genau da lag ja das Problem.

♡ ♡ ♡

Erst einmal stand mir jedoch das Treffen mit Markus bevor.

»Du musst doch nicht hingehen, wenn es dir so unangenehm ist«, meinte Paula.

»Aber es ist mir nicht unangenehm. Es ist sogar sehr angenehm: leckeres Essen und alte Erinnerungen aufwärmen ...«

Wobei ich nur hoffen konnte, dass es ganz alte Erinnerungen sein würden, möglichst nur aus unserer Grundschulzeit, und dass es dabei auch wirklich bleiben würde. Wehe, er wärmte den *Markthallen*-Quickie wieder auf!

Was sollte ihn daran hindern?, fragte mein innerer Coach mit lüsternem Unterton.

Ich!

Also brezelte ich mich am verabredeten Tag schick auf und hoffte, dass mein stylishes Outfit ihn dazu bewegen würde, ein etwas edleres Restaurant zu wählen. Wenn schon, denn schon! Wenn ich mich schon von ihm ausführen ließ, dann richtig. Es traf ja keinen Armen, denn immerhin war er Banker und verdiente daher sicher ganz ordentlich.

Pünktlich um einundzwanzig Uhr kam ich also an der Weltzeituhr an. Markus wartete schon und hielt – fang mich einer auf! – eine langstielige dunkelrote Rose in der Hand.

Ich stockte. Ehrlich gesagt, stand ich wie vom Donner gerührt. Aber schon nach ein oder zwei Sekunden sprang mein Gehirn wieder an, und ich fragte mich, was ich hier eigentlich machte. Ich wollte mich doch nicht allen Ernstes mit dem Typ, der da an der Weltzeituhr stand, treffen, mit ihm Essen gehen und mir dabei die Sülze in den Rachen schieben, während er sie mir in die Ohren stopfte. Nein! Ich war doch wohl von allen guten Geistern verlassen! Das Kapitel Markus war erledigt, abgehakt, fertig!

Ich durfte um Gottes willen nicht nostalgisch werden. Da gab es nichts wieder aufzuwärmen. Eine Kinderliebe sollte eine Kinderliebe bleiben. Ich war ohnehin schon viel zu weit gegangen bei diesem Quickie mit ihm. Aber nur, weil ich damals Jean-Paul noch nicht kannte.

Ich machte auf dem Absatz kehrt und rannte unter dem klappernden Stakkato meiner High Heels davon. Nichts wie weg! Ich wollte keine rote Rose von Markus! Ich wollte überhaupt nichts von ihm.

Wie gehetzt bog ich um die nächste Häuserecke und stammelte vor mich hin: »Ich will nur Jean-Paul treu sein!« Prompt rutschte ich auf dem dämlichen historischen Kopfsteinpflaster der Altstadtstraße aus und krachte in einen Passanten rein. Ich klammerte mich sogleich haltsuchend an ihn, um nicht auch noch zu Boden zu gehen.

»Hoppla!«, sagte eine mir nicht unbekannte angenehme Männerstimme. »Ihr Treueproblem scheint Sie ja Tag und Nacht zu beschäftigen!«

Zwei stützende Arme umschlangen mich, und nachdem ich einen kurzen Moment an seiner Brust gelehnt hatte, um mich zu fangen, stellte mich Professor Kiesling wieder auf die Beine.

»Alles in Ordnung sonst?«, fragte er fürsorglich.

Nach einem kurzen Check nickte ich.

»Kein Huf gebrochen, kein Knöchel geknickt?«

Ich lachte. »Nee, alles okay, bin ja nur weggerutscht. Dieses Kopfsteinpflaster ist wirklich nichts für hohe Absätze.«

Himmel, was redete ich denn da? Der musste mich ja für eine oberhohle Lackschuhtussi halten. Schlimm genug, dass ich ihm so aufgebrezelt über den Weg lief, musste ich auch noch darüber reden?

»Stehen Ihnen aber gut ... Von der Hochschule kenne ich Sie ja nur in Sportschuhen.«

Der knüpfte doch jetzt hoffentlich nicht an die Eskimoküsse an?

Tat er nicht – jedenfalls nicht so direkt. Zumindest was die Eskimos anging, aber anknüpfen schon. Oder eher anbändeln.

»Darf ich Sie denn vielleicht nach dem Schreck zu einem Drink einladen?«

Nein! Bloß nicht! Wenn Markus noch hier irgendwo herumstrich und mich mit Kiesling sah ... Das wäre mir dann doch zu peinlich.

»Äh, ja, sehr nett, danke ...«

Wieso sagst du ja, wenn du nein meinst?, stichelte mein innerer Coach sogleich.

Tja, die Frage konnte ich ihm so spontan auch nicht beantworten. Das war irgendwie eine unangenehme Eigenheit von mir und hing wohl mit dem Ich-reite-mich-gerne-in-die-Gülle-Gen zusammen. Nein, ich weiß nicht, von wem ich das geerbt habe. Irgendein archaisches Relikt oder ein Gendefekt – eine Mutation oder so.

Egal. Kiesling bot mir seinen Arm an, als wäre ich gehbehindert und auf seine Unterstützung angewiesen, und schleppte mich zwei Straßen weiter ins *Altstadtbistro.*

Na, und wer saß da mit einer leicht geknickten roten Rose vor sich auf dem Tisch? Natürlich Markus!

Warum muss ich, wenn das Schicksal mich schlägt, immer gleich zweimal Haue kriegen? So unartig war ich doch nun auch nicht gewesen. Schließlich hatte ich Markus in der guten Absicht stehen gelassen, Jean-Paul nicht zu betrügen. Das konnte das Schicksal schließlich auch einmal honorieren und eine Sonderausschüttung Glück springen lassen, statt mir Markus nun doch noch vor die Nase zu setzen.

»Äh, könnten wir vielleicht lieber …«

Zu spät.

»Alix! Du bist ja doch noch gekommen! Wie hast du mich denn hier gefunden?«

Markus schoss von seinem Stuhl hoch, grapschte nach der Rose und stürzte mit übergroßer Freude auf mich zu. Er nahm überhaupt keine Notiz von Kiesling, sondern bohrte mir stattdessen die Rose fast ins linke Nasenloch und sagte mit einem euphorischen Zittern in der Stimme: »Die ist für dich!«

Äh, ja, das hatte ich irgendwie schon vermutet. Die Rose wollte ich aber lieber nicht annehmen. Sah er denn nicht, dass ich in Begleitung war?

Ich ignorierte die Rose, trat einen Schritt zur Seite und deutete auf Kiesling.

»Äh, tut mir leid, dass ich dich versetzt habe, aber ich … ich habe eine wichtige Besprechung mit Professor Kiesling wegen … äh …«

Ich stockte und starrte Kiesling an. Eine Besprechung war ja eigentlich gut, aber Ort und Stunde eher nicht. Was besprach eine Studentin denn mal so am späten Abend in einem Bistro mit ihrem Professor, ohne ihn und sich zu kompromittieren? Nichts, oder doch?

»... wegen meinem Vordiplom!«

Kieslings Blick war erst erstaunt und dann amüsiert, und so klang auch seine Stimme, als er bestätigte: »Ja, in der Hochschule ist immer nur wenig Zeit, und Frau Auwald ist ja eine so engagierte Studentin. Wenn Sie uns daher entschuldigen würden? Wir haben zu arbeiten.«

Er schob mich wieder aus dem Bistro, hakte sich unter und zog mich um die nächste Straßenecke. Da brach er in prustendes Gelächter aus. Und weil der Gesichtsausdruck von Markus bei Kieslings Worten wirklich saublöd ausgesehen hatte, musste ich mitlachen.

»Was war denn das für einer?«, fragte er schließlich keuchend.

»Eine Jugendliebe«, gestand ich und musste immer noch lachen. »Er ... er hat da irgendwie was missverstanden ...«

»Das scheint mir auch so«, sagte Kiesling.

Einen Moment standen wir dann wie bestellt und nicht abgeholt an der Straßenecke. Gott, war das eine peinliche Situation! Dann ergriff schließlich Kiesling das Wort.

»Und was machen wir jetzt mit dem angebrochenen Abend?«

»Fürs Vordiplom lernen«, schlug ich vor und dachte, dass ich mich nun von ihm verabschieden und schnellstens nach Hause düsen konnte.

»Das ist nicht Ihr Ernst, Frau Auwald! Wo uns das Schicksal nun schon einmal hier zusammengeführt hat, sollten wir doch wohl in der Lage sein, etwas mehr daraus zu machen.«

Ich blickte ihn misstrauisch an. Er schien meine ablehnende Haltung zu spüren, denn er sagte in beiläufigem Tonfall: »Es gibt ein paar Straßen weiter ein nettes Lokal, wo ich öfters mal mit meinen Mitarbeitern esse. Sie wissen ja, meine Familie lebt in Süddeutschland, und meine Abende hier sind häufig recht einsam ...«

Ach, herrje, jetzt drückte er aber mächtig auf die Tube! Taktisch war das ja nicht ungeschickt. Er signalisierte mir einerseits, dass er lieber in Gesellschaft aß als alleine, andererseits gab die Erwähnung seiner Familie dem Ganzen einen unverfänglichen Anstrich. Zudem legte der Hinweis auf die anderen Mitarbeiter nahe, dass es eine übliche Gepflogenheit von ihm war, seine einsamen Abende in Gesellschaft seiner Mitarbeiter zu verbringen, statt alleine hinter dem Schreibtisch zu hocken. Was war daran verwerflich? Nichts!

Allerdings war es doch noch etwas anderes, ob er mit seinen Assistenten oder mit mir, einer kleinen studentischen Hilfskraft, alleine in ein Lokal ging. Also sagte ich, zwar grundsätzlich erleichtert, aber immer noch zögerlich: »Und Sie werden sich nicht mit mir langweilen?«

Ehrlich gesagt, konnte ich mir wirklich nicht vorstellen, was er davon hatte, wenn ich steif vor Ehrfurcht am Tisch hockte und mir die Spaghetti von der Gabel rutschten, weil ich vor Aufregung über seine erlauchte Nähe einen Tremor bekam.

Er lachte jedoch jungenhaft und meinte schelmisch: »Mich mit Ihnen langweilen? Wohl kaum mehr als mit mir alleine!«

Also schlenderten wir lachend zu seinem Stammlokal, das sich dann keineswegs als kleine Pinte, sondern ausgerechnet als das *Capriccio* herausstellte, in dem das lukullische Vorspiel zu meinem One-Night-Stand mit Lars und dem roten Juso-Kondom stattgefunden hatte.

Wie peinlich! Mir wurde allein schon bei der Erinnerung daran dermaßen heiß, dass mir der Schweiß trotz des 24-Stunden-Deos wasserfallartig die Achseln runterlief und mein stylisches Top durchnässte.

Also verdrückte ich mich, kaum dass Kiesling einen Tisch ausgewählt hatte, auf die Toilette. Dort zog ich das Oberteil aus und wusch mir erst mal kräftig die Achseln. Natürlich musste prompt die Gattin des Oberstadtdirektors in den Raum brettern, als ich über dem Waschbecken hing. Ich fing im Spiegel ihren indignierten Blick auf und ließ schnell die Haare über mein Gesicht fallen, damit sie mich bloß nicht erkannte.

»Heiß heute«, brummelte ich mit verstellter Stimme eine Erklärung für mein Tun, worauf sie aber nicht einging, sondern schnellstens in einer Toilettenkabine verschwand.

Blöde Schnepfe! Ich war nun jedenfalls wieder einigermaßen frisch und konnte mich zurück zu Kiesling begeben. Obwohl ... Einen Moment lang dachte ich wirklich an Flucht. Aber das würde er mir wohl kaum verzeihen, wenn ich ihn hier einfach sitzen ließ, und was sollte ich dann in der Hochschule als Erklärung vorbringen?

Dass deine Großmutter ins Krankenhaus musste ... Ein plötzlicher Notfall, schlug mein innerer Coach kooperativ vor.

Sehr hilfreich! Meine Großmutter wohnt im Ruhrgebiet!

Na und? Umso eiliger ist die Sache. Musst ja schließlich noch hinfahren!

Quatsch! Ich war leicht angenervt und würde jetzt erst mal zu Kiesling gehen und abwarten. Was war eigentlich an einem Essen in einem öffentlichen Lokal mit einem Professor so problematisch?

Eigentlich nichts, meinte mein Coach, *wenn der nicht grade dein Chef und Prüfer wäre, gar nichts!*

Ich ging zurück in den Gastraum. Okay, die Sache war nicht ganz koscher, aber es war nicht meine Schuld. Er hatte mich eingeladen und war ein erwachsener Mann, der wissen musste, was er tat. Wenn er kein Problem darin sah, mit einer Studentin, die für ihn arbeitete und deren Prüfer er war, essen zu gehen, dann würde schon nichts dabei sein.

Na, dann lüg dir mal weiter in die Tasche, sagte mein innerer Coach und zog sich beleidigt zurück.

Vielleicht hätte ich doch auf ihn hören sollen.

Kiesling hatte Rotwein und eine Auswahl von Antipasti bestellt. »Ich hoffe, das ist Ihnen recht?«

War es mir zwar nicht, aber nun ja … Jetzt hatte ich mich darauf eingelassen, mit ihm hier zu essen, und damit war es ja auch egal, dass es sündhaft teure Antipasti gab. Sie schmeckten jedenfalls göttlich.

»Zum Wohl«, sagte Kiesling und prostete mir mit dem Rotwein zu. Auch der war extrem lecker, samtig und vollmundig, mit ganz wenig Säure … richtig was zum Genießen. Der Mann hatte wirklich Geschmack.

»Vor wem sind Sie denn eigentlich davongelaufen,

als wir vorhin zusammenstießen?«, fragte er ganz plötzlich, und mir rutschte vor Schreck tatsächlich die gefüllte Kirschtomate von der Gabel und kullerte auf dem Tisch herum.

Ich angelte mit den Fingern nach ihr und merkte natürlich im selben Moment, dass dies ein doppelter Fauxpas war. Erstens ließ man als Frau von Welt Kirschtomaten nicht von der Gabel rollen, weil man sie aufgespießt zum Munde führte, und zweitens griff man nicht mit den Fingern nach ihnen, wenn sie davonrollten. Gott, er musste mich ja jetzt für den totalen Bauerntrampel halten, der nicht einmal die einfachsten Tischmanieren besaß.

Wieder lief mir der Schweiß ungebremst die Achseln runter!

Herrgott, was war denn das bloß? Ich hatte doch früher nicht unter solchen Angstschweißattacken gelitten. Der Typ konnte mich doch nicht dermaßen verwirren, dass alle meine sensorischen Reflexe so völlig aus dem Ruder liefen.

Wenn's nur die wären, ginge es ja noch, meinte mein innerer Coach ironisch. *Aber du scheinst ja voll von der Rolle zu sein: emotional, intellektuell, sensomotorisch …*

Okay, ich hatte die Kirschtomate nun erwischt und musste sie schleunigst loswerden.

»Äh, davongelaufen?«, fragte ich ablenkend, während ich sie dezent unter den Tellerrand schob. »Äh, bin ich nicht …«

»Nicht?« Kiesling lächelte irgendwie undurchsichtig, und ich fragte mich, ob er meine Kirschtomaten-Transaktion oder meine schlaffe Lüge belächelte.

»Ich hatte den Eindruck, Sie wären vor irgendetwas

oder irgendjemandem auf der Flucht, als Sie mir so unverhofft in die Arme stürzten.«

Oh Gott, was sagte ich denn jetzt nur?

»Äh, ja, nein, also, da war dieser Typ mit der Rose, der aus dem *Altstadtbistro*, der hat auf mich an der Weltzeituhr gewartet ... äh ... mir aufgelauert ... und den wollte ich nicht treffen ... auf keinen Fall, weil ich nämlich ...«

»Ich weiß, weil Sie jemand anderem treu sein wollen?«

Er grinste spitzbübisch, was ihn total jung aussehen ließ. Der Typ war aber auch attraktiv! So jemand sollte wirklich nicht als Prof auf harmlose junge Studentinnen losgelassen werden. Da war es ja kein Wunder, wenn man ihm total verfiel!

Halt! Stopp! Diesmal brauchte ich nicht mal meinen Coach, um zu merken, dass ich mich auf extrem dünnes Eis begab.

Ich räusperte mich und starrte in seine Augen. Ach, du liebes bisschen, das war mir ja bisher noch gar nicht aufgefallen. Die waren ja total blau!

Alix! Lass es! Du hast deinen Mr Blue Eyes gefunden, die Jagd ist vorbei!

Stimmt, dachte ich. Mein Coach hatte ja recht. Also riss ich mich zusammen und unterdrückte den aufkommenden Jagdinstinkt in mir. Schließlich war der Mann mein Professor und ich bei Jean-Paul in festen Händen. Gut, dass mein innerer Coach ein bisschen auf mich aufpasste.

»Greifen Sie doch zu!«, sagte der Professor grade und ließ nun wenigstens das leidige Thema Treue erst mal ruhen.

Ich nahm eine gegrillte Aubergine und schnitt sie

in kleine, mundgerechte Stücke. Dabei schielte ich unauffällig im Lokal herum, ob auch niemand da war, der mich kannte. Von der Frau des Oberstadtdirektors und ihrer Freundin mal abgesehen. Dennoch, ich machte am besten, dass ich schnell wegkam. Die Sache war mir nämlich ganz und gar nicht geheuer, und ich wollte nicht, dass ein schlechtes Licht auf mich fiel. Ich war eine gute Studentin und hatte es wirklich nicht nötig, mich bei meinen Prüfern einzuschleimen, indem ich ihnen ihre abendliche Langeweile vertrieb. Hatte er denn kein Zuhause?

Ups, das hatte ich jetzt aber nicht wirklich laut gesagt?

Doch, hatte ich, zumindest irgendwie so ähnlich.

Kiesling zog jedenfalls sehr speziell seine linke Augenbraue hoch, sah mich ziemlich intensiv, um nicht zu sagen scharf, an und meinte dann: »Sie wissen doch, dass meine Familie in Süddeutschland lebt. Ich habe drei Kinder ...«

Ja, okay, und was will uns das sagen? Dass einer mit drei Kindern weniger fremdgeht als einer ohne Kind?

»Warum zieht Ihre Familie nicht hierher?«, fragte ich. So potthässlich war unsere Stadt schließlich auch nicht. Man konnte hier gut leben, besonders wenn man Familie und Kinder hatte. Es war alles da: Kindergarten, Grundschule, Singkreis, Frauenbegegnungsstätte ...

»Mein Sohn ist grade eingeschult worden, als ich den Ruf erhielt. Man kann Kinder nicht so einfach aus ihren sozialen Bezügen reißen. Auch die Kleine ist im Kindergarten so gut integriert, und unser Jüngster ist ja noch ein Baby.«

Ich rechnete mal schnell im Kopf nach. Der ältere Junge musste mindestens sechs oder sieben Jahre alt sein. Nun ja, das war akzeptabel. Mit dreißig war ein Mann wohl reif genug, um Kinder in die Welt zu setzen. Aber andererseits: Mussten es gleich drei sein? Die arme Frau hatte die doch die meiste Zeit alleine an der Backe!

»Und Ihre Frau?«, fragte ich aus diesen Gedanken heraus. »Stört sie das nicht? Äh ... ich meine, immer diese Trennungen ... Das belastet eine Ehe doch sicher?«

Kiesling sah mich wieder so irritierend intensiv an. »Sie sprechen aus Erfahrung?«

»Äh, ja, das heißt, nein, also, das ist anders bei mir ... Ich bin ja nicht verheiratet!«

Liebes Lieschen, was laberte ich denn da?

»Wie schön«, sagte Kiesling. »Das erleichtert ja vieles.«

»Wie bitte?« Ich glaubte, mich wohl verhört zu haben. Wollte er mich jetzt doch direkt angraben?

»Ich meine, eine junge Frau wie Sie hat schließlich ihr ganzes Leben noch vor sich. Eine zu frühe Bindung wäre da doch eher hinderlich, auch unter dem Karriereaspekt. Wer weiß denn, wohin das Schicksal Sie einmal verschlägt? Sie sehen es ja an mir, man muss flexibel sein. Eine Ehe und eine Familie sind schon ein gewisses Problem. Man verlässt seine Lieben ja nicht gerne, und das kann sich dann sehr hemmend auf das berufliche Fortkommen auswirken.«

Hm, dachte ich, wie ein enthusiastischer Familienvater klang er nicht grade und das trotz seiner drei Kinder.

»Ich habe natürlich einen Freund«, schob ich rasch

nach, damit er mich nicht für eine frustrierte Singlefrau hielt, die auf ein kleines Abenteuer mit ihrem Professor aus war.

Kiesling grinste und wirkte wieder total jung dabei. »Ja, natürlich. Das ist bei Ihrem blendenden Aussehen und Charme auch nicht anders zu erwarten.«

Oh Gott! War ich vom Regen in die Traufe gekommen? Schlimmer hätte der Abend mit Markus auch nicht laufen können, wobei ich bei dem deutlich weniger Probleme gehabt hätte, ihn auf Distanz zu halten.

»Und mit Ihrem Freund haben Sie also zur Zeit ein Treueproblem?« Als Kiesling das fragte, senkte er die Stimme und klang plötzlich wie das Klischee eines Psychoanalytikers.

Nein! Ich werde mich nicht auf Ihre Couch legen, Professor Kiesling-Freud! Ich denke nicht im Traum daran!

Ich stieß ein Kichern aus, das mir selber reichlich unnatürlich in den Ohren klang, und sagte in bemüht leichtem Tonfall: »Ach nein, mit der Treue habe ich gar kein Problem ...«

»Aber?«

Wieso aber? Und warum ritt der Typ so hartnäckig auf diesem Thema herum? Am besten klärte ich ihn mal schleunigst auf.

»Also, es ist so: Mein Freund Jean-Paul ist zurzeit in den USA. Er ist nämlich Paläontologe und gräbt dort gerade ein paar Saurier aus. Vielleicht haben Sie in der Zeitung über ihn gelesen. Er hat nämlich erst kürzlich eine neue Art entdeckt ... in Montana ...«

Kiesling schob sich eine Scheibe Parmaschinken in den Mund, kaute genüsslich, spülte mit etwas Rotwein nach und sagte dann: »Ach, Ihr Freund war das? Es war, glaube ich, ein Foto in der Zeitung … War er da auch drauf? Ich erinnere mich nur an einen Haufen Knochen und eine auffallende Blondine …«

Mir blieb die Olive im Hals stecken, und ich brach in bellenden Husten aus. Kiesling sprang auf und klopfte mir hilfsbereit auf den Rücken, um das Ganze noch peinlicher zu machen. Unter Tränen würgte ich die Olive wieder hoch und spuckte sie in hohem Bogen ins Lokal. Ich ging jetzt wohl besser! Aber Kiesling setzte sich wieder und führte das Gespräch genau an der Stelle fort, wo wir es unterbrochen hatten.

»Wirklich eine sehr attraktive Frau.«

Konnte er damit nicht mal aufhören? Das wusste ich schließlich selber, und es nervte.

Wieder sah mich Kiesling an, als wäre er mein Psychoanalytiker, dann stellte er gnadenlos fest: »Gehe ich recht in der Annahme, dass nicht Sie das Treueproblem haben? Sie glauben, dass Ihr Freund eins hat, nicht wahr?«

»Nein!«, wehrte ich vehement ab, um nach einer kurzen Bedenkzeit ein geknicktes »Ja« hinterherzuschieben.

Nun war es auch egal. Obwohl man derart private Dinge ganz bestimmt nicht mit seinem Professor besprechen sollte, klagte ich ihm mein Leid. Irgendwann lag seine Hand auf meiner, einfach so, um mich ein wenig zu trösten. Und als ich in Tränen ausbrach, zahlte er dezent und fuhr mich mit dem Taxi nach Hause.

Ich zog beim Abschied schniefend die Nase hoch, fand mich trotz des Party-Outfits und der High Heels überhaupt nicht mehr attraktiv und hatte daher nicht die geringsten Skrupel, ein Tempo von ihm anzunehmen und herzhaft hineinzuschnäuzen.

»Männer sind unstet«, sagte er vor meiner Haustür. »Das liegt in ihrer Natur. Ich würde mir da keine Illusionen machen, Frau Auwald.«

Ich putzte noch einmal meine Nase und machte mir vor allem über eins keine Illusionen: seine Absichten.

Also schloss ich die Haustür auf, und als er ebenfalls eintreten wollte, schob ich ihn zurück und sagte mit leichtem Bedauern in der Stimme: »Kaffee ist bei mir zurzeit leider aus. Ich bekomme erst in fünf Tagen wieder Geld.« Und mit einem gehauchten Dankeschön für das leckere Essen machte ich ihm die Tür vor der Nase zu.

»Das war doch nicht zu unhöflich, oder?«, fragte ich meine Freundinnen, als ich mit ihnen noch ein wenig in unserer Wohndiele plauderte und den Tag ausklingen ließ. Paula hatte uns einen würzigen Chai Latte gekocht, und auf dem Sofatisch brannten ein paar Duftkerzen. Es war so gemütlich, und Kiesling war plötzlich weit entfernt. Wenn ich mir vorstellte, dass ich jetzt womöglich mit ihm in irgendeinem Hotelzimmer wäre, rieselte es mir kalt den Rücken runter.

Nein, das könnte ich Jean-Paul niemals antun! Andererseits gab es mir doch zu denken, was Kiesling über den unsteten Charakter des Mannes gesagt hatte.

»Kiesling meint, dass kein Mann wirklich treu sein kann«, sagte ich. »Hat er damit recht?«

»Unsinn!«, widersprach Paula sofort. »Karlos liebt nur mich.«

Und sofort zwitscherte sie aus einem Duett der Dreigroschenoper: »Er liebt nur mich, das lass ich mir nicht rauben, da muss ich schon so frei sein, dass kann doch nicht vorbei sein, wenn da so'n Miststück auftaucht ... Lächerlich!«

Melli und ich lachten.

»Stimmt!«, sagte ich. »Wer ist schon Amy?«

In meinem Zimmer blätterte ich noch etwas in meinen medienwissenschaftlichen Lehrbüchern, aber so richtig Bock aufs Lernen hatte ich nicht mehr. Also setzte ich mich an den Laptop, checkte noch mal schnell meine E-Mails und stellte fest, dass Jean-Paul mir geschrieben hatte. In freudiger Erwartung öffnete ich die Mail.

Ach, wie süß! Er hatte mir ein Foto geschickt. Mit Helm und Spitzhacke stand er unter einem Felsüberhang in der Sonne und lachte sichtlich vergnügt.

Hm. Sogleich fragte ich mich, wen er denn da so strahlend anlachte. Irgendjemand musste ja das Foto geschossen haben. Wenn es diese Amy war, dann konnte er es sich sonst wohin schieben.

Aber, aber, schon wieder so grundlos aggro?, mahnte mein innerer Coach.

Grundlos? Von wegen! Als ich den Text las, bestätigte sich meine Befürchtung:

Hallo Schatz,

Amy hat ein paar schöne Fotos gemacht, und darum will ich dir gleich eins schicken, damit du mich auch nicht vergisst. Hier ist tolles Wetter, und die Grabungen gehen bestens voran. Alle sind total nett, und ich bin sehr glücklich, dass mir Amys Stiftung dieses einmalige Erlebnis ermöglicht.

Ich küsse dich!

Jean-Paul

Na super! Das war ja genau das, was ich hören wollte. Amy hier, Amy da! Amy, die tolle Fotografin, die edle Sponsorin, die ihn ja sooo glücklich machte und die er deswegen auch so megasüß anlachte! Er konnte sich seine E-Mail sonst wohin schieben, wenn er eh nur ein Loblied auf Amy singen wollte! Und seine Küsse auch! Die Grabungen laufen super – dass ich nicht lache! Das Angraben dieser Superblondine vermutlich ebenfalls!

Ich war ja so was von wütend. Daher verschob ich die Mail samt Foto sofort in den Papierkorb. Ich wollte kein Foto von ihm, auf dem er diese Schnepfe glücklich anlächelte. Wie konnte er mir so etwas überhaupt schicken? Hatte er denn keinen Funken Feingefühl?

Ich verzehrte mich hier vor Sehnsucht nach ihm, guckte nicht mal Kiesling richtig in die Augen, um nur ja keine Treulosigkeit zu begehen, und er schäkerte sogar vor dem objektiven Auge der Kamera mit dieser Amy herum.

Männer waren unstet! Das hatte Kiesling ja wohl mehr als vorsichtig ausgedrückt. Männer waren Schweine, das traf die Sachlage doch sehr viel besser und war außerdem eindeutig.

Aber als ich dann im Bett lag, fand ich meine Reaktion doch reichlich überzogen. Eigentlich hatte ich doch gar keine so schlechte Meinung von Männern im Allgemeinen. Sie waren mitunter ganz amüsant und zumindest für guten Sex unverzichtbar. Zwar konnte frau es sich auch alleine ganz gut machen, aber viel schöner war es doch in den Armen eines tollen Mannes. Und Jean-Paul war nun mal ein toller Mann!

Aber er war so weit weg, und ich war schrecklich ausgehungert – nicht nur nach Sex, sondern vor allem auch nach den ganzen Kleinigkeiten, die aus einer Affäre eine Beziehung machten: beständige Zuwendung, geteilte Freude und gemeinsames Einschlafen und Aufwachen. Das Glück in den Augen des anderen in den Momenten der Zärtlichkeit.

»Ach, Liebster«, seufzte ich, »ich sehne mich so nach Liebe!« Und deprimiert fügte ich als treues Weib hinzu: »Aber nur mit dir!«

♡ ♡ ♡

Treue ist doch kein leerer Wahn, oder?

Am nächsten Abend war ich wieder für *Nightlife* unterwegs, und nachdem ich ein paar Discos besucht und dort die üblichen Fotos von Dutzenden bester Freundinnen geschossen hatte, machte ich noch einen Abstecher ins *Viper.*

Dort feierte ein prominenter Fußballspieler seinen dreißigsten Geburtstag. Schon am Vormittag hatte er die Rathaustreppe gefegt, was ich ebenfalls aufgenommen hatte, und nun musste ich natürlich noch schnell die lokale Prominenz ablichten, die sich in seinem Glanz sonnte. Morgen würden dann die Internetseiten von *Nightlife* extrem viele Zugriffe und Foto-Downloads verzeichnen können, was die Anzeigenpreise und die Laune meines Chefs gleich wieder in die Höhe treiben würde. Business as usual.

Angesichts des fortgeschrittenen Abends war die Stimmung in der Disco schon mehr als gelöst, und ich hatte keine Probleme, das Geburtstagskind im Kreise seiner Freunde vors Objektiv zu kriegen.

Ich lichtete also fleißig jede Menge willige Halbpromis ab, als sich plötzlich jemand in mein Blickfeld schob, den ich hier eigentlich nicht erwartet hätte: Professor Kiesling.

Wow, der sah aber in legerer Abendkleidung mal

richtig gut aus. In der Uni stach er zwar auch durch seine geschmackvollen Klamotten aus der Masse seiner Kollegen heraus, aber er lief trotzdem noch recht konservativ herum, immer mit Kombi und Streifenschlips.

Aber heute! Respekt!

Ich war nahe dran, meinem Fluchtreflex nachzugeben, aber da ich ihm ohnehin nicht dauerhaft aus dem Weg gehen konnte, war es vielleicht ganz gut, dass wir uns hier auf neutralem Boden und in dieser entspannten Atmosphäre wiederbegegneten. Hoffentlich war er nicht allzu sauer auf mich. Doch das war er offenbar nicht.

»Wen haben wir denn da?«, sagte er jovial, und es klang direkt so, als freute er sich, mir hier zu begegnen. Sicher fand auch er es zwangloser als in der Uni.

»Wie ich sehe, haben Sie ja neben der Tätigkeit an meinem Lehrstuhl noch einen anderen interessanten Nebenjob, Frau Auwald.« Er grinste etwas anzüglich und fügte hinzu: »Das erklärt zumindest, warum Sie mitunter in der Vorlesung, nun sagen wir mal, etwas erschöpft wirken.«

Na, wenigstens hatte er nicht einschlafen gesagt, was die Sachlage allerdings besser getroffen hätte, denn ich war tatsächlich schon hin und wieder nach späten *Nightlife*-Terminen in seiner Vorlesung regelrecht weggepennt. Einmal sogar während der Arbeitszeit in der Fachbereichsbibliothek am Lehrstuhl.

Gott, war das peinlich gewesen, als er mich da schnarchend entdeckt hatte. Klar, dass ich bei dieser Anspielung sofort eine rote Rübe bekam, auch wenn sie ziemlich dezent war. Plötzlich fand ich es gar nicht mehr so gut, dass er mich hier bei meinem Nachtjob gesehen hatte.

»Äh, ja, manchmal ist es schon etwas anstrengend«, sagte ich entschuldigend, »aber andererseits ist es ein … ein sehr interessanter Job, und für mich als Studentin der Medienwissenschaften eigentlich doch ideal … und … also, nur mit einem Job als studentische Hilfskraft an der Uni käme ich nicht so wirklich über die Runden … finanziell, meine ich …«

Kiesling grinste. »Verstehe«, sagte er. »Darf ich Sie denn zu einem kleinen Erfrischungsgetränk einladen?«

Sehr großzügig, dachte ich, da es doch eine Geburtstagsparty für eine geschlossene Gesellschaft und damit eh alles frei war. Aber er hatte wohl nur gemeint, ob er mir ein Getränk besorgen sollte, denn er angelte auch schon zwei Gläser mit Prosecco von einem Tablett, das eine Serviererin gerade vorbeitrug, und hielt mir eines davon einladend hin. Ich ließ die Kamera sinken.

Hm, eigentlich wollte ich heute Abend nichts Alkoholisches mehr trinken. Aber na gut, ein Gläschen würde ich wohl noch verkraften. Hauptsache, Kiesling war nicht sauer und ich konnte in der nächsten Woche ohne Stress wieder meiner Arbeit am Lehrstuhl nachgehen.

»Äh, kennen Sie denn Rudi Schwellfuß?«, fragte ich nun doch neugierig. Bisher hatte ich nämlich gedacht, dass Kiesling an der Hochschule nur rasch seine Stunden abriss und dann nach Süddeutschland zu seiner Familie und seinen Freunden zurückdüste. Zumindest hatte ich nicht vermutet, dass er in unserer Stadt nennenswerte soziale Kontakte pflegte. Wobei ich mich aber offensichtlich getäuscht hatte.

»Doch, doch«, sagte Kiesling grade, »ich kenne

Rudi ja aus München. Ich bin da im Vorstand der Löwen und war maßgeblich an seinem Transfer hierher beteiligt.«

Jetzt blieb mir aber der Mund offen stehen. Schau mal einer an, unser Kiesling! Wie ich ihn so fasziniert anstarrte, fiel mir auf, dass er offenbar einen starken Bartwuchs hatte, denn er wirkte ein wenig unrasiert, was seinem Gesicht einen leicht verwegenen Touch gab. Also, wenn ich nicht Jean-Paul hätte, dann könnte der Typ mir echt gefährlich werden.

Jean-Paul! Es geht hier nicht nur um Jean-Paul! Der Mann hat Familie!, moralisierte mein innerer Coach sofort in meine Gedanken hinein. *Schäm dich!*

Tat ich, sofort. Was aber nichts an der Tatsache änderte, dass Kiesling mich offenbar für eine ganz angenehme Gesellschafterin hielt. Vielleicht sollte ich ihn mal fragen, ob ich mir die Abende mit ihm auf meine Arbeitszeit anrechnen konnte. Wenn er sich eine so tolle Frau wie mich als Abendbegleitung mieten müsste, käme ihn das teurer!

Ich glaube kaum, dass sein Dienstherr dafür studentische Hilfskräfte abstellt.

Alter Miesepeter! Kein bisschen Fantasie. War doch eine innovative Jobidee und würde Profs, die von Heim und Herd getrennt hier ihrer Arbeit nachgingen, bestimmt so manches erleichtern. Unter anderem vielleicht auch das Treusein. Denn Sex wäre bei so einem Arbeitsverhältnis natürlich außen vor. Echt praktisch, dachte ich, diese klaren Verhältnisse.

Meine hingegen waren momentan in Bezug auf Kiesling mal wieder eher unklar.

»Möchten Sie tanzen?«, fragte er, als ich das Glas halb geleert hatte und wir etwas unmotiviert in der

Gegend herumstanden. Und noch ehe ich antworten konnte, nahm er mir das Glas ab und dirigierte mich auf die Tanzfläche. Die war so gerammelt voll, dass Tanzen gar nicht möglich war, und so standen wir mehr oder weniger nah beieinander im Gewühl und ließen uns mal ein wenig nach hierhin und mal ein wenig nach dorthin driften.

An Reden war bei der Mucke jedenfalls nicht zu denken, und das war eigentlich auch ganz gut so. Ich überlegte grade, wie ich denn nun mal elegant den Abflug machen konnte, als mein Blick an einem Tisch hängen blieb, an dem ein knutschendes Pärchen hockte.

Erst war es ja nur die Frau, die mein Interesse weckte, weil sie selbst in diesem Kreis durch ihr Styling außerordentlich auffiel: sehr blond, sehr groß, sehr fetter Busen und sehr enges, extrem kurzes, figurbetontes Glitzerkleid, lange, schlanke Beine auf göttlichen Peeptoes. Paris Hilton auf dem Lande sozusagen. Selbst der merkwürdige Schlafzimmerblick komplettierte perfekt die Kopie der Hotelerbin.

Und nun erkannte ich sie auch. Reiche Erbin passte sogar, wenn auch nicht in der Hotel-, sondern Immobilienbranche. Sie hatte in der Schule schon vor dem Abi Aufsehen erregt, weil sie den roten Sportwagen ihres Vaters mehr als einmal auf dem Schulhof geparkt hatte und die Schulleitung das Ding jedes Mal wieder rigoros abschleppen ließ. Jeder, aber wirklich jeder hatte es ihr gegönnt! Zumindest jedenfalls alle Mädels. Die Typen waren hingegen total scharf darauf, von ihr mal rangelassen zu werden – ans Steuer des Sportflitzers. Sie war schon damals ein Partygirl gewesen und auch heute offenbar nur deshalb hier, um mal wieder einen feschen Typen aufzureißen. Offensichtlich hatte sie ja schon Erfolg.

Zu unserer Schulzeit hatte sie heftig unseren Sportlehrer angegraben, der sich aber mehr für Paula als für Jacqueline interessierte. Nein, kein Scheiß! Sie hieß wirklich so, wurde aber von allen nur Jacky gerufen.

Ich überlegte grade, ob ich Kiesling mal kurz verlassen sollte, um ein Foto von ihr zu machen, weil Paula sich sicherlich sehr amüsieren würde, wenn sie sah, wie aufgezäumt Jacky herumlief, als die Knutscherei endete. Zum ersten Mal hatte ich jetzt freie Sicht auf den Typen.

Allerdings driftete mir genau in diesem Moment Kiesling vor die Optik. Ich schob ihn ein wenig zur Seite, erstarrte, zerrte ihn wieder zurück und versteckte mich im Schutz seines Körpers. Mein Gott, mir wurde schlecht.

Ich stammelte ein paar unzusammenhängende Entschuldigungsfloskeln in Richtung Kiesling, dann ergriff ich die Flucht. Mein Herz klopfte zum Zerspringen, als ich mich hektisch durch die Menge zum Ausgang durchquetschte.

Oh, mein Gott, dachte ich völlig verstört. Das durfte doch wohl nicht wahr sein! Ich hätte wirklich nicht gedacht, dass Lars so ein Arsch sein konnte! Die arme Melli!

Mir war schlagartig die Lust an weiteren Fotos vergangen, und da ich schon genügend Partygänger im Kasten hatte, beschloss ich, für heute Schluss zu machen und auf dem schnellsten Weg nach Hause zu gehen. Ich musste sofort mit Paula sprechen. Ich blieb unter einer Laterne stehen und fischte das Handy aus meiner Jeans.

»Na, schöne Frau, so alleine? Noch nichts vor heute Abend?«, baggerte mich ein Typ im Vorbeigehen an.

»Verpiss dich!« In meinem Zorn auf die gesamte Männerwelt reagierte ich vielleicht etwas übertrieben aggressiv.

»Na, na, mal nicht gleich so aggro!«, ätzte der Typ zurück. »So schön biste auch nicht, Schlampe!«

Ich rief Paulas Nummer an, aber sie meldete sich nicht. Wo steckte die denn wieder? Wenn man schon mal ganz dringend eine Freundin brauchte, dann stand die garantiert unter der Dusche oder lag mit ihrem Lover auf einer rosa Wolke rum. Echt unfair! Wo ließ ich denn jetzt mal schnell meinen Frust ab?

Ich zog die Schuhe aus, sprang nahezu aus dem Stand über zwei Absperrgitter der Straßenbahngleise und flankte über die Parkschranke vor dem Bankgebäude. Das brachte zwar meinen Kreislauf wieder etwas in Schwung, aber das war auch alles. Das Wohlgefühl, das ich sonst beim Parcourslaufen entwickelte, wollte sich so schnell nicht einstellen.

Und während ich durch die nächtlichen Altstadtstraßen lief, konnte ich noch immer nicht fassen, was ich im *Viper* gesehen hatte: Mellis Lars und Jacqueline Niederstrasser!

Ich hätte kotzen können.

♡ ♡ ♡

Als ich in die WG kam, war Paula zwar da, aber sie hockte bei Justin in der Küche, der ein Mitternachtssüppchen zusammenbraute. Ein sehr spätes Mitternachtssüppchen, denn die Morgendämmerung brach bereits an, und die ersten Vögel zwitscherten.

Liebes Lieschen, da hatte ich mir ja wieder die ganze Nacht um die Ohren geschlagen. Obwohl ich schon zu Fuß nach Hause gegangen war, stanken meine Klamotten nach verräucherten Lokalen. Widerlich! Ich verkrümelte mich erst mal unter die Dusche und kam im Bademantel zurück in die Küche. Zwar war ich hundemüde, aber ich hielt es einfach nicht alleine in meinem Zimmer aus.

Wie schön könnte es jetzt sein, Jean-Paul zu lieben und mich an ihn zu kuscheln. Ich fröstelte ein wenig. Ach ja, wie romantisch wäre es, wenn er bei mir wäre und den Sekt auflecken würde, der so schön in meinem Bauchnabel prickelte.

Ich seufzte deprimiert.

Paula und Justin schienen sich hingegen köstlich zu amüsieren und hatten mich offenbar kaum wahrgenommen. Merde!

War denn die ganze Welt aus den Fugen? Paula konnte hier doch nicht halbnackt im Negligé mit Justin herumhängen, obwohl sie doch ernsthafte Heiratspläne mit Karlos schmiedete! Da war ich jetzt aber irgendwie doch konservativ. Wenigstens einen blickdichten Bademantel sollte man in einer WG, in der auch ein Typ wohnte, schon haben!

Frustriert zog ich mich in mein Zimmer zurück. Aber die beiden gaben keine Ruhe, bis ich mich zu ihnen gesellte und auch einen Teller Suppe aß. Sie schmeckte zwar wirklich köstlich, lag mir aber dennoch zusammen mit Lars und Jacqueline Niederstrasser schwer im Magen.

Daher war ich froh, als Justin im Bad verschwand und ich Paula in mein Zimmer abschleppen konnte. Dort erzählte ich ihr von meiner Beobachtung.

»Und du hast dich wirklich nicht getäuscht?«, fragte sie ungläubig.

Ich schüttelte den Kopf. »Echt nicht. Die beiden haben geknutscht. So wahr ich hier sitze.«

»Das hätte ich Lars jetzt aber nicht zugetraut. Gut, in der Vergangenheit war er vielleicht der schärfste Gockel der Stadt, aber ich dachte wirklich, die Liebe zu Melli hätte ihn verändert.«

Ich nickte. Das hatte ich ja auch angenommen. Aber Männer bekamen ihr steinzeitliches Erbe offenbar nicht so leicht in den Griff. Sie mussten einfach immer auf der Pirsch sein, und wenn sie ein Wild erlegt hatten, hielten sie bereits nach dem nächsten Ausschau. Getriebene eben! Im Klammergriff der Hormone!

Wenn auf irgendetwas der Spruch zutraf, dass der Weg das Ziel war, dann auf geschlechtsreife männliche Großstädter zwischen zwanzig und dreißig Jahren. Das waren ruhelos herumstreifende Wölfe, immer bereit, Beute zu reißen, und offenbar nie zu halten.

Arme Melli! Wie brachte ich es ihr bloß schonend bei, dass ihr Typ es mit der Treue nicht so genau nahm?

Halt dich da am besten raus!, meinte mein innerer Coach diplomatisch. *Denk dran, was man mit den Boten schlechter Nachrichten im Altertum gemacht hat. Rübe ab!*

Na, das würde Melli ja wohl kaum machen, aber er hatte schon recht: Nicht jede Freundschaft hielt so etwas aus. Und obwohl Diplomatie wirklich nicht meine Stärke war und es mich schon unheimlich viel Überwindung gekostet hatte, nicht sofort auf Lars und Jacky zuzustürzen und der dämlichen Tussi meinen Cocktail ins Gesicht zu kippen, beschloss ich, mich erst mal zurückzuhalten.

Ich seufzte und sagte frustriert zu Paula: »Tja, ein Mann bleibt ein Mann! Scheint doch was dran zu sein, dass alle Männer Schweine sind und nur an das Eine denken.«

Ausnahmen gibt's leider keine, weil Männer nun mal so sind.

Paula schüttelte vehement den Kopf, und ihre dunklen Locken wirbelten ihr dabei ins Gesicht.

»Ich will es einfach nicht glauben! Es kann doch nicht sein, dass es keine Treue mehr gibt. Das hieße ja, dass auch wirkliche Liebe nicht existiert.«

Ein interessanter Umkehrschluss. Wobei Paula ihre eigenen Ängste förmlich im Gesicht standen. Wahrscheinlich fragte sie sich, was in der Welt, und insbesondere in einer Beziehung, überhaupt noch sicher war, wenn diese unglaublich romantische Liebe zwischen Lars und Melli nicht mal Jacqueline Niederstrasser standhielt.

Das würde nämlich bedeuten, dass auch ihr eigenes Glück mit Karlos viel zerbrechlicher sein könnte, als sie bisher angenommen hatte. Also gab es nur eins: Treue zum Postulat für Liebe erheben. Dann konnte ja eigentlich nichts mehr schiefgehen.

»Du bist also der Ansicht, dass Liebe und Treue unabdingbar zusammengehören?«, fragte ich.

»Du vielleicht nicht?« Paula klang verwundert.

»Doch, doch, das ist auch meine Meinung ... äh ... ja, war es zumindest bisher. Aber mal angenommen, Lars hat da eine andere Auffassung. Du sagst, er liebt Melli, aber er ist ihr offensichtlich nicht treu. Könnte es nicht sein, dass für einen Mann Liebe und Treue nicht zwangsläufig zusammengehören?«

Paula flippte aus wie selten, woraus ich schloss, dass ihr das Thema irgendwie ziemlich naheging. Hatte sie vielleicht ein Problem mit Karlos, das sie bisher verheimlichte?

»Natürlich gehören Liebe und Treue auch für einen Mann zusammen«, sagte sie nachdrücklich. »Den Mann möchte ich sehen, dem du sagst, dass du ihn zwar liebst, dass du aber mit einem anderen geschlafen hast. Der rastet doch aus! Vielleicht sogar noch mehr als eine Frau.«

»Würdest du ausrasten, wenn Karlos mit Jacky geknutscht hätte?«

»Da kannst du aber sicher sein!«, schnaubte Paula, und allein der bloße Gedanke schien sie auf hundertachtzig zu bringen. »Ich würde mich sofort von ihm trennen, wenn er nicht treu wäre.«

Hm, dann würde Melli ja sicherlich auch austicken, wenn ich ihr von meiner Beobachtung erzählte. Was für ein Jammer!

Dabei waren Paula und ich so froh, dass Melli endlich auch einen festen Freund hatte. Und Lars war doch wirklich megasüß gewesen, wie er sie unbeirrt trotz aller Zurückweisung wochenlang beharrlich umworben hatte. Das glich fast schon mittelalterlicher Minne. Und was der alles getan hatte, um sie zu verwöhnen – unglaublich! Das hätte mir mal passieren müssen, dass mir ein Mann derart nachläuft. Bisher war eigentlich immer eher ich es gewesen, die die Initiative ergreifen musste. Wieso geriet ich immer an Männer, die sich lieber verwöhnen ließen, statt mich zu verwöhnen?

Ach ja, Melli und Lars! Was für eine Liebe, hatten wir gedacht, und nun so was. Ausgerechnet Jacqueline Niederstrasser!

»Und was machen wir jetzt?«, fragte ich und rieb meine müden Augen, die fast zufallen wollten. »Ist es nicht unsere Freundespflicht, Melli über Lars aufzuklären?«

Paula gähnte und zuckte unschlüssig mit den Schultern. »Ich weiß nicht, Alix. Manchmal ist es auch gut, nicht alles zu wissen, und viele Dinge renken sich zudem von alleine wieder ein.« Sie gähnte erneut, weswegen ich den Verdacht hegte, dass alles, was sie sagte, nicht mehr gründlich durchdacht war. »Und solange wir nicht wissen, was wirklich zwischen Lars und Jacky läuft ...«

»Na gut«, gab ich nach. »Ich dränge mich nicht in anderer Leute Beziehung, wenn es nicht sein muss. Aber wenn Lars sie wirklich hintergeht, dann ist es unfair, es ihr nicht zu stecken.«

»Dann lass uns das doch erst mal sauber recherchieren ...«, schlug Paula abschließend vor, und man sah ihr an, dass es ihr schwerfiel, diesen Satz angesichts der Tageszeit noch fehlerfrei über die Lippen zu bringen.

Wir umarmten uns zum Abschied – Busserl links, Busserl rechts – und krochen in unsere Kojen.

Entweder war mir Justins Mitternachtssüppchen auf den Magen geschlagen oder der Untreueverdacht gegen Lars, jedenfalls schlief ich trotz meiner Müdigkeit denkbar schlecht ein. Und als ich endlich wegdöste, wurde ich sofort von einem schrecklichen Albtraum geplagt.

Ich sah Jean-Paul und Amy im Brustkorb eines Brontosaurierskelettes aneinandergekuschelt sitzen und hemmungslos miteinander knutschen.

»Das könnt ihr nicht machen!«, brüllte ich. »Nicht mit mir!«

Dann schwang ich mich an einer Art Liane durch die Luft zu den beiden hinüber, und mein Schrei erinnerte stark an Tarzan aus dem Urwald.

»Auseinander!«, schrie ich die beiden bei meiner Landung auf einem der Rippenbögen an.

Aber das Einzige, was auseinanderging, war der Saurier. Mit unbeschreiblichem Getöse brach eine Hälfte von ihm zusammen und stürzte in die Tiefe. Nur ich hockte in diesem Chaos einsam auf der verbliebenen Rippe, und als Jean-Paul an mir vorbei in die Tiefe fiel, streckte ich meine Hand aus und flehte: »Komm zurück!«

Untergang war überall!

Schweißgebadet setzte ich mich im Bett auf. War das jetzt ein Wahrtraum? Betrog mich Jean-Paul tatsächlich mit dieser blonden Hexe?

Träume sind Schäume!, murmelte mein innerer Coach verschlafen.

Stimmt! Irgendwo hatte ich mal gelesen, dass Träume nichts anderes sind als eine Fehlschaltung im Gehirn. Eine wahllose Zusammensetzung nicht zusammengehörender Erinnerungen, Bilder und sonstiger Sinneseindrücke, die ins Unterbewusstsein abgesunken waren. Nicht mehr und nicht weniger, aber schon gar keine hellseherische Glanzleistung.

Das war in gewisser Weise zwar beruhigend, führte aber dennoch nicht dazu, dass ich meinen Schlaf nun relaxter fortsetzen konnte. Die Frage nach dem Stellenwert von Treue in einer Beziehung beschäftigte mich mehr, als ich zugeben wollte.

Nachdem ich mich zum x-ten Mal hin- und hergewälzt hatte, stand ich schließlich frustriert auf und setzte mich an meinen Laptop. Ich loggte mich ein, ging ins Internet und googelte »Treue«.

Hm, ich dachte, da wäre mehr drin! Was da bei Wikipedia stand, war ja nicht grade wahnsinnig erhellend!

Treue ist relevant bei längerfristiger sozialer Nähe in hochpersönlichen Institutionen: Freundschaft, Partnerschaft oder Ehe.

Toll, damit konnte ich jetzt auch richtig was anfangen! Soziologengeschwafel! Hochpersönliche Institution!

Hallo, mein Schatz, weißt du eigentlich, dass wir in einer hochpersönlichen Institution leben? Ja, tun wir, schließlich haben wir so was wie eine Partnerschaft. Das siehst du auch so? Na, dann wirst du ja auch begreifen, dass Treue für uns, und das heißt also auch für dich, relevant ist.

Was für ein Schmarren! Was sollte denn relevant eigentlich bedeuten? Dass man sie praktizierte und sie als verbindlich für die Partner betrachtete? Das war ja wohl mehr als dürftig!

Es wunderte mich schon, denn über jeden Schrott stand bei Wikipedia mehr! Wieso fühlte sich kein Mensch herausgefordert oder berufen, hier was Vernünftiges über Treue zu schreiben? Lebte ich vielleicht irrtümlicherweise im falschen Jahrhundert? Spielte in unserer individualisierten Welt Treue keine maßgebliche Rolle mehr? Machte ich mir völlig umsonst einen Kopf, weil es diese »hochpersönliche

Institution« im eigentlichen Sinne gar nicht mehr gab, weil der soziale Wandel sie einfach nivelliert, verschluckt und ausgelöscht hatte? Weil Freundschaften spontan und mit jedem geknüpft wurden und auch schnell wieder auseinandergingen, wenn es nicht mehr passte, und weil Partnerschaften eher Affären waren und das Risiko einer Ehe ohnehin kaum noch jemand eingehen wollte? Und wenn doch, dann ließ sie sich ja auch problemlos wieder scheiden.

Ich grübelte vor mich hin, bis mir auffiel, dass Liebe in diesem Zusammenhang gar nicht erwähnt wurde.

Frustriert schloss ich die Seite und rief eine andere auf. Dort standen ein paar nackte Zitate.

Wenn die Treue Spaß macht, dann ist es Liebe. Julie Andrews

Nun war die ja nicht grade eine Kapazität auf diesem Gebiet, aber nachdenkenswert war der Spruch schon. Solange Jean-Paul in meiner Nähe gewesen war, war es mir wirklich nicht schwergefallen, ihm treu zu sein. Ich liebte ihn und dachte nicht mal an einen Seitensprung. Aber war das bei ihm genauso gewesen? Und vor allem: Machte zuerst die Treue keinen Spaß mehr oder ließ zuerst die Liebe nach? Oder hatte beides doch nichts miteinander zu tun?

Hatte vielleicht dieser August E. Hohler recht, der sich im Internet seitenweise über Treue ausließ und dabei empfahl, *eingefleischtes Besitzdenken* zu überwinden und Treue nicht *notwendigerweise als sexuelle Treue* zu verstehen, sondern *als Vertrauen, das aus der Zärtlichkeit und Freiheit erwächst, die wir als Liebende einander schenken.*

Ich seufzte. Gott, klang das schön.

Einander halten in Zärtlichkeit und einander lassen in Freiheit!

Echt perfekt – außer wenn dein Typ sich wirklich die Freiheit nahm und tatsächlich mit einer anderen poppte.

Aber was konnte ich denn gegen meine konkrete Eifersucht unternehmen, meine Angst vor Verlust und Einsamkeit? Großmut beweisen, Vertrauen schenken! Klar, konnte ich machen – und anschließend sprang ich vom Hochhaus, weil mich die Depressionen sonst ohnehin umgebracht hätten.

Ich fand den Anspruch auf Treue in einer Zweierbeziehung, ehrlich gesagt, weniger erstickend als den Gedanken, dass mein Typ mir gegenüber von Liebe sprach, während er gleichzeitig mit einer anderen eine rein sexuelle Affäre pflegte.

Klar, ich hatte ja selbst auch schon überlegt, wie es wäre, während Jean-Pauls Abwesenheit einen kleinen sportlichen Quickie mit irgendeinem Fremden einzuschieben, mit dem mich nichts verband. Das müsste Jean-Paul doch gar nicht merken, und für ihn wäre es schließlich auch völlig bedeutungslos, weil … ich ja nur ihn wirklich liebte.

Aber nachdem ich Lars mit Jacqueline Niederstrasser gesehen hatte, war das für mich völlig undenkbar geworden. Wozu war man denn in einer Beziehung, wenn man sich nicht treu sein wollte? Dann machte das doch alles keinen Sinn. Klar, der äußere Schein der Verlässlichkeit konnte gewahrt bleiben, denn ich würde kaum einen Unterschied merken, wenn Jean-Paul zum Fünfuhrtee nicht direkt von der Arbeit kam, sondern von seiner Affäre. Er würde mich sicher nicht vernachlässigen deswegen. Vielleicht wäre er sogar aufmerksamer und würde sein schlechtes Gewissen dann und wann mit einem Blumenstrauß für mich betäuben ... wie mein Vater es bei meiner Mutter getan hatte.

Oh, Scheiße! Ich konnte den Gedanken einfach nicht weiterdenken. Das war doch völlig unvorstellbar, dass Jean-Paul und ich uns so etwas jemals antun könnten! Alleine schon das schlechte Gewissen! Das kam ja bei dieser Idee, Treue an sich und sexuelle Treue getrennt zu behandeln, gar nicht vor. Aber bei mir würde es garantiert vorkommen, wenn ich Jean-Paul mit wem auch immer betrügen würde. Und was machte ich dann damit? Nee, ich könnte es vermutlich gar nicht aushalten, Jean-Paul untreu zu werden.

Als ich dann unter einem anderen Link las, dass für fünfundvierzig Prozent der deutschen Frauen Seitensprünge absolut tabu waren, rechnete ich mich ihnen als Schwester im Geiste dazu.

Allerdings stießen mir die nächsten Daten gleich wieder sauer auf, denn die besagten, dass hinsichtlich sexueller Untreue gerade in der Altersgruppe zwischen zwanzig und dreißig Jahren ein erhöhtes Risikopotenzial steckte.

Hoffentlich lebte mein Jean-Paul das nicht gerade in Amerika mit dieser Amy aus! Was nützte meine Treue, wenn er sie nicht auch hielt?

Mein Blick fiel auf einen anderen Link: UTT – der Ultimative Treuetester! Ich klickte darauf.

Das war ja interessant. Da stand, dass in sechzig Prozent aller Liebesbeziehungen zumindest ein Partner irgendwann untreu würde. Aber viele Partnerschaften würden auch durch Misstrauen und unbegründete Zweifel belastet und scheiterten schließlich an fehlendem Vertrauen.

Hegen auch Sie Zweifel an der Treue Ihres Partners? Dann bringen wir Ihnen schnell und diskret Gewissheit. Unser Partner-Treuetest mit Flirtagenten oder Lockvögeln beseitigt Ihre Zweifel, und in Ihre Beziehung zieht wieder Frieden und Vertrauen ein.

Es sei denn, der Test fiel negativ aus!

Ich konnte es nicht fassen! Da machten Leute echt Geschäfte mit der Treue? Und das auch noch *diskret*, *professionell* und *überregional*! Aber nicht grade billig ... Selbst wenn man den Basistarif nahm, bei dem die Treue per SMS- oder E-Mail-Flirt getestet wurde, war man schon gleich fünfzig Euro los, für einen Flirtagenten musste man dreihundert Euro berappen, und ein Test mit einem Lockvogel kostete schlappe fünfhundert Euro. Dafür war der Lockvogeltest aber auch die garantiert »sicherste« Variante, und UTT verbürgte sich für seine Aussagekraft.

Wer unseren Lockvögeln widerstanden hat, der ist treu – mit Garantie. Dafür verbürgen wir uns mit unserem Namen.

Ich starrte fasziniert auf die aufwendige Homepage und konnte nicht glauben, dass Menschen tatsächlich so einen Blödsinn mitmachten. Ultimativer Treuetest? Was für ein Humbug. Dafür gab doch niemand Geld aus, und dann noch solche Summen. Das konnte garantiert keine gute Geschäftsidee sein. Wer solche Dienste in Anspruch nahm, der brachte im schlimmsten Fall seinen Partner doch erst auf dumme Ideen!

Ich wollte die Seite grade schließen, als mein Blick am Rand auf eine Rubrik fiel, die mich spontan interessierte: *Jobangebote und Castings.* Ich klickte auf den Button darunter.

Fast wäre ich vom Stuhl gekippt! Die suchten tatsächlich »Leute, die gerne flirten« als Flirtagenten und Lockvögel für seriöse Treuetests.

Nein, sagte mein innerer Coach sofort ablehnend, *das ist kein Job für dich! Schlag dir das bitte gleich aus dem Kopf!*

Hätte ich tun sollen, konnte ich aber nicht. Irgendwie zog mich der Gedanke magisch an, untreue Männer aufs Eis zu führen und ihnen dabei zuzusehen, wie sie darauf ausrutschten. Club der Teufelinnen war gestern – zeitgemäß war der UTT, der Ultimative Treuetest.

Was willst du?, sagte ich zu meinem Coach. Melli hat sich mal als Aktmodell vor Architekturstudenten ausgezogen, was bei diesem Job garantiert nicht erforderlich sein wird.

Obwohl mir nicht so wirklich klar war, wie weit man gehen musste. Na, egal … so weit sicherlich nicht. Und falls doch, dann war es eben kein Job für mich. Ansonsten aber schien es recht leicht verdientes Geld zu sein.

Ich speicherte die Seite unter meinen Favoriten und beschloss, morgen mit meinen Freundinnen dieses höchst verlockende Jobangebot zu diskutieren.

Als ich im Bett lag, erschien mir die Idee immer genialer, diese Sache mal genauer unter die Lupe zu nehmen. Wenn ich es geschickt anstellte, konnte ich unschätzbares Material sammeln und darüber vielleicht sogar einen Artikel für die *Abendzeitung* schreiben – als Lockvogel undercover!

♡ ♡ ♡

»Meinst du, man verdient da gut?«

»Auf jeden Fall scheint es mir ein deutlich angenehmerer Job zu sein, als für Architekturstudenten in einem schlecht beheizten Hörsaal das unterkühlte Aktmodell zu spielen«, sagte Melli grinsend. »Glaubst du, ich könnte mich da auch bewerben?«

Das war ja eine total coole Idee.

»Klar!«, stimmte ich sofort zu. »Du kommst natürlich mit!«

»Und ich? Was ist mit mir?«, maulte Paula.

Wir schauten sie beide skeptisch an, und wie aus einem Munde sagten wir: »Das erlaubt Karlos doch nie!«

Paula wurde rot vor Verlegenheit, schluckte und gab dann so tough zurück, dass es uns fast vom Hocker warf: »Das ist ja wohl ganz allein meine Sache.«

War es dann aber doch nicht, denn als gute Freundinnen wollten wir sie natürlich nicht ins offene Messer laufen lassen. Zu lebhaft erinnerte ich mich noch an den Aufstand, den Karlos wegen Thomas, Paulas Ex, gemacht hatte, nur weil er ihr ein paar Dominarequisiten zurückgebracht hatte, die sie auf Anweisung der Sexualberaterin, einer in höchstem Maße selbst sexuell gestörten Person, gemeinsam für ein Rollenspiel bei der Paartherapie angeschafft hatten, die dann jedoch erfolglos geblieben war. Karlos wollte Paula zuerst partout nicht glauben, dass sie nicht in diesem Gewerbe tätig war. Daran wäre die wunderbare Beziehung der beiden beinahe gleich zu Beginn zerbrochen.

Flirtagentin war zwar eine weniger heftige Kategorie, aber ich konnte mir nicht vorstellen, dass Paulas bis in die Knochen konservativer Karlos überhaupt etwas in dieser Richtung tolerieren würde. Und außerdem brauchte Paula ja auch kein Geld. Im Gegensatz zu uns hatte sie einen richtigen Job als Theaterfriseurin und musste sich nicht mit Hilfsjobs und Kurzzeitverträgen über Wasser halten.

Unsere Argumente überzeugten sie schließlich, und nur Melli und ich füllten je einen Anmeldebogen für das Casting zum Flirtagenten aus.

Schon eine Woche später saß ich mit Melli im Zug nach Berlin, wo UTT eine Geschäftsstelle hatte und wo die Castings für die lokalen Agenten stattfanden. Unsere mittlere Großstadt mit Herz lag in deren Einzugsgebiet, und so kratzten wir unsere letzten Kröten für die Zugfahrt zusammen und machten uns mal wieder auf, unser Glück in der Hauptstadt zu suchen – und es am besten auch gleich zu finden. Leider war das vor einiger Zeit bei unserem Versuch, dort einen Mäzen für Melli aufzutun, gründlich schiefgegangen.

»Das glich ja schon einem leicht kriminellen Akt, was wir damals abgezogen haben«, sagte ich bei der Erinnerung an dieses Drama. »Leider hat es sich nicht mal gelohnt.«

Melli kicherte etwas zu schrill, so dass eine im Abteil mitreisende ältere Dame indigniert den Kopf schüttelte. »Ich finde doch, dass es sich gelohnt hat«, widersprach Melli mir. »Wir haben einen kostenlosen Ausflug nach Berlin gemacht, waren bei einer wunderbaren Ausstellungseröffnung mit Geschwindner und vergiss nicht die silbernen High Heels, die mir als Andenken geblieben sind.« Sie kramte in ihrer Tasche. »Siehst du?«

Ich schaute amüsiert auf die exklusiven Treter. »Ohne die gehst du wohl nirgendwo mehr hin!«

»Ich dachte, die sind doch ein ideales Ausstattungsstück für angehende Flirtagentinnen.« Womit sie zweifellos recht hatte.

Als wir dann allerdings in der Geschäftsstelle der Agentur ankamen, war alles sehr viel weniger stylish, als wir es uns vorgestellt hatten. Das Casting fand in einem düsteren Hinterzimmer statt, in dem in abgewetzten Clubsesseln zwei männliche Mitarbeiter der Agentur saßen und ein greller Scheinwerfer einen Lichtkegel an die nackte Wand warf.

Augenblicklich fühlte ich mich unter den Blicken der beiden Typen nackt. Wieso war eigentlich keine Frau dabei? Es wurden doch auch Männer als Treuetester gesucht. Allerdings war meiner Ansicht nach zumindest die gefühlte Untreue bei Männern stärker vertreten, so dass eindeutig mehr Frauen in diesem Job gebraucht wurden. Demnach mussten wir eigentlich ganz gute Chancen haben.

Ein Bistrotisch wurde ins Licht gerückt und zwei Stühle dazugestellt. Einer der beiden, ein reichlich molliger Typ, der Elton ähnelte, nahm am Tisch Platz.

»So«, sagte der andere, ein Normalo im Businesslook. »Dann wollen wir mal.«

Außer uns standen noch fünf andere Mädchen unsortiert in der Gegend herum. Stühle gab es nämlich keine für uns.

»Wo können wir uns denn umziehen?«, fragte eine zierliche Gelockte, die Melli soeben verraten hatte, dass sie Schauspielerin werden wollte und das hier als eine Art Probe für die Schauspielschule betrachtete.

»Um die Ecke«, sagte der Elton-Typ.

Aber um die Ecke war nur ein kleiner, kalter Flur. Hm, nicht sehr ansprechend. Melli kramte ihre High Heels raus und brach sich fast die Haxen bei dem Versuch, sie im Stehen an die Füße zu ziehen.

»Also, ich gehe, wie ich bin«, sagte ich, und das war ja schließlich mit Minirock, Make-up und Gucci-Top auch ganz schön sexy. »Ich mache doch unter diesen Bedingungen keine Modenschau!«

Die anderen Mädels sahen das aber nicht so. Sie wechselten zum Teil komplett ihr Outfit, und als einige zwischenzeitlich in Unterwäsche herumstanden, sah man, dass sie deutlich über dreißig, wenn nicht gar vierzig, sein mussten.

Hm, dachte ich etwas respektlos, so jemanden hatten die untreuen Männer doch sicher selber zu Hause. Warum sollten sie sonst untreu sein?

Und da ich grade mal wieder in die Rolle der investigativen Journalistin schlüpfte, die dringend ein paar O-Töne für ihren Undercover-Bericht brauchte, quatschte ich eine der beiden älteren Frauen an. Cellulitis, Falten am Bauch, schlabberige Oberarmmuskeln … Aus der Nähe betrachtet war die mindestens vierzig.

Liebes Lieschen, wollte ich jemals so alt werden?

Andererseits war meine Mutter zum Beispiel mit Ende vierzig noch ziemlich gut in Schuss.

»Hallo, ich bin Alix«, stellte ich mich vor. »Wie bist du denn eigentlich auf die Idee gekommen, dich hier zu bewerben? Flirtest du so gerne?«

»Eher nicht«, sagte sie, und ihre Stimme war erstaunlich dunkel und rauchig. »Ich habe nur ein einziges Motiv: Ich hasse Männer und je mehr ich in die Pfanne hauen kann, umso besser!«

Ich schluckte. Liebes Lieschen! Das war in der Tat eine überzeugende Motivation für diesen Job, aber dass sie das so klar aussprach, hätte ich dann doch nicht erwartet. Bestimmt war ihr Typ mit einer anderen abgehauen, und jetzt startete sie ihren Rachefeldzug gegen die Männerwelt.

»Bist du Single?«, fragte ich vorsichtig weiter.

»Sehe ich so aus?« Eigentlich schon, dachte ich, aber sie deutete auf ihren faltigen Bauch und sagte: »Zwei Blagen habe ich dem Mistkerl in die Welt gesetzt und jetzt geht er mit einer Jüngeren stiften!«

Ich seufzte und Melli meinte verständnisvoll: »Immer das gleiche Lied.«

Eine sehr junge Frau mit Engelslöckchen mischte sich ein. »Ich finde nicht, dass man in diesem Job private Rachegedanken haben sollte. Dann ist man ja nicht mehr wirklich objektiv. Männer sind doch einfach nur schwach. Mir macht es tierischen Spaß, sie um den Finger zu wickeln, diese süßen Schwachköpfe.«

Na ja, warum nicht? Das war auch 'ne Aussage.

Dann ging es los. Die Kleine mit den Engelslocken machte den Anfang und flirtete wirklich allerliebst mit dem Elton-Typ.

Leider stellte sich dann heraus, dass sie bei der Altersangabe gemogelt hatte und noch keine achtzehn war, eine Grundvoraussetzung für den Job – verständlicherweise. Sie heulte Rotz und Wasser, als sie gehen musste, und meine tröstenden Worte, dass sie bestimmt an der Schauspielschule genommen werden würde, prallten total an ihr ab.

»Da habe ich doch gar keine Chance«, schniefte sie. »Für die sehe ich doch viel zu gut aus. Die nehmen doch nur total abgefuckte Freaks.« Sie starrte Melli missmutig an. »Solche Leute wie dich!«

Na, die machte mir ja Spaß. So eine freche Ratte!

Melli nahm es jedoch mit Humor. »Tja, vielleicht hätte ich wirklich Chancen dort, aber mit sechsundzwanzig bin ich leider zu alt.«

Als Nächstes zog die Vierzigjährige dann alle Register.

Jesses, hatte die eine ordinäre Sprache. Damit bewarb sie sich wohl besser gleich in einem Puff! Und so sahen die Typen von der Agentur das auch. Seriös war was anderes.

»Fickt euch ins Knie!«, sagte sie und spuckte ihnen zum Abschied vor die Füße. Grundgütiger!

Dann war ich an der Reihe.

Himmel, war mir das plötzlich peinlich. Ich machte mich doch voll zum Plätti! Was wollte ich hier eigentlich? So ein Job war doch reichlich pervers! Ich konnte doch mein Geld nicht damit verdienen, Männer zu verarschen!

»Geht's an?«, fragte der Elton-Typ ungeduldig.

»Ja, ja … geht«, stotterte ich und schritt auf den Lichtkegel zu, obwohl ich viel lieber in Richtung Ausgang geflüchtet wäre. Und weil dieser Widerstreit wohl nicht nur mein inneres, sondern auch mein äußeres Gleichgewicht durcheinanderbrachte, stolperte ich über meine eigenen Füße und krachte dem Typ am Tisch im freien Fall auf den Schoß. Upsa!

Völlig derangiert rappelte ich mich auf, entschuldigte mich total verstört und mehrmals hintereinander und stand wohl so belämmert in der Gegend herum, dass er, offenbar von Mitleid ergriffen, aufstand und Erste Hilfe leistete, indem er mir den zweiten Stuhl anbot. Da hockte ich dann wie ein Dummy nach einem Crashtest mit völligem Blackout minutenlang apathisch herum. Der Typ redete auf mich ein und bot mir schließlich sogar seinen Kaffee an.

»Da ... da ... danke«, stammelte ich, »sehr freundlich ... wirklich ... Sie ... Sie sind sehr charmant. Hat Ihnen das schon mal eine Frau gesagt?«

»Klappe!«, brüllte der andere Typ, sprang von seinem Ledersessel auf und kam zu uns rüber. »Sehr geniale Inszenierung. Sie sind engagiert. Lassen Sie sich im Büro Ihren Vertrag geben!«

Melli musste leider gar nichts machen, denn der Typ sagte ihr gleich, dass jemand wie sie nicht oft genug gebucht werden würde. Sie wäre einfach zu krass.

»Die meisten Männer stehen auf was Normales«, sagte er. »Dabei haben die das ja in der Regel schon zu Hause. Na ja, der Mensch ist eben ein Gewohnheitstier.« Er grinste Melli an. »Aber falls du heute Abend noch nichts vorhast und privat ein kleines Vergnügen suchst ... Ich nagel gerne mal ein krasses Brett.«

Ging es dem noch gut? Was erlaubte der sich denn?

Aber Melli schüttelte nur lachend den Kopf. »Nee, lass mal, du musst mich nicht trösten. Ich habe eh einen Freund, und dem kann ich das nicht antun, der ist mir nämlich treu.«

Wenn du wüsstest, dachte ich, und wieder wurde mir ganz schlecht bei dem Gedanken, dass Lars was mit Jacqueline Niederstrasser haben könnte. Der Sache musste ich unbedingt nach unserer Rückkehr auf den Grund gehen.

»Und Sie zahlen auch wirklich sofort, nachdem Sie den Bericht erhalten haben?«, fragte ich, noch bevor ich den Vertrag unterzeichnete.

So ganz seriös schien mir eine Agentur, deren Mitarbeiter solche Sprüche abließen, nicht zu sein.

Aber die Sekretärin lachte nur. »Klar, keine Sorge. Wir haben Filialen in ganz Europa und sind ein großes Unternehmen mit mehr als fünfhundert Agentinnen und Agenten. Sie dürfen sich von den Verhältnissen hier nicht irritieren lassen. Wir fangen in Deutschland erst an. Unsere Zentrale ist in Rotterdam, da haben wir ein Büro im dreizehnten Stockwerk eines Hochhauses. Ringsrum alles Glas. Total edel. Ich war dort mal zu einer Schulung.«

Na dann! Ich überzeugte mich, dass der Vertrag jederzeit von jedem der Partner gelöst werden konnte, und weil ich nun wirklich kein Risiko mehr bei der Sache sah, unterschrieb ich. Als ich der Sekretärin den Vertrag rüberschob, freute sie sich sichtlich.

»Sie werden es nicht bereuen«, sagte sie, »zumal Sie unsere erste Agentin in Ihrer Region sind. Sie werden eine Menge zu tun bekommen, nehme ich an.« Sie suchte in ihrer Hängeregistratur herum. »Wollen Sie gleich anfangen?«

»Warum nicht? Haben Sie denn was in meiner Gegend?«

Sie fischte zwei Hefter heraus. »Wollen Sie die hier übernehmen?«

Ich warf einen Blick auf die Fotos. Beide Typen waren mir völlig unbekannt. Es gab also die besten Voraussetzungen, um ihre Treue unvoreingenommen zu testen. Denn eins hatte ich mir beim Unterzeichnen des Vertrages geschworen: Ich wollte objektiv und gerecht sein. Jeder sollte eine Chance haben, und ich würde nur die Typen verpfeifen, die wirklich übergriffig oder eklig wurden.

Sehr edel, meinte mein innerer Coach, der dem Ganzen bisher verbissen schweigend beigewohnt hatte.

Jetzt brauchte er seinen Senf auch nicht mehr dazuzugeben. Ich dachte, er wäre mein Gewissen? …

Nicht, wenn du mich ausblendest wie Pinocchio die Grille!

Ich kicherte. »Na, hoffentlich wächst mir jetzt keine lange Nase!«

»Wie bitte?«, fragte Melli irritiert. »Redest du mit mir?«

Ich schüttelte den Kopf. »Nein, mit meinem Gewissen.«

♡ ♡ ♡

Als wir in die WG zurückkehrten und Paula von unserem Casting erzählen wollten, kamen wir erst mal gar nicht dazu, denn sie saß mit Justin und meinem Bruder Robbie in der Küche. Das laute Debattieren der drei scholl uns schon im Flur entgegen.

»Was machst du denn hier?«, fragte ich meinen jüngeren Bruder nicht gerade freundlich, denn begeistert war ich über seine Anwesenheit wirklich nicht.

»Papa hat mich rausgeschmissen!«

»Was? Wieso denn das?«

»Er hat uns erwischt. Jenna und mich.«

»Erwischt? Wo? Wobei?« Musste man dem Knaben denn jedes Wort einzeln aus seiner verrotzten Nase ziehen? »Wo hat Papa euch erwischt? Nun erzähl schon!«

»Im Schlafzimmer …«

Na, der Rest erübrigte sich dann ja. Ich fasste es nicht! Mein kleiner Bruder schlief mit seiner Punkerbraut im Elternschlafzimmer und war auch noch so blöd, sich dabei erwischen zu lassen.

»Hast du denn gar nichts von mir gelernt?«, fragte ich und schaute ihn pädagogisch wirksam mit finsterer Miene an. »Und jetzt?«

»Ich ... äh ... dachte, ich könnte vielleicht bei dir ...«

»Da dachtest du falsch.«

»Nur vorübergehend.«

»Auch nicht vorübergehend. Überhaupt nicht gehend, weil es nämlich nicht geht!«

»Gar nicht?«

»Gar nicht! Ich habe keinen Platz und muss für mein Vordiplom lernen. Dazu brauche ich Ruhe.«

»Ich störe echt nicht. Ich bin ja fast den ganzen Tag weg ... nur nachts, wegen der Ratten ... besser wäre es ...«

Oh, mein Gott! War ich meines Bruders Hüter?

Ja, war ich offenbar. Und nicht nur ich. Auch Paula fühlte sich dazu berufen, denn sie rief sogleich entsetzt: »Alix! Du kannst ihn doch nicht nachts bei den Ratten auf der Straße schlafen lassen!«

Es klingelte. Vor der Tür stand Robbies kleine Punkerbraut.

»Is der Robbie hier?«

Ich nickte. »Komm rein.«

»Wollt ihr was essen?« Justin entdeckte nun auch seine soziale Ader.

Hatte ich zur Armenspeisung geladen? Ich wollte keine Seligsprechung, nur meine Ruhe!

»Wo wohnst du denn zur Zeit?«, fragte Paula Robbies Kleine.

Sie zuckte mit den Achseln. »Mal hier, mal dort.«

Ich schaute Robbie noch finsterer an. Das war doch ein abgekartetes Spiel.

»Heißt das, ihr wollt beide bei mir pennen?« Ich kriegte so allmählich 'ne Krise.

»Also, ich habe einen Doppelschlafsack ... Musst dir echt keine Umstände machen.«

Liebes Lieschen! Doppelschlafsack! Der hatte sie doch nicht mehr alle beisammen. Wollte er den etwa in meinem ohnehin winzigen Zimmer ausbreiten? Vor dem Schreibtisch vielleicht, damit ich ständig über ihn hinwegsteigen musste, wenn ich arbeiten wollte? Oder vor der Tür, damit ich darüberstolperte, wenn ich nachts aufs Klo musste?

Nein, was nicht ging, ging nicht!

»Geht nicht gibt's nicht!«, ließ genau in dem Moment Justin sein Standard-Lebensmotto los. »Warum quartieren wir die beiden nicht vorübergehend in der Wohndiele ein?«

»Klar, natürlich! Das ist eine ganz wunderbare Idee von dir, Justin.« Bei Paula brach mal wieder ihr Mutter-Teresa-Syndrom durch. Und um mich auf ihre Seite zu ziehen, sagte sie beschwörend: »Alix, du kannst doch nicht mit dem Gedanken leben, dass dein Bruder in der Nacht unter einer Brücke schlafen muss und von fetten schwarzen Wasserratten angenagt wird.«

Ich sah plötzlich eine dicke Schlagzeile im *Tagesanzeiger* vor mir: Herzlose Schwester wirft Bruder den Ratten vor!

»Liebes Lieschen!«, rutschte es mir heraus. »Nun mach aber mal einen Punkt! Ihr tut grade so, als wären die beiden Maria und Josef, denen ich die Herberge verweigern würde.«

Ich schaute Jenna misstrauisch an. War sie nicht erstaunlich proper für jemanden, der sich von den Bröseln vom Tisch der Reichen ernährte? Die trug doch wohl keinen kleinen Robbie unter ihrem Herzen? Der Sache musste ich dringend auf den Grund gehen. Also gab ich erst mal nach.

»Sie können meinetwegen hier pennen, aber in meinem Zimmer ist definitiv kein Platz. Und was das Essen angeht: Ich habe kein Geld mehr diesen Monat, um die beiden auch noch durchzufüttern!«

»Brauchst du nicht, Alix«, sagte Robbie und legte plötzlich ganz peacig seine Hand auf meinen Arm. »Ich gehe mit Jenna zur Tafel essen. Weiß doch, dass du knapp bist.«

»Das kommt ja gar nicht in Frage«, mischte sich Justin schon wieder ein.

Dabei fand ich die Idee von Robbie gut. Der sollte ruhig mal erfahren, wie es war, auf der Straße zu leben und von anderen abhängig zu sein. Dann würde er sein Zuhause vielleicht wieder ein bisschen mehr zu schätzen wissen.

Aber Justin vermasselte natürlich alle meine sozialpädagogischen Bemühungen.

»Ich finde es super, mal für ein paar Leute mehr kochen zu können. Wozu habe ich von meinem Vater dieses tolle *Kochbuch für Kommunen* geschenkt bekommen? Das hat er noch aus seiner Studentenzeit, und da sind jede Menge leckere, aber preiswerte Gerichte drin.«

Mir grauste. *Kochbuch für Kommunen*? Sein Vater war doch garantiert einer von diesen legendären Achtundsechzigern. Na, dann konnten wir uns ja auf was einstellen. Vermutlich würde es jeden Tag Eintopf geben: rote Rüben!

♡ ♡ ♡

Treu sein, das liegt mir nicht, wenn's dir auch das Herze bricht…!

Ich hatte also meine ersten beiden Aufträge als Treuetesterin in der Tasche. Nun mussten sie nur noch ausgeführt werden.

Das war jedoch leichter gesagt als getan, denn niemand hatte mir erklärt, wie ich an die Typen rankommen sollte. Ich konnte ja schließlich nicht an deren Haustür klingeln und fragen: »Hätten Sie mal einen Moment Zeit für einen kleinen Flirt?«

Ich las mir das erste Personenblatt durch. Der Knabe hieß Stefan Stumper und wohnte in einer ländlichen Vorstadtsiedlung in einem Reihenhaus von der Stange. Er hatte zwei Kinder in die Welt gesetzt, und vermutlich vegetierte seine Frau als Hausmütterchen und grüne Witwe den ganzen Tag dort vor sich hin, immer mit der Frage im Kopf: Was macht er in der Stadt, wenn ich nicht dabei bin? Geht er wirklich nur zur Arbeit oder geht er fremd?

Er arbeitete bei einem Elektrogroßhandel als Abteilungsleiter, was bedeutete, dass er durchaus so etwas wie eine kleine Karriere gemacht hatte, während sich seine Frau um die Kinderaufzucht kümmerte. Die übliche Rollenverteilung im kleinbürgerlichen Mittelstand.

Möglicherweise hatte er was mit einer Kollegin,

aber das herauszufinden war ja nicht meine Aufgabe. Ich sollte schließlich nur seine grundsätzliche Bereitschaft zu einem Seitensprung testen.

Gut, ich wusste also, wo er arbeitete und was seine Position war, aber das half mir so direkt auch nicht weiter. Sollte ich ihm bei Feierabend vor seiner Firma auflauern und mich ihm wie dem Agenturmenschen vor die Füße schmeißen in der Hoffnung, dass er mich dann auf einen Kaffee einlud? Da hatte ich doch erhebliche Zweifel, ob das immer so gut funktionieren würde.

Ich starrte auf seine Telefonnummer. Privat ging ja gar nicht, aber im Büro konnte ich es doch mal probieren. Doch wie überredete ich ihn zu einem Date?

»Hallo, Herr Stümper, äh, Stumper, ich bin die Glücksfee von der SKL. Sie haben gewonnen! Wenn Sie mich um achtzehn Uhr im Café Schenker treffen, dann schenke ich Ihnen etwas!«

Das ging ja mal gar nicht! Aber was konnte ich ihm Verlockendes bieten, damit er sich mit mir traf? Denn ohne ein Treffen gab es schließlich auch keinen Flirt.

»Hey«, zirpte ich probeweise. »Hier spricht die Cindy. Du hast gestern Abend meine Nummer gewählt, aber ich war leider nicht zu Hause. Wie wäre es, wenn wir uns heute um achtzehn Uhr im Café Schenker treffen? Meine Erkennungsmerkmale sind ein dicker Busen und ein knackiger Po. Darauf stehst du doch, Süßer?!«

Mein innerer Coach kugelte sich in einem Lachkrampf. *Lass es!*, sagte er schließlich keuchend. *Das ist kein Job für dich.*

Abgesehen davon, dass ich weder über den versprochenen fetten Busen noch den entsprechenden

Po verfügte, fand ich das mittlerweile auch, wollte es aber natürlich nicht zugeben. Ehrlich gesagt, hatte ich mir das Ganze einfacher vorgestellt. So wirklich leicht verdient war das Geld wohl doch nicht. Aber ich wollte es wenigstens ausprobieren, und der Stumper sah eigentlich auch ganz nett aus.

»Ich rufe ihn jetzt einfach mal an«, sagte ich laut zu mir selbst. »Mir wird schon was einfallen, wenn ich ihn an der Strippe habe. Ich bin ein Ernstfall-Typ. Meine kleinen grauen Zellen arbeiten nur wirklich gut, wenn sie echt gefordert werden. Proben und theoretische Überlegungen sind nicht mein Ding.«

Na, dann viel Glück!, meinte mein Coach, und es klang so, als hätte er gesagt: Fröhliche Beerdigung!

Ich wählte also die Dienstnummer von Stefan Stumper, und natürlich landete ich nicht direkt bei ihm, sondern bei seiner Vorzimmerdame.

»Der Herr Abteilungsleiter ist grade im Gespräch mit einem Kunden.«

»Ich … äh … bin auch ein Kunde … äh … eine Kundin. Es … äh … geht um einen großen Auftrag, ja … äh … einen Großauftrag, und es wäre eilig …«

»Würden Sie einen Moment in der Leitung bleiben? Dann rufe ich ihn aus …«

Sie setzte wohl meine Zustimmung voraus, denn ich hörte, wie sie bereits über Lautsprecher rief: »Herr Stumper, Herr Stumper, bitte auf Leitung drei. Dringend!«

Sauber, das hatte ich ja schon mal gut hingekriegt. Aber was nun? Mir zitterten die Knie, und ich pflanzte mich erst mal auf meinen Schreibtischstuhl.

Während ich wartete, wanderte mein Blick in den Hinterhof und zum Gebäude gegenüber. Im vierten

Stock war ein neuer Mieter eingezogen. Er hatte die Fenster offen stehen und renovierte gerade die Wohnung. Mein Fenster war auf Kippe, und ich hörte daher sein schiefes, aber fröhliches Pfeifen. Vielleicht sollte ich den mal kennenlernen …

Eine dunkle Männerstimme riss mich aus meiner abschweifenden Betrachtung.

»Äh ja … Hallo, Herr Stumper! Schön, dass ich Sie persönlich erreiche.«

Ja, das war wirklich schön, aber was sagte ich nun? Mit nichts in der Birne ein Gespräch zu führen, war schon etwas gewagt. Aber auch diesmal ließen mich meine kleinen grauen Zellen nicht im Stich. Ganz plötzlich kam mir eine Erleuchtung. Wie war das mit der Spiegelmethode nach Rogers? Die hatte ich doch in Medienpsychologie gelernt.

»Sie sind doch Herr Stumper?«

»Ja, wer denn sonst?«

»Und ich bin richtig bei Elektrogroßhandel … blablabla …«

»Ja, sind Sie!« Es klang etwas genervt.

Hm, hoffentlich war der Typ nicht zickig. Auf zickige Männer stand ich ja nun gar nicht. Das war ich schließlich selber.

»Sie nehmen also auch Großaufträge an?«

»Dazu sind wir ja ein Großhandel.«

»Das heißt?«

»Dass wir Großaufträge annehmen.«

Super, dann musste ich jetzt nur einen Großauftrag avisieren, und schon war sein berufliches Interesse an mir geweckt.

»Wir bauen in …« Ja, wo denn? Ach, am besten irgendwo im Osten. »Also, wir bauen in Thüringen ein

Einkaufscenter und möchten einen Auftrag für die komplette Elektroausstattung vergeben. Die Ausschreibung hat leider nicht den erwünschten Erfolg gebracht – alles viel zu teuer –, und so hat man mich beauftragt, nach einem kostengünstigen Anbieter Ausschau zu halten. Ihr Unternehmen ist mir sehr empfohlen worden als leistungsstark und preisgünstig zugleich. Ist das richtig?«

Er spulte ein paar standardisierte Werbefloskeln herunter, und man merkte der plötzlichen Hektik in seiner Stimme an, dass er den Köder geschluckt hatte. Bestimmt schimmerten in seinen Augen schon Eurozeichen, und in seinen Ohren klimperten die Münzen wie beim Jackpot-Gewinn an einem Glücksspielautomaten.

»Sehr schön«, unterbrach ich seinen Redeschwall. »Ich bin auf der Durchreise. Sie verstehen sicher, dass Sie natürlich nicht der einzige Anbieter sind, der für uns von Interesse ist. Wäre es möglich, dass wir uns kurzfristig treffen, um über die Konditionen zu sprechen? Sie verstehen ... So etwas geht nicht am Telefon.«

Natürlich verstand er, und schwuppdiwupp waren wir für achtzehn Uhr im Café Schenker verabredet.

Nachdem er aufgelegt hatte, starrte ich verblüfft mein Handy an. Das war ja super gelaufen. Ich war als Flirtagentin offenbar ein Naturtalent. Okay, das war ja auch nicht so schwierig, aber was machte ich bei dem Date nun mit ihm? Wie testete ich seine Treue?

Ich pilgerte in die Wohndiele, wo ich eben Mellis Stimme gehört hatte. Ach je, hoffentlich war sie nicht auf Robbie und sein Schneckchen getreten. Ich hatte sie ja noch gar nicht über die unerwünschte Einquartierung informieren können, weil sie die Nacht bei Lars verbracht hatte. Schnellstens raste ich hin.

»Melli, oh, Melli, ich ... ich habe total vergessen, dir zu sagen, dass ...«

»Dass du hier ein Asyl aufgemacht hast?«

Ich schluckte. Bestimmt war sie jetzt sauer und zwar zu Recht. Statt vor meiner Tür lagerten die beiden nämlich vor ihrem Eingang.

Robbie grunzte und pellte sich verschlafen aus der Doppeldaunenpenntüte. Seine Augen waren verklebt, und daher war er vermutlich halb blind, als er zu Melli hochschaute.

»Moin, Melli«, sagte er aber wenigstens höflich.

»Moin, Moin, Kleiner«, erwiderte sie den Gruß, und es klang mütterlich besorgt. »Mal wieder auf Trebe?«

Mir fiel ein Stein vom Herzen. Sie war echt cool. Irgendwie hatte sie an meinem Bruder einen Narren gefressen, seit er ein paar Tage in ihrem Loft genächtigt hatte, weil ich damals im Studentenwohnheim keinen Platz für ihn hatte und außerdem Elke als Mitbewohnerin am Hals. Die wäre Amok gelaufen, wenn ich einen Mann im Apartment einquartiert hätte. Egal ob an dessen Kinn noch Babyflaum wuchs oder nicht.

»Ich koche Kaffee«, bot ich also erleichtert an und verschwand in der Küche, während Melli sich von Robbie die dramatischen Ereignisse in meinem Elternhaus schildern ließ, die dazu geführt hatten, dass er nun wohnsitzlos war.

Als die beiden einige Zeit später in die Stadt aufbrachen, fragte ich Melli, ob sie mit mir in einem Rollenspiel das Treffen mit Stumper üben könnte. Aber sie lehnte ab. Es war inzwischen schon später Vormittag, und sie wollte dringend noch in die Kunsthochschule.

»Üb es doch mal mit Justin«, schlug sie vor. »Der kann dir als Schauspieler doch sicher ein paar Tipps geben.«

Gute Idee!

Ich setzte frisches Kaffeewasser auf und ging zu seinem Zimmer hinüber. Leise klopfte ich an die Tür, denn manchmal schlief Justin um diese Zeit noch, wenn er am Abend zuvor eine Vorstellung gehabt hatte, und dabei wollte ich ihn nicht stören.

Aber er war wach und rief mit ziemlich munterer Stimme: »Herein! Wenn's kein Steuerfahnder ist!«

Ich grinste und fragte beim Eintreten: »Steuerfahnder? Was gibt es bei dir denn zu fahnden?«

»Nichts«, sagte er. »Da hast du recht. Es ist nur so eine Redensart, die ich von meinem Vater übernommen habe. Der hat wohl hin und wieder was am Fiskus vorbeigeschmuggelt. Hat ihm aber auch nichts genützt, und er hat schließlich doch Konkurs anmelden müssen.«

»Das tut mir leid«, sagte ich bedauernd, aber Justin zuckte nur mit den Achseln und meinte lakonisch: »Ein deutsches Schicksal! Davon gibt es Tausende. Setz dich! Was kann ich für dich tun?«

Ich hockte mich in seinen grauen Designersessel und betrachtete den roten Streifen an der Wand hinter seinem Bett. Der war das Einzige, was von Mellis Farbrausch übrig geblieben war. Bei seinem Einzug hatte sie die ganze Wand rot angestrichen. Sie war total zugekifft gewesen und konnte Justin von Anfang an nicht leiden. Gut, das hatte sich inzwischen etwas gelegt, aber sie hat ihm wohl immer noch nicht ganz verziehen, dass er danach von ihr verlangt hatte, dieses wunderbare, stimulierende Rot ausgerechnet mit Grau zu überstreichen.

»Der Typ hat kein Charisma«, hatte sie damals gesagt. »Der ist kein wirklicher Schauspieler, der wird niemals Karriere machen!« Aber da hatte sie sich glücklicherweise getäuscht.

Justin war als Claude im Musical *Hair* ganz prima angekommen und hatte bereits eine Vertragsverlängerung für eine weitere Spielzeit in der Tasche. Das hatte Melli richtig gefuchst, denn sie hatte gehofft – warum auch immer –, dass er am Ende der Spielzeit den Abflug aus der WG machen würde. Inzwischen hatte sie sich allerdings damit abgefunden, dass er noch länger bei uns wohnen würde. Immerhin hatte er ihr auch sehr geholfen, als sie im Alkohol- und Drogenrausch fast ihr Meisterwerk für die Ausstellung der *Jury-Freien* zerstört hatte.

Also, ich fand den Knaben echt brauchbar. Zumal er auch noch gut kochen konnte. Es musste ja nicht grade aus dem Kochbuch seines Vaters sein!

Ich grinste ihn an. Er war wirklich ein ganz Lieber, und wie er sich für Robbie und Jenna eingesetzt hatte, war total solidarisch gewesen. Daher hoffte ich also ebenfalls auf Justins Unterstützung.

Ich erzählte ihm von meinem neuen Job, und er kringelte sich vor Lachen. »Sag mal, Alix, gibt es eigentlich irgendetwas, wo du nicht mit deiner vorwitzigen Nase reinschnuppern musst?«

Ich schüttelte den Kopf. »Was meinst du, warum ich Medienwissenschaften studiere? Investigativer Journalismus ist geradezu für mich gemacht. Ich kann nicht genug entdecken! Nur so bleibt das Leben spannend. Was ist? Hilfst du mir?«

Natürlich tat er das. Und so probierten wir aus dem Stegreif ein paar Varianten des Gesprächs mit Stefan Stumper durch. Das war zwar sehr spaßig, aber echte Sicherheit gab es mir nicht.

»Und wenn es jetzt ganz anders läuft?«, fragte ich verunsichert.

»Dann kommt es auf deine Flexibilität an.«

»Ich bin nicht flexibel!«, jammerte ich.

»Ach, das glaube ich aber doch. Und falls alles total schiefläuft, musst du dir eben schon vorher ein Hintertürchen zur Flucht offen halten.«

»Und das sähe wie aus?«

Er schaute auf seine Armbanduhr. »Du, da musst du dir selber was überlegen. Ich habe gleich eine Kostümprobe für das neue Stück ... Das wird jetzt etwas eng.«

Na, sauber! Wenn man die Männer mal brauchte!

Ich ging in die Küche rüber, wo jemand mit Geschirr klapperte. Es war Melli, die Kaffee aufbrühte.

»Schon wieder zurück?«, fragte ich erstaunt.

Sie schüttelte den Kopf. »Nee, war gar nicht weg. Hab es mir anders überlegt. Ich bin zu müde heute.« Sie warf mir einen kurzen Blick zu. »Und du? Hattest du bei Justin Erfolg? Bist du jetzt im Flirten perfekt?«

Ich schaute sie misstrauisch an. Sollte das eine Anspielung sein? Sie glaubte doch nicht, dass ich mich mit Justin einlassen würde? Was für ein hirnrissiger Gedanke! Irgendwie schien sie nicht gut drauf zu sein, und außerdem räumte sie die Spülmaschine aus, was sie normalerweise niemals tat. Das gab mir zu denken.

Ich schaute sie scharf an. Hatte sie ein Problem oder war sie krank?

»Bist du krank, Melli?«

»Wieso?«, kam es kurz angebunden zurück.

»Du machst Hausarbeit!«

Der Kaffee war nun fertig. Sie setzte sich mit einem Seufzer an den Küchentisch und stützte ihren Kopf in die Hände.

»Ich komme nicht weiter! Meine Farben sind alle, und ich habe kein Geld mehr, um neue zu kaufen.«

»Wieso denn das?«, fragte ich verwundert. »Ich denke, du bist jetzt mit Lars zusammen.«

»Das ist ja das Problem. Als er mich noch gesponsert hat, lief alles bestens. Aber dir ist doch wohl klar, dass ich jetzt, wo ich mit ihm zusammen bin, kein Geld mehr von ihm annehmen kann.«

Nö, das war mir, ehrlich gesagt, nicht ganz klar. Aber wenn sie meinte... War da nicht auch noch dieser Mäzen, der für viel Geld ein Bild von ihr gekauft hatte und der so auf ihren altmeisterlichen Stil stand? Dieser Brauereimensch?

»Was ist mit dem?«

»Nichts. Er hat das eine Bild gekauft und seitdem habe ich nichts mehr von ihm gehört.«

»Und was ist aus dem Geld geworden?«

Das konnte doch nicht alles weg sein!

»Ich habe meine Schulden bezahlt und neue Farben gekauft, ein paar Klamotten, ein Doppelbett und ...« Sie seufzte. »Es ist halt weg und was ich im Irish Pub verdiene, reicht mal grade so für die Miete und ein paar Krümel zu essen.«

Na toll! So hatte ich mir das mit Lars aber nicht vorgestellt. Und nun ging der womöglich auch noch fremd. Hoffentlich bereitete er nicht insgeheim schon seinen Abflug vor. Sollte er es tatsächlich nur auf das zweite Mal mit Melli angelegt haben, um sein Ego aufzupolieren? Und nun, wo sie nachgegeben hatte, verlor er schon das Interesse an ihr? Wie mies wäre denn das! Mir stieg die Galle hoch, als wäre es schon Gewissheit. Männer sind ja so gemein!

Ob ich Melli doch von meiner Beobachtung erzählen sollte?

Aber mein innerer Coach hielt mich vehement davon ab. *Untersteh dich! Es gibt Dinge, die sagt man einer Freundin einfach nicht, wenn man sie als Freundin behalten möchte. Und die Untreue des Partners gehört dazu! Denk an Paulas Worte!*

Das machte ich ja, aber dennoch tat mir Melli leid. Wo sollte sie denn jetzt Farben herbekommen?

»Du, wenn ich den Job heute hinkriege, dann habe ich wieder was in der Kasse und kann dir aushelfen«, bot ich an.

Aber Melli schüttelte den Kopf. »Du weißt, dass ich von meinen Freundinnen kein Geld leihe. Dann könnte ich es ja auch von Lars nehmen. Ich denke, ich mache mal wieder ein paar Aktsitzungen bei den Architekturstudenten.« Sie stand auf. »Vielleicht ist eine kleine schöpferische Pause auch mal ganz gut. Ich glaube, ich fahre doch mal eben in die Kunsthochschule. Eventuell kann ich ja im Malsaal ein paar Farben abstauben.« Sie grinste etwas gequält. »Also, viel Erfolg bei deinem Flirt!«

Ich traf Stumper im Café Schenker. Er sah dem Foto aus dem Personalblatt ziemlich ähnlich, und so erkannte ich ihn schon, als ich das Café betrat. Er saß selbstbewusst an einem der kleinen Bistrotische und rührte in einem Cappuccino. Ich bestellte bei der vorbeieilenden Serviererin ebenfalls einen und ging zu ihm, wobei ich mich mit meinem frisch zugelegten Decknamen vorstellte: »Ich bin Lydia Assmann. Wir haben heute Vormittag telefoniert.«

Er sprang auf und schob mir den Stuhl unter den Po. Na, wenigstens hatte er einer Frau gegenüber Manieren.

Sehr schnell kam er auf das Geschäftliche zu sprechen und jedes Mal, wenn ich einen Flirtversuch startete, bekam er rote Flecken im Gesicht.

Schließlich wurde ich etwas deutlicher. »Das hört sich alles sehr gut an, Herr Stumper. Ich glaube, ich werde mir heute hier ein Hotel nehmen und die Sache noch einmal durchkalkulieren. Könnten Sie mir dabei vielleicht ein wenig behilflich sein?«

Wenn er jetzt zusagt, ist er fällig, dachte ich und war ziemlich sicher, dass ich ihn in der Venusfalle hatte.

Er wurde leicht grünlich im Gesicht und hatte einen ziemlichen Tatterich, als er nach seiner Kaffeetasse griff, so dass der letzte Rest des Cappuccinos auf seiner Krawatte landete.

Aber er sagte mit relativ fester Stimme: »Das geht leider nicht. Ich … äh … habe noch einen privaten Termin. Also, meine Frau wartet auf mich … Ich stehe Ihnen morgen aber gerne zeitig zur Verfügung.«

Ich jubilierte innerlich. Es gab sie also doch! Was auch immer alle Welt erzählen mochte: Es gab noch treue Männer. Und eines dieser kostbaren Exemplare saß vor mir.

Glückwunsch, Stefan Stumper, dachte ich, du hast

soeben deine Ehe gerettet! Aber ein kleines bisschen wollte ich doch noch bohren, denn allzu leicht konnte ich es ihm auch nicht machen.

»Sehr bedauerlich«, sagte ich also mit ernster Miene. »Da kommen mir andere Kunden allerdings deutlich mehr entgegen. Meinen Sie nicht, wir sollten nach einem kleinen Imbiss in mein Hotelzimmer umziehen?«

Er sprang wie von Furien gehetzt auf. »Nein, meine ich nicht, Frau ... äh ... Assmann. Ich habe meine Dienstzeit bereits um zwei Stunden überschritten und habe wirklich noch andere Verpflichtungen. Ich bin der Ansicht, dass unser Angebot seriös ist, in jeder Hinsicht. Wenn Sie also eine korrekte Firma zu schätzen wissen, werden Sie erkennen, dass Sie mit uns zusammenarbeiten sollten.«

Er wirkte jetzt selbstbewusst und erstaunlich klar. Offenbar war ihm nun sehr viel wohler, nachdem er mein ziemlich eindeutiges Angebot abgelehnt hatte.

Er reichte mir die Hand. Sie war nur ein kleines bisschen feucht und lauwarm.

»Es hat mich gefreut, Frau Assmann. Rufen Sie mich an.«

Dann war er weg, und ich bestellte mir erst mal einen Wodka.

Liebes Lieschen, das hatte ich nun wirklich nicht erwartet. Ich zog den Protokollbogen aus der Tasche und notierte seine Reaktion. Als ich *Flirtversuch gescheitert* schrieb, freute ich mich sogar selber darüber.

Ich kippte den Wodka runter und dachte: Lieber Gott, lass doch bitte Jean-Paul auch zu den Männern gehören, die ihre Frauen mehr lieben als ihren Job!

Aber der Stumper war einer der wenigen. Ich lernte sehr schnell, dass die meisten deutlich weniger Skrupel hatten bei so einem verlockenden Deal, Moral und Partnerin mal vorübergehend zu vergessen. Schon der zweite Typ auf meiner Liste – Karl Sänger, Speditionskaufmann mit einer beachtlichen LKW-Flotte und einer Villa im Speckgürtel unserer Stadt – war bereit, mir in jeder Hinsicht entgegenzukommen. Dafür musste ich ihm nur versprechen, drei seiner Lastwagen für einen Stückguttransport nach St. Petersburg zu buchen. Ihn interessierte weder die Ladung noch ob das zollmäßig alles in Ordnung war.

»Wir haben da unsere Verbindungen«, sagte er nur. »Von uns werden Sie immer bestens und komplett bedient.« Dabei grinste er mich dermaßen schmierig an, dass mir fast das Abendessen wieder hochkam, zu dem er mich in ein Nobelrestaurant vor die Tore der Stadt geschleppt hatte.

»Ich habe Ihnen gleich hier ein Zimmer gebucht«, sagte er und schlug mir nun seinerseits vor, die Kalkulation doch noch einmal in Ruhe bei einem Glas Wein auf meinem Zimmer durchzugehen.

Diesmal war ich es, die aufstand und sich mit einer entsprechenden Bemerkung verabschiedete: »Vielen Dank für Ihr Angebot«, sagte ich mit gebremstem Schaum vorm Mund. »Sie werden verstehen, dass wir bei unseren hochempfindlichen Gütern absoluten Wert auf die Seriosität des Transportunternehmens legen müssen.« Ich schenkte ihm das schleimigste Lächeln, das ich mir abdrücken konnte, und sagte: »Ich denke, da haben andere Wettbewerber deutlich die Nase vorn. Vielen Dank für das Essen, das Hotelzimmer benötige ich nicht.«

Der Typ rang nach Luft, und ich machte mich schnellstens vom Acker, bevor er explodierte.

Als ich wieder in der WG war und bei einem Becher Chai Latte in meinem Zimmer das Protokoll schrieb, war es mir ein besonderer Genuss, ihn in die Pfanne zu hauen. Er hatte es echt nicht besser verdient.

Allerdings sah meine Bilanz nun wieder schlechter aus. Fünfzig zu fünfzig Prozent hieß, dass jeder zweite Mann bereit war, den Job mit einem Seitensprung zu verbinden.

Und wieder schickte ich ein Stoßgebet zum Himmel: Bitte lass Jean-Paul zu den guten fünfzig Prozent gehören.

Viele Hoffnungen, dass es erhört wurde, machte ich mir allerdings nicht. Schließlich ging ich nie in die Kirche und war nicht einmal getauft, von Kirchensteuerzahlungen mal ganz zu schweigen. Warum also sollte ich irgendeinen Anspruch auf eine himmlische Dienstleistung haben?

♡ ♡ ♡

Dann war erst mal eine ganze Weile Flaute im Treuetestgeschäft. Hm, es gab fünfzig Euro pro Flirteinsatz, aber wenn die nicht regelmäßig reinkamen, konnte man darauf seine Existenz auf Dauer auch nicht gründen. Ich meine nicht, dass ich das hauptberuflich machen wollte, aber ein Fall in der Woche müsste es schon mindestens sein, wenn sich das Ganze lohnen sollte. Zusammen mit meinem Hiwi-Job bei Kiesling ergab das den Mietanteil und die Nebenkosten für die WG und die Butter aufs tägliche Brot.

Die *Nightlife*-Honorare gingen für die teuren Lehrbücher und ab und an mal ein Kleidungsstück oder ein paar neue Schuhe drauf. Ich starrte auf meine Chucks runter, die schon fast auseinanderfielen. Es wären echt mal wieder ein paar neue Treter fällig.

Aber so, wie es im Moment lief, war das völlig utopisch. Entweder waren die Leute in unserer Region einfach von der Treue ihrer Partner überzeugt oder blind. Beides führte jedenfalls nicht zu Aufträgen für eine Treuetestagentur und für mich folglich auch nicht zu nennenswerten Einnahmen.

Ich rief meine Mutter an. Vielleicht ließ sie ja ein paar Scheinchen rüberwachsen, wenn ich ihr berichtete, dass ihr Sohn bei mir Unterschlupf gefunden hatte und sie sich keine Sorgen mehr zu machen brauchte. Sie war total erleichtert und fragte tatsächlich, ob ich denn dann noch mit meinem Geld hinkommen würde, wenn ich Robbie mit durchfüttern müsste. Natürlich nicht! Sie versprach mir eine Sonderüberweisung, und ich fand es plötzlich sehr schön, ein gutes Herz zu haben und dafür auch noch belohnt zu werden.

Also stürzte ich mich wieder aufs Lernen für mein Vordiplom und ging zweimal pro Woche meiner Arbeit an Kieslings Lehrstuhl nach, ohne vom Hungertod bedroht zu sein. Wenn ich mich dort bewährte, verlängerte er hoffentlich meinen Vertrag um ein weiteres Semester. Sympathisch war ich ihm ja offenbar.

Meine Absicht, Melli finanziell ein bisschen unter die Arme zu greifen, konnte ich allerdings angesichts der dünnen Auftragslage nicht in die Tat umsetzen. Also hing sie weiter frustriert in der WG rum, und wenn Lars kam, war sie dermaßen gereizt, dass ich inzwischen sogar vollstes Verständnis dafür gehabt hätte, wenn er bei einem Seitensprung ein bisschen Erholung für seine strapazierten Nerven suchen würde. Dies jedoch mit Jacqueline Niederstrasser zu tun, fand ich nach wie vor verwerflich. Obwohl, wirklich Klarheit hatte ich mir in der Sache bisher noch gar nicht verschaffen können.

Auch Paula betrachtete Mellis Verhalten Lars gegenüber ziemlich kritisch.

»Wenn du ihn weiter so grundlos anzickst«, sagte sie besorgt und frei heraus, »bist du ihn bald los. Es wundert mich sowieso, dass er sich dieses Benehmen von dir gefallen lässt.« Und mit einem bedeutungsvollen Blick zu mir fügte sie hinzu: »Du treibst ihn ja förmlich einer anderen in die Arme!«

Ich schluckte. Das war jetzt aber mehr als brenzlig, und tatsächlich hatte Melli diesmal genau hingehört.

»Was meinst du damit: Ich treibe ihn einer anderen in die Arme? Hast du einen konkreten Verdacht?«

Shit! Da hatten wir die Bescherung! Warum musste Paula auch davon anfangen. Ich konnte Melli doch jetzt nicht anlügen ... Musste ich aber wohl. Selbst Paula, unser Tugendbolzen, griff vor lauter Schreck über ihre Unvorsichtigkeit zu einer Notlüge.

»Nee, nein, wieso? Wie kommst du darauf? Ich meine nur, wenn du Probleme hast, dann solltest du sie mit Lars besprechen. So weiß er doch gar nicht, warum du immer so schlecht gelaunt bist.«

»Du hast gesagt, ich treibe ihn in die Arme einer anderen Frau! Was hat das mit meinen Problemen zu tun?«

Nun schaltete ich mich ein. »Wenn Lars dich liebt,

wird er verstehen, dass du ohne Farben nicht malen kannst. Er wird dir neue Farben schenken, und du kannst in Ruhe weiterarbeiten. Warum sagst du ihm denn nicht einfach, dass dein Geld von dem Bilderverkauf aufgebraucht ist?«

»Weil ich mich von meinen Lovern nicht aushalten lasse! Geht das nicht in eure Köpfe?« Sie sah mich herausfordernd an. »Du wirst ja Jean-Paul auch nicht um Geld anbetteln, oder?«

Nee, um Geld nicht, aber um Treue. Das war noch viel, viel komplizierter.

»Wisst ihr was?«, sagte ich frustriert und des Themas überdrüssig. »Wieso haben wir eigentlich Freunde, wenn wir mit ihnen nicht auch alles teilen? Irgendwie wendet sich die Emanzipation doch total gegen uns. Wir haben zwar unsere eigene Wohnung und somit unsere Freiheit, aber wenn es uns dreckig geht, sind wir auch auf uns allein gestellt. Wenn unsere Freunde mal eine Beziehungsauszeit oder einen Auslandsjob oder eine Affäre wollen, dann nehmen sie sich das einfach, und wir als tolerante Freundinnen haben es zu akzeptieren. Da ist doch irgendwo der Wurm drin.«

Melli zuckte mit den Schultern. »Aber so ist es nun mal, und was du deinem Partner erlaubst, kann er dir auch nicht verbieten. C'est la vie!«

»Deswegen sollte man ja auch heiraten«, empfahl Paula. »Das schafft sichere Verhältnisse. Da kommt jeder für den anderen auf und Treue gehört automatisch dazu.«

Nun kriegte Melli aber einen hässlichen Lachanfall. Richtig dreckig klang sie.

»Träum weiter, Süße«, sagte sie schließlich. »Und

was deinen Karlos betrifft, warte mal ab, bis er dir den Ehevertrag vorlegt. Du glaubst doch nicht, dass seine Mutter ihm gestattet, ohne klare Vermögensregelung zu heiraten. Schon gar nicht, wenn er die Dummheit begehen sollte, eine unvermögende Friseurin wie dich vor den Traualtar zu schleppen.«

Aua, das tat jetzt aber weh. Das hätte Melli so nicht sagen dürfen.

In Paulas Augen glitzerten die Tränen, und als Melli in ihr Atelier ging, schleuderte sie ihr hinterher: »Kümmere du dich lieber um deine eigenen Angelegenheiten. Karlos steht zu mir, während dein Lars es mit der Treue wohl eher nicht so genau nimmt!«

Melli blieb abrupt stehen und drehte sich in der Tür zu ihrem Wintergartenatelier um.

»Was soll das heißen?«

Paula war nun total wütend, und während ihr die Zornestränen übers Gesicht liefen, sagte sie in einer für sie ungewöhnlichen Lautstärke: »Er knutscht mit Jacqueline Niederstrasser!«

Die Wirkung auf Melli wäre sicherlich stärker gewesen, wenn sie gewusst hätte, wer Jacqueline Niederstrasser war. Da sie das aber nicht wusste, sah sie mich hilflos fragend an.

»Wer zum Teufel ist das?«

»Äh … niemand! Eine völlig unwichtige Person. Sie ist mal mit Paula und mir auf die gleiche Schule gegangen …«

»Und was bringt euch auf die Idee, dass Lars mit der rummacht? Habt ihr ihn mit ihr gesehen?«

Ich schüttelte den Kopf. »Äh … nein, nicht wir …«

»Also ist das einfach nur ein blödes Gerücht?«

Ich schaute auf den Boden. Ich wollte sie nicht anlügen, aber auch nicht zusätzlich Salz in die Wunde reiben, die Paula gerissen hatte.

»Meine Güte, Mädels, wenn ich mich über jedes Gerücht aufregen würde, das über Lars durch die Stadt geistert, glaubt ihr, dann wäre ich noch mit ihm zusammen? Wer sich mit Mr One-Night-Stand einlässt, weiß doch, dass er einen Gebrauchtwagen fährt. Soll ich bei jeder Ische, die ihn knutscht, Paras schieben? Klar war er vermutlich schon mit ihr im Bett, aber das heißt doch bei ihm gar nichts.« Sie grinste. »Und eine Gewissheit habe ich schließlich: Ich bin die einzige Frau, mit der er es mehr als einmal getan hat und es immer noch tut ... immer öfter!«

Na, die machte mir ja Spaß. Kannte sie denn gar keine Eifersucht?

Melli lachte jetzt sogar. »Paula, ich wollte dir echt nicht weh tun eben, aber du und Alix seht die Welt leider manchmal zu sehr durch die rosa Brille. Ich sehe den Dingen lieber scharf und ungefiltert ins Gesicht, dann bin ich vor bösen Überraschungen sicher. Und wenn es euch beruhigt: Mit Lars und mir läuft es bestens! Der Sex mit ihm ist göttlich, und wenn er kommt, bade ich in Verwöhnaroma.« Sie öffnete die Tür zu ihrem Atelier: »Was allerdings meine Farben angeht, habe ich echt ein Problem. Da muss etwas geschehen.« Sie zwinkerte mir zu: »Alix, du als meine Managerin solltest mal wieder ein bisschen mehr für meine Karriere tun. Such mal nebenbei beim Treuetesten nach einem potenten Käufer für mich, denn ich habe genug Bilder hier herumstehen.«

Warum war für Melli eigentlich immer alles so klar?, fragte ich mich, als ich später in der Nacht im Bett lag und grübelte.

Ich hatte noch einige Zeit gelernt und dann eine E-Mail an Jean-Paul geschickt. Seit Tagen hatte ich nichts mehr von ihm gehört, und ich fragte mich, ob er nur keine Möglichkeit hatte, eine Botschaft zu senden, oder ob er mich bereits vergessen hatte. Aber da ich ihm auch nicht ständig vorjammern wollte, wie sehr er mir fehlte, schrieb ich ein paar Gedichtzeilen von Ludwig Uhland, die mir in den Kopf kamen:

Gestorben war ich vor Liebeswonnen;
Begraben lag ich in deinen Armen;
Erwecket ward ich von deinen Küssen;
Den Himmel sah ich in deinen Augen.
Komm wieder, Geliebter!
Tausend Küsse!
Deine Alix

Ich schlief unruhig in dieser Nacht. Das Streitgespräch zwischen Melli und Paula hatte mir vor Augen geführt, wie zerbrechlich eine Partnerschaft sein konnte. Ich hatte mich so sicher damit gefühlt, dass Jean-Paul und ich ein Paar waren, dass ich niemals darüber nachgedacht hatte, ob wir eigentlich wirklich eine Partnerschaft lebten. Im Grunde hatten wir hauptsächlich Spaß und tollen Sex zusammen, über unsere Arbeit und unsere beruflichen und privaten Träume hatten wir jedoch kaum gesprochen.

Klar, da gab es vielleicht auch im Moment noch nicht viel zu besprechen, solange wir beide in der Ausbildung steckten. Aber Jean-Paul würde nun, nachdem er diese neue Saurierspezies entdeckt hatte, sicherlich bald seine Doktorarbeit abschließen und vermutlich ein paar tolle Angebote von amerikanischen Universitäten bekommen. Ich hatte noch nie darüber nachgedacht, ob ich ihn in einem solchen Fall nach Übersee begleiten würde. Weiterstudieren konnte ich dort sicherlich auch. Aber wie hatte Kiesling gesagt: Eine zu frühe Bindung war für die eigene Karriere eher hinderlich. Hoffentlich sah Jean-Paul das nicht auch so. Andererseits hatte ich ja schließlich auch meine eigenen Pläne. Wer sagte denn, dass ich mitgehen wollte in die USA? Wie konnte er einfach so annehmen, dass ich für ihn alles aufgeben würde?

Er hat dich doch noch gar nicht gefragt, falls ich daran erinnern darf, meldete sich mein innerer Coach verschlafen zu Wort. *Wie wäre es, wenn du jetzt mal 'ne Mütze Schlaf nehmen und nicht weiter über ungelegte Eier nachdenken würdest?*

Er gähnte, und ich stand auf, um mir aus der Küche ein Glas Wasser zu holen.

In der Wohndiele schnarchte Robbie in seinem Doppelschlafsack, und Justin saß am Küchentisch und hatte den Kopf auf die Arme gebettet. Er schlief ebenfalls tief und fest. Vermutlich hatte er nach der Vorstellung noch etwas essen wollen und war dann vor Müdigkeit eingepennt. Irgendwie beneidete ich ihn. Der wusste wenigstens, wo er stand, und zwar jeden Abend auf den Brettern, die ihm die Welt bedeuteten.

Ich seufzte, ließ ihn weiterschlafen und pilgerte zurück zu meiner Bettenburg. Als ich mich tief in die Kissen kuschelte, dachte ich an Jean-Paul und seltsamerweise gleichzeitig an Justin. Wie gegensätzlich Männer doch sein konnten!

Am nächsten Morgen gab es endlich mal wieder Post von UTT. Erwartungsvoll öffnete ich den Umschlag und zog den Personalbogen und das Foto heraus. Plötzlich begann meine Hand zu zittern, und bestimmt war mir vor Schreck alle Farbe aus dem Gesicht gewichen. Das war jetzt aber nicht wahr?!

»Ist was?«, fragte Paula, die grade die Eier abschreckte. »Du guckst so panisch.«

Das wunderte mich nicht.

»Äh ... ich ... äh ... *bin* panisch! Das ... das kann ich nicht machen ... Das geht ganz und gar nicht!«

Wortlos reichte ich ihr das Foto.

»Und warum nicht?«, wollte sie verwundert wissen. »Der Typ sieht doch mal richtig gut aus. Direkt nach was Besserem – Manager oder so ...«

»Professor«, sagte ich tonlos.

»Auch nicht schlecht ...«

»Professor Kiesling!«

»*Der* Kiesling? Dein Professor Kiesling, bei dem du Hiwi bist?«

Ich seufzte grottentief. Warum watschte mich das Schicksal eigentlich immer so ab? Das war nicht fair!

»Genau der.«

Paula kratzte sich an der Nase, eine ihrer typischen Verlegenheitsgesten. »Das passt jetzt wohl nicht so, oder?«

»Kein oder!«, wurde ich nun etwas lauter. »Das geht überhaupt nicht!«

»Was geht überhaupt nicht?«, wollte Melli neugierig wissen, setzte sich zu uns an den Tisch und fragte: »Ist noch Kaffee da?«

Paula schüttelte den Kopf. »Wir haben Tee gekocht,

Kaffee ist im Moment aus.« Sie goss Melli eine Tasse ein, und ich schob ihr Foto und Personenbeschreibung hin.

»Ach, herrje!« Sie schaltete sofort. »Ist das dein Kiesling?«

Ich nickte und fragte mich wirklich, wie bescheuert das Schicksal eigentlich war ...

»Den Auftrag werde ich wohl zurückgeben müssen. Schade um das schöne Geld. Das wäre mein erster richtiger Lockvogelauftrag und hätte satte hundert Euro gebracht.«

»Aber das kannst du nicht machen, Alix«, meinte auch Paula. »Das ist viel zu riskant.«

»Aber dann sind die bei UTT doch bestimmt sauer, oder? Lockvogelaufträge bringen denen ja ganz schön was ein, und die werden sie vielleicht auch nicht so oft kriegen. Wenn ich den ablehne, gibt es bestimmt Ärger. Die denken doch, ich hätte Muffe gekriegt.«

»Hm ...« Melli verfiel ins Grübeln. »Ist ja echt leicht verdientes Geld. Wäre wirklich schade, wenn dir das jetzt durch die Lappen ginge.« Sie schaute sehnsüchtig zu der leeren Kaffeedose.

»Soll ich ihn vielleicht übernehmen?«

Ich schaute sie einen Moment dankbar an. Das war ja eine coole Idee! Aber dann musste ich beim Blick auf das Personalblatt resignierend erkennen, dass sie wohl nicht ganz der Typ war, auf den Kiesling abfahren könnte: rote Haare, Piercings, krasses Styling ...

Ich seufzte noch einmal abgrundtief. »Nichts gegen dich, Melli, das wäre echt ein Superfreundschaftsdienst, aber die suchen ja die Lockvögel speziell nach den Vorlieben der Männer aus, die auf ihre Treue getestet werden sollen, und du und ich … äh … ich meine vom Typ her … das passt irgendwie nicht …«

Melli schaute mich forschend an. »Was passt an meinem Typ nicht?«

»Äh … alles … äh … nichts passt …«, stotterte ich, und damit sie es bloß nicht persönlich nahm, deutete ich auf den Personalbogen.

»Da … äh … kannst du es nachlesen.«

Sie schaute sich das Teil nun einmal gründlicher an und begann zu kichern.

»*Dein* Kiesling! Nicht zu glauben, welche Späßchen das Leben manchmal mit einem treibt!« Sie kicherte noch ein bisschen vor sich hin und sagte dann: »Stimmt. Wie es scheint, passt du genau in sein Beuteschema.«

Den Eindruck hatte ich ja auch ohne den Personalbogen schon irgendwie gehabt, aber …

»Er ist verheiratet und hat drei Kinder!«

»Drei!« Das fanden meine Freundinnen für einen Mann Ende dreißig entschieden zu viel.

Kein Wunder, fand Paula, dass seine Frau Paras schob, wenn er ständig weg war und sie mit den Gören alleine ließ.

Wenn die Frau nicht völlig hinterm Mond lebte, da unten in Süddeutschland, dann war ihr sicherlich auch klar, dass ihr attraktiver Mann von Hunderten nicht minder attraktiven Studentinnen angeschwärmt wurde. In dieser Situation musste ein Mann fast schon ein bisschen was von einem Heiligen haben, um da noch treu zu bleiben.

Nun übertreib aber mal nicht!, bremste mein innerer Coach meine Gedanken. *Wie ein Kostverächter kam mir dein Kiesling nicht grade vor. Und hat er nicht einen einschlägigen Ruf als …?*

Hat er nicht!, blockte ich ab, obwohl er den natürlich hatte.

»Der Kollege Kiesling … mal wieder inmitten der Schar seiner Verehrerinnen«, hatte sich erst neulich die Mikau mokiert. Als Frauenbeauftragte des Fachbereichs war sie schon von Amts wegen nicht sehr erbaut darüber, dass Kiesling so eine magische Anziehungskraft auf junge Studentinnen ausübte.

»Was ist eigentlich aus der Beschwerde dieser Studentin geworden, die er aus seiner Sprechstunde geworfen hat?«

Frau Mikaus Assistentin hatte mit den Achseln gezuckt. »Die liegt, glaube ich, beim Ehrenrat. Eine kuriose Sache. Meinen Sie wirklich, dass Kiesling sie beleidigt hat?«

»Nun, wie würden Sie denn seine Bemerkung interpretieren?«

»Hat er das denn wirklich so gesagt?«

»Ich denke schon. Warum sollte sich das Mädchen so etwas aus den Fingern saugen? Ist ja auch für sie reichlich peinlich.«

»Es heißt ja, dass er nur hübsche Studentinnen für seine Prüfungen annimmt. Diese Studentin sieht allerdings nicht wie ein Topmodel aus.«

Die beiden waren weitergegangen, und ich hatte ihnen nachgestellt, um auch noch den Rest des Gesprächs belauschen zu können. Das war schließlich hochinteressant!

»Und was genau hat er gesagt?«, fragte die Assistentin gerade.

Die Mikau klang erbost. »›Da Ihr IQ Ihrem Aussehen

entspricht, sind Sie bei mir falsch. Leute wie Sie prüfe ich nicht.‹« Sie schnaubte vor Zorn. »Es ist wirklich eine bodenlose Frechheit, was der Mann sich herausnimmt.«

Ich hatte den Eindruck, als müsste sich die Assistentin ein unsolidarisches Kichern verkneifen. »Er wird eine Abmahnung kriegen«, sagte sie schließlich, »und wird sich bei der Studentin entschuldigen müssen.«

Die Mikau hatte genickt. »So geht es ja wirklich nicht! Wofür haben wir schließlich in der Frauenbewegung gekämpft, wenn jeder Mann nach wie vor seine Machosprüche ablassen kann. Allerdings wird ihn niemand zwingen können, die Frau zu prüfen, wenn er sie für unintelligent hält.«

Die Assistentin kicherte nun doch. »Wenn sie darauf bestehen sollte, hat er mit seiner Annahme ja wohl auch recht.«

Ich war in einen anderen Gang abgebogen und hatte mich gefragt, ob das jetzt politisch korrekt war…

Meine abschweifenden Gedanken kehrten in die WG-Küche zurück.

»Was mache ich denn nun?«, fragte ich. »Ich würde den Job ja gerne annehmen, aber mit Kiesling möchte ich es mir echt nicht verderben. Ich brauche sein Wohlwollen schließlich für mein Vordiplom.«

»Was spräche denn dafür, den Auftrag anzunehmen?« Melli versuchte, das Ganze mal rein sachlich anzugehen.

»Nichts!«, antwortete Paula. »Besonders weil er auch noch Alix' Prüfer ist. Stell dir vor, der verknallt sich in sie!«

»Das wird er schon nicht«, meinte Melli. »Aber

scharf könnte er natürlich werden. Seine Frau gibt doch nicht ohne Grund so einen Treuetest in Auftrag.«

»Die ist einfach nur nervös«, wiegelte ich ab. »Die hat 'ne Grüne-Witwe-Neurose, ein Kinder-Küche-Kiesling-weg-Syndrom. Die ist einfach unbegründet eifersüchtig.«

»Aber es ist doch allgemein bekannt, dass er junge, hübsche Studentinnen nicht grade von der Bettkante stößt ...«

»Gerüchte, alles Gerüchte«, nahm ich ihn in Schutz, was meinem eigentlichen Auftrag ja irgendwie diametral entgegenlief. »Ich glaube nicht, dass er was mit Studentinnen anfängt. Mir gegenüber war er jedenfalls bisher immer sehr korrekt.«

Allerdings fragte ich mich nun doch, warum er mir sein geheimes Separee gezeigt hatte. War meine spontane Befürchtung, dass das Bett darin nicht ausschließlich dem Schlaf, sondern möglicherweise auch dem Beischlaf diente, vielleicht gar nicht so falsch gewesen?

Was für ein Quatsch! Ich scheuchte den Gedanken ganz schnell fort.

Melli stand vom Tisch auf. »Also, wenn der Typ korrekt ist, dann ist es doch kein Risiko. Sei halt ein bisschen nett zu ihm, guck, wie er reagiert, und schreib deiner Treuetestagentur, dass der Typ seiner Frau treu ist. Dann tust du ein gutes Werk. Was anderes will seine Frau mit ihren drei Kindern doch auch gar nicht hören.«

»Genau«, stimmte Paula ihr zu. »Das wirst du doch wohl hinkriegen, dass er die Finger von dir lässt, und was er mit anderen macht, kann dir doch egal sein.

Schließlich bist du keine Detektivin und musst ihn nicht observieren.«

Da hatte sie recht. Im Grunde konnte ich diesen Auftrag sogar ganz nebenbei erledigen, da ich sowieso am Lehrstuhl arbeitete und bei ihm sozusagen ein und aus ging. Und wer wollte mich denn kontrollieren? Ich schrieb mein Protokoll, und die Sache war gegessen. Keiner, nicht mal Kiesling, würde irgendetwas merken. Und ich hatte hundert Euro mehr auf dem Konto.

Ich rief in Berlin an und bestätigte den Auftrag.

Als ich abends im Bett lag, hatte ich dann doch ein schlechtes Gewissen. Es war nicht okay, was ich da tat. Aber schuld daran war ja nicht ich, sondern seine Frau. Wäre die nicht so misstrauisch, dann hätte sie nicht bei der Treuetestagentur angerufen und ich müsste mich jetzt nicht mit ihren Problemen herumschlagen. Eigentlich konnte sie noch froh sein, dass *ich* den Auftrag bekommen hatte. Ich würde jedenfalls fair sein. Aber natürlich musste Kiesling mitspielen.

»Lieber Gott«, betete ich mittlerweile schon aus reiner Gewohnheit, diesmal allerdings mit einer kleinen Variation, »lass Jean-Paul treu sein und … Kiesling auch!«

Wie gesagt, fest im Glauben war ich eigentlich nicht, schon gar nicht, wenn es um die Treue von Männern ging.

Irgendwie nahm das Schicksal dann seinen Lauf. Ich hätte Kiesling auf keinen Fall meine Handynummer geben dürfen. Tja, hinterher ist man immer schlauer.

Ich hatte am Samstagabend für *Nightlife* wieder einen ausgiebigen Fotostreifzug durch diverse Discos und Locations gemacht und war dann mit Melli und Paula und ihren Jungs im Irish Pub versackt. Pat setzte uns irgendwann nach drei Uhr auf die Straße, und wir pilgerten unter frohen Gesängen zu Fuß zur Jägerstraße zurück. Irgendwann stieg ich aus den Pumps und lief barfuß weiter, denn an jedem Kopfsteinbuckel der Altstadt abzurutschen und sich auf die Schnauze zu semmeln, war schließlich nicht so lustig.

Vor dem Reiterstandbild am Schloss sangen wir dann in ordentlicher Aufstellung unsere Hymne an den unbekannten Säufer: »*Heute noch bei vollen Flaschen, morgen schon im kühühülen Grab* …«

Nun gut, wo war ich? Ach ja, ich hätte Kiesling wirklich nicht und auf keinen Fall meine Handynummer gegen dürfen. Dann nämlich hätte …

Auch egal, es war also passiert. Ich hatte sie ihm beziehungsweise seiner Sekretärin gegeben, und so rief er mich doch tatsächlich am Sonntagmorgen zu nachtschlafender Zeit an, also so gegen zwölf Uhr mittags, um mich zu fragen, ob ich vielleicht so nett sein könnte, am Nachmittag in die Uni zu kommen, um ihn bei seinem sehr dringenden Vortrag für den Journalistenverband zu unterstützen, an dem er schon die ganze Woche gearbeitet hätte.

Konnte ich zwar, wollte ich aber nicht. Warum schrieb er seinen Vortrag eigentlich nicht zu Hause bei seiner Familie? Na ja, vielleicht lenkten ihn die Kinder zu sehr ab oder er brauchte viele Bücher aus der Institutsbibliothek.

Das wäre ja natürlich die Gelegenheit für den Treuetest. Aber vielleicht war das auch wiederum etwas zu riskant: Er und ich – wir beide so ganz alleine in der Uni, die am Wochenende natürlich menschenleer sein würde. Der Gedanke behagte mir ganz und gar nicht, und so druckste ich etwas herum. Direkt ins Ohr schleudern wollte ich ihm die Absage ja auch nicht. Ich brauchte den Typ schließlich noch für mein Vordiplom. Er ließ aber sowieso keine Ausrede gelten.

»Frau Auwald, ich habe gesehen, dass Sie hervorragend und schnell tippen können. Sie würden mir unglaublich helfen, wenn Sie meinen Vortrag mit den erforderlichen Änderungen noch einmal kurzfristig für mich schreiben könnten. Ich muss ihn bis Montag früh dem Veranstalter mailen, sonst kommt er nicht mehr in die Tagungsbroschüre, und meine Sekretärin ist leider wegen ihrer Kinder nicht abkömmlich.«

Und ich war es wegen meines Katers und meiner bleiernen Müdigkeit ebenso wenig. Aber was half es? Wenn der Herr ruft, hat der Knecht zu parieren. Also sagte ich schlecht gelaunt zu.

»Ich kann aber frühestens am späten Nachmittag«, machte ich Kiesling unmissverständlich klar.

Wenigstens ein paar Stunden Schlaf und eine Dusche mit Haarwäsche mussten vorher drin sein. So gerne ich für *Nightlife* in den Lokalen unterwegs war, aber dass man hinterher immer stank, als hätte man in einer Räucherkammer oder einem Brauhaus übernachtet, war die weniger angenehme Seite des Jobs. Obwohl die Situation mit der Quarzerei sich ja durch das Rauchverbot in Gaststätten deutlich verbessert hatte. Dafür musste man sich jetzt regelmäßig durch eine Qualmwolke vor dem Eingang quälen, wo sich die ganz Hartnäckigen an ihre Suchtstängel klammerten und zu Notgemeinschaften zusammenballten.

Kiesling war einverstanden, und so verabredeten wir uns für siebzehn Uhr vor dem Institutsgebäude, das am Sonntag natürlich abgeschlossen war, so dass ich ohne ihn sowieso nicht reingekommen wäre.

Ich wälzte mich noch ein paarmal in meinem Bett hin und her, aber an Schlaf war nicht mehr zu denken. Mist!

Irgendwie begann der Gedanke mich zu beunruhigen, dass ich in wenigen Stunden bei einem Mann die Treue testen sollte, den ich nicht nur bewunderte und außerordentlich attraktiv fand, sondern der auch noch mein Professor und Prüfer im Vordiplom war.

Am meisten aber verunsicherte es mich, dass ich mit ihm mutterseelenallein in der Uni sein würde und direkt neben seinem Büro ein geheimes Zimmerchen lag, in dem ein einsames Bett auf einen Seitensprung geradezu zu warten schien.

♡ ♡ ♡

Hormone und andere Unwägbarkeiten

Ich sah auf die Uhr. Höchste Zeit aufzustehen, wenn ich rechtzeitig bei Kiesling in der Uni sein wollte.

Also wälzte ich mich aus dem Bett und pilgerte hinüber zum Bad. Abgeschlossen. Na, das fing ja gut an!

Dem Gesang nach zu urteilen badete Paula dort mit einer Karaokemaschine. Das konnte dauern.

Ich hämmerte an die Tür und brüllte gegen Paulas Gezwitscher an: »Hey, Paula! Brauchst du noch lange?«

Sie hörte mich nicht. Erneutes Hämmern und Rufen, beides deutlich lauter.

Jemand tippte mir von hinten auf die Schulter. Ich fuhr erschrocken herum. Ein übernächtigter Justin stand in ausgetretenen Frotteelatschen und einem fusseligen Bademantel hinter mir.

»Sie hört nix«, sagte er mit resigniertem Tonfall. »Ich habe es auch schon versucht.«

Na, das war ja super. »Und jetzt?«

»Lass uns mal einen Kaffee kochen.« Justin ging mit schleppendem Gang zur Küche und ich folgte ihm frustriert.

Eine WG war ja an sich eine sinnvolle Lebensform. Sie stieß jedoch an ihre Grenzen, wenn es nur ein Bad gab und dieses drei Leute gleichzeitig benutzen wollten. Was heißt drei, kaum saßen wir am Küchentisch, tauchte auch Melli mit verstrubbeltem Kopf im Bademantel auf und schmiss muffig ihr Duschtuch auf einen Küchenstuhl.

»Hat Paula das Bad für ein Wellness-Wochenende gebucht?«, fragte sie schlecht gelaunt. »Sie hängt bereits seit fast einer Stunde da drin rum, und vorher hat dein Bruder mit seiner Ische eine Duschorgie veranstaltet!«

Justin lachte. Er lachte überhaupt immer, wenn Melli mal einen Scherz machte. Entweder fand er sie wirklich witzig oder er war einfach nur froh, dass sie ihn grade mal nicht anfauchte. So wie jetzt.

»Was gibt es da zu lachen? Ich muss heute schon mittags im Pub sein. Kann mir mal einer verraten, wie ich das schaffen soll? Ich kann meine Haare wohl schlecht in der Küchenspüle waschen!«

»Das wäre eine Möglichkeit«, meinte Justin trocken. »Bei deinen Stoppeln.«

Melli warf ihm einen giftigen Blick zu. »Gibt es wenigstens frischen Kaffee?«

»Kochen wir grade«, sagte ich und fügte in besänftigendem Tonfall hinzu: »Setz dich doch einen Moment zu uns. Ich bräuchte mal deinen Rat.«

Sofort fielen Schlaffheit und Frust von ihr ab. »Wenn ich helfen kann. In welcher Sache denn?«, fragte sie neugierig.

»Kiesling.«

Sofort wurde auch Justin hellhörig.

Ich seufzte tief und sagte ohne Einleitung und komplett schnörkellos: »Er hat mich in die Uni bestellt, damit ich ihn beim Schreiben eines Vortrags unterstütze. Eigentlich eine ideale Situation, um seine

Treue zu testen. Aber ehrlich gesagt, ist mir etwas mulmig bei der Sache. Wir beide sind ganz alleine am Lehrstuhl, wenn nicht überhaupt im ganzen Gebäude. Was soll ich denn machen, wenn er gar nicht daran denkt, ein treuer Familienvater zu sein, und über mich herfällt?«

Justin grinste sein verschmitztes Johnny-Depp-Grinsen und sagte: »Ich hätte da noch eine Smith & Wesson zwischen meiner Unterwäsche im Schrank versteckt. Die könnte ich dir borgen. Blas ihm damit einfach das Gehirn weg, wenn er zudringlich wird!«

Wirklich sehr hilfreich und so praxistauglich, dachte ich und schüttelte innerlich den Kopf. Schauspieler! Manchmal konnte ich direkt verstehen, dass Melli ihn nervig fand.

Sie schien mein Problem aber ebenfalls nicht so besonders ernst zu nehmen. Denn diesmal lachte sie auch und meinte: »Eine Frau wie du wird sich doch wohl geschickt aus der Affäre ziehen können. Vergiss nicht, dass er nicht nur dein Prof, sondern auch dein Chef ist. Der bringt sich in Teufels Küche, wenn er dir gegen deinen Willen zu nahe tritt.«

Was hieß schon gegen meinen Willen.

»Der Mist ist doch, dass ich gleich mehrfach gekniffen bin«, sagte ich leicht angesäuert, weil sich niemand auch nur die Mühe zu machen schien, sich mal in meine Lage zu versetzen. »Lasse ich ihn nicht ran, ist er bestimmt eingeschnappt und ich bekomme es im Vordiplom zu spüren. Egal ob das sein darf oder nicht. Ihr glaubt doch nicht, dass nur wegen des Verbots von Belästigungen am Arbeitsplatz das Anbaggern nachgelassen hätte.«

Endlich schienen meine Befürchtungen bei Melli angekommen zu sein, denn sie klackerte erst nachdenklich mit ihrem Zungenpiercing an den Zähnen und sagte dann: »Alix, du kannst sicherlich davon ausgehen, dass dein Prof sehr wohl weiß, auf was für dünnem Eis er sich bewegt, wenn er mit dir flirtet. Wenn er trotzdem übergriffig wird, muss er entweder wirklich in dich verknallt oder rattenscharf sein. Mit ihm alleine im Institut zu sein, stellt dann tatsächlich ein erhebliches Risiko dar.«

Tja, das hatte ich mir auch schon gesagt. »Und? Die Konsequenz? Wenn ich absage, dann ist er doch auch sauer, und ich kann es mir einfach nicht leisten, dass er auf mich sauer ist. Ich habe zwei Prüfungen bei ihm im Vordiplom. Klausur und mündlich. Wenn er will, kann er mich komplett durchrauschen lassen.«

»Das wird er nicht wagen«, meinte Justin.

Aber da war Melli anderer Ansicht. »Gekränkte männliche Eitelkeit ist zu allem fähig.«

Da ich es dazu nicht kommen lassen wollte, blieb mir wohl nichts anderes übrig, als Kiesling beim Schreiben seines Vortrags zu unterstützen und zu hoffen, dass es dabei bleiben würde. Auch in meiner Funktion als Treuetester würde ich besser nichts unternehmen, was ihn ermutigen könnte. Blieb er sachlich, war alles perfekt, und es würde seine Frau sicherlich freuen, dass sie einen so treuen Mann hatte, der selbst dann nur an seine wissenschaftliche Arbeit dachte, wenn er mit einer attraktiven weiblichen Person wie mir allein in der Uni war.

Hundert Euro! Die würden meinem Konto wirklich guttun!

»Nimm dein Handy mit!«, empfahl Melli noch. »Und

wenn er dir dumm kommt, ruf mich sofort an. Ich schicke ihm dann die Bullen auf den Hals.«

Hatte ich schon erwähnt, dass Melli etwas krass war?

Eigentlich glaubte ich ja nicht, dass Kiesling so dumm oder so scharf war, dass er eine Studentin sonntags in die Uni lockte, um sich an ihr zu vergreifen. Wenn er seine Ehefrau wirklich betrügen wollte, hatte er doch ganz andere Möglichkeiten, sich eine Frau zu angeln. Und zwar eine Frau, die auch zu seinem Lebensstil passte. Ich würde diesbezüglich seinen Ansprüchen doch wohl kaum genügen können.

Ach, die lassen sich doch runterschrauben, wenn ansonsten das Objekt zur Begierde passt, meinte mein innerer Coach mit einem süffisanten Unterton.

Armleuchter! Ich war kein Objekt. Für niemandes Begierde.

Warte es ab! Für wen hat er denn wohl das Bettchen im Nebenzimmer gemacht? Doch wohl kaum für die Lebedame mit den Fünf-Sterne-Ansprüchen!

Jetzt war ich wieder total verunsichert. Um von vornherein gar nicht erst eine schwüle Atmosphäre von Begehrlichkeit aufkommen zu lassen, beschloss ich, meinen Lockvogelauftrag etwas unkonventionell anzugehen, und verzichtete auf alles, was mich in Kieslings Augen irgendwie sexy erscheinen lassen könnte. Kein Make-up, keine Schuhe mit Absatz, sondern Sporttreter, kein kurzer, enger Rock, sondern eine ausgebeulte Jeans und ein labberiges Kapuzensweatshirt statt eines knackig eng sitzenden Tops.

Na gut, beim Blick in den noch immer leicht beschlagenen Badezimmerspiegel packte ich wenigstens etwas Abdeckstift auf die schwarzen Ringe unter meinen Augen.

Gott, sah ich käsig aus! Ein kleines bisschen Rouge auf den Wangenknochen würde ihn schon nicht gleich rollig werden lassen. Lippenstift auf meine blutleeren Lippen? Nee, das ließ ich mal besser.

Rote Lippen soll man küssen, denn zum Küssen sind sie da!

Das wäre das völlig falsche Signal.

Als ich aus dem Bad trat, stieß ich mit Paula zusammen. Sie starrte mich bestürzt an.

»Bist du krank, Alix?«

»Nee! Wieso?«

Sie schaute skeptisch. »Ganz sicher nicht? Du hast so rote Flecken auf den Wangen und sonst bist du ganz blass. Das sieht nicht gesund aus.«

Ich stürzte ins Bad zurück und putzte als Erstes den Spiegel trocken. Als ich klare Sicht hatte, musste ich Paula recht geben. Das war wohl etwas viel Rouge ... Ich wischte die Hälfte wieder ab und kleisterte mir ein wenig Kompaktpuder ins Gesicht. Nun sah ich komplett aus, als hätte ich mich ohne Erlaubnis aus dem Leichenschauhaus entfernt.

Egal! Dieses Aussehen war ganz sicherlich abtörnend. Vielleicht reagierte Kiesling ja wie Paula, hielt mich für krank, vielleicht sogar für infektiös, und schickte mich gleich wieder nach Hause.

Tat er mitnichten!

Sein einziger Kommentar war: »Sie hatten wohl eine harte Nacht, Frau Auwald. Tut mir leid, dass ich Sie nun auch noch ... äh ... belästigen muss.«

Sauber! Präziser hätte er sein Programm für den späteren Abend kaum formulieren können.

»Müssen Sie nicht«, sagte ich denn auch nur. Aber die Pointe ging leider an ihm vorbei.

Wir betraten das menschenleere Gebäude und fuhren mit dem Fahrstuhl in den vierten Stock, wo das Institut für Medienwissenschaften lag. In den Räumen seines Lehrstuhls angekommen, bat er mich, im Sekretariat zunächst mal einen Kaffee zu kochen. Er selbst verschwand in seinem Büro.

Mein Herzschlag, der eine unnatürlich hohe Frequenz angenommen hatte, beruhigte sich daraufhin etwas. Vielleicht tat ich Kiesling ja unrecht und er wollte von mir wirklich nur etwas Unterstützung bei einer eiligen Arbeit.

Und von ein paar zweideutigen Anspielungen mal abgesehen, hatte er sich bisher tadellos benommen. Absolut gentlemanlike. Seine Frau hatte ihn wirklich gut erzogen. Klar, dass sie was dagegen hatte, wenn andere Frauen davon profitierten. Zwar war es etwas ungewöhnlich, dass ein Prof eine Studentin zum Essen in ein Lokal einlud und mit ihr in einer Disco tanzte, aber verboten war es ja schließlich nicht. Er war erfolgreich, ein charmanter Gesprächspartner und eine Kapazität auf seinem Lehrgebiet. Ich konnte also nur von seinem Interesse an mir profitieren, indem ich so viel wie möglich von ihm lernte. Vielleicht langweilte er sich einfach nur ohne seine Familie und war froh, in mir eine intelligente Gesellschaft gefunden zu haben. Vermutlich machte ich mir völlig unnötig Sorgen.

Es war sicherlich etwas übertrieben, in jedem Mann gleich einen Verführer zu sehen, nur weil ich Angst hatte, Jean-Paul eventuell nicht treu bleiben zu können.

Ich gab Kaffee in den Filter und stellte die Kaffeemaschine an.

Ganz recht, meinte mein innerer Coach. *Ich sagte es bereits: Du gierst nach einem Seitensprung! Es ist dein eigenes schlechtes Gewissen, nicht die Umwelt, die dich verfolgt!*

Gott, wie dramatisch!

Ich klopfte bei Kiesling. »Der Kaffee ist fertig.«

Er rief mich herein.

Wirklich, wie er da hinter dem großen Schreibtisch saß, sah er schon ziemlich gut aus. Wie sagte man in schlechten Romanen immer: Er strahlte eine natürliche Autorität aus. Meist legte der Held dann auch recht bald die weibliche Heldin flach, machte ihr ein Kind und heiratete sie nach einigen Wirren dann doch.

Ich seufzte bei dem Gedanken, dass Kiesling ja auch ein positiver Held sein könnte. Wenn er denn schon diese natürliche Autorität hatte, dann wäre es doch möglich ...

Stopp!, rief mich mein innerer Coach wieder in die Realität zurück. *Das Leben ist kein Groschenroman!*

Aber da irrte er sich. Manchmal war es das schon.

Mit dem Leben war es ja ohnehin so eine Sache. Manchmal plätscherte es gemächlich unter wolkenlos blauem Himmel dahin, während es an anderen Tagen brausend und ungebändigt über Felsen und Abgründe sprang. Hin und wieder allerdings konnte es sich nicht richtig entscheiden, und dann passierte alles gleichzeitig: blauer Himmel und schroffe Abgründe, gemächliches Dahinplätschern und plötzliche Unberechenbarkeit.

In so einer Lebensphase schien ich mich gerade zu

befinden. Anders war das Chaos, das mich umgab, nicht zu erklären. Es gab ja nicht nur Kiesling, aber er allein hätte auch schon gereicht!

Also gut, ich brachte ihm den Kaffee an den Schreibtisch, und er blickte kaum von seinem Vortragstext hoch. In der linken Hand hielt er das Diktafon, und als ich ihm die Tasse hinstellte, sagte er nur knapp: »Keine Milch, nur Zucker!«

Geschüttelt oder gerührt?, schoss es mir durch den Kopf. Lag wohl an meinem Flirtagentenjob.

Ich streute ihm ein Tütchen Zucker in die Tasse, und er nahm den Kaffeelöffel und rührte sichtlich geistesabwesend so heftig in dem Kaffee herum, dass er aus dem Becher schwappte und auf seinem Manuskript landete. Obwohl ich gar nichts dafür konnte, entschuldigte ich mich sofort.

Er sah mich irgendwie misstrauisch an und fragte dann: »Haben Sie jüngere Geschwister, Frau Auwald?«

»Äh, einen Bruder ...«, stammelte ich verwirrt.

»Dann hat man Sie wohl öfters für seine Streiche verantwortlich gemacht?«

»Äh ... ja, nein ... Wie meinen Sie das?«

Mir war wirklich nicht klar, worauf er hinauswollte. Was zum Teufel hatte mein Bruder Robbie mit dem verschütteten Kaffee auf Kieslings Manuskript zu tun? Ich konnte schließlich nicht mehr machen, als mich dafür zu entschuldigen.

Kiesling lachte, weil ich wohl mal wieder laut gedacht hatte. »Nein können Sie nicht. Sollen Sie aber auch nicht.« Er sah mich durchdringend an und verzog seine Mundwinkel zu einem ironischen Grinsen. »Sie haben sich für etwas entschuldigt, das Sie gar nicht getan haben. Ich war unvorsichtig und habe das Manuskript verschmutzt. Aus der Fachliteratur weiß man, dass ältere Geschwister, die öfters für ihre jüngeren Geschwister den Kopf hinhalten mussten, zu diesem übertriebenen Entschuldigungsverhalten neigen.«

Ach, du Schreck, fing der jetzt etwa an, mich auf diese Art auf seine Couch zu schnacken? So à la Sigmund Freud: »Ich könnte Ihnen sicherlich helfen, Frau Auwald, wenn Sie Ihr Problem vertrauensvoll in meine Hände legen. Die Psychoanalyse und ich sind Ihre Freunde. Wir helfen Ihnen, das Trauma Ihrer Kindheit zu entschlüsseln, und Sie werden sehen, dass Sie danach ein anderer Mensch sein werden.«

Ja, und ich werde mich niemals mehr entschuldigen – bei niemandem!

Nein, Professor Kiesling, meine frühkindlichen Traumata fallen ganz sicher nicht in Ihr Fachgebiet!

Daher blockte ich sofort ab: »Ich habe auch eine ältere Schwester und bin also ein Mittelkind. Mich hat niemand wirklich beachtet, was den Vorteil hatte, dass ich mich eigentlich immer überall gut durchmogeln konnte. Die Schimpfe haben eigentlich eher meine Geschwister bekommen.«

Die hatten sie dann meistens auch verdient. Ich dachte an meine Schwester Conny, wie sie kurz vor dem Abi zu ihrem Fischer in die Bretagne abgehauen war, oder an Robbie, der ihr in nichts nachstand.

Meine Antwort passte Kiesling offenbar nicht ins Konzept. »Und warum haben Sie sich dann entschuldigt?«

Ich zuckte mit den Schultern und obwohl ich es besser wusste, sagte ich: »Ich habe nicht so genau hingeschaut und dachte, ich wäre gegen den Becher gestoßen.«

Und um endlich von diesem langweiligen und leidigen Thema wegzukommen, fragte ich: »Kommen Sie denn gut voran? Wann, schätzen Sie, werden wir fertig sein?«

Nun reagierte er etwas muffig. »Das wird davon abhängen, wie schnell Sie nach Diktafon schreiben können.«

Wie schnell, ist eine gute Frage, dachte ich. Ich konnte gar nicht nach Diktafon schreiben. Jedenfalls hatte ich es noch nie versucht. Warum auch? Ich war keine Sekretärin und wollte es auch nicht werden.

»Äh … das könnte dauern«, sagte ich daher ehrlich und machte dann den entscheidenden Fehler. »Wollen Sie mir die Änderungen nicht gleich in die Maschine diktieren? Wir sparen uns dann den Weg über das Diktiergerät.«

Mein Vorschlag schien ihm zu gefallen. »Wenn Ihnen das lieber ist, gerne«, stimmte er sogleich zu, und schon hatte ich ihn am Haken. Das heißt, eher im Nacken.

Er baute sich schräg hinter meinem Stuhl auf, starrte mal auf sein Manuskript, mal auf meine Hände und mal auf den Monitor und diktierte mit ruhiger Stimme in erträglichem Tempo. Nur bei manchen Fachausdrücken hatte ich ein paar Schwierigkeiten mit der Schreibweise, ansonsten klappte das Zusammenspiel zwischen uns erstaunlich gut.

Das fand er wohl auch. Denn hin und wieder ließ er sogar mal ein Lob verlauten.

»Ich weiß es wirklich zu schätzen, Frau Auwald, dass Sie Ihren Sonntagnachmittag für mich opfern … blablabla.«

Sonntagnachmittag war gut. Bei einem verstohlenen Blick auf meine Armbanduhr stellte ich fest, dass es bereits neunzehn Uhr dreißig war und ein Ende der Arbeit nicht abzusehen.

Außerdem rückte er mir immer mehr auf die Pelle, und ich konnte nur hoffen, dass mein Deo wirklich den Geruch meines Angstschweißes in den Duft einer lauen Sommernacht verwandelte, wie es die Werbung versprach.

»Und der Vortrag muss wirklich heute noch weg?«, fragte ich leicht genervt, weil ich allmählich genug hatte.

Mein Hintern tat weh, und so geübt war ich im Schreiben nun auch nicht, dass ich dieser Tätigkeit stundenlang nachgehen wollte. Schon gar nicht mit jemandem im Nacken, der mir ständig seinen pfefferminzfrischen Atem ins Ohr blies und dessen elegantes Herrenparfüm mir die Sinne umnebelte.

Nun sah auch Kiesling auf seine Uhr. »Sie sind erschöpft, Frau Auwald. Das kann ich verstehen. Wie unaufmerksam von mir. Sie werden Hunger haben. Ich lasse uns einen kleinen Imbiss kommen.«

Er griff zum Telefon und wählte aus dem Kopf eine Nummer. Offenbar rief er nicht zum ersten Mal einen Pizzaservice an.

»Kiesling«, sagte er. »Ja, wie immer, in die Universität, Gebäude drei. Ich erwarte Sie am Eingang. Ja, das Übliche, aber alles doppelt bitte.« Er grinste mich mit jungenhaftem Ausdruck an. »Lassen Sie uns den Abschnitt noch fertig machen, dann gibt es erst mal eine kleine Stärkung.«

Ich tippte nun doch mit etwas leichterem Herzen, denn wenn er das, was er bestellt hatte, sonst nur einfach orderte, dann sprach das eher nicht dafür, dass er sein Büro öfters mal zu einer Lust- und Lotterhöhle umfunktionierte. Wahrscheinlich saß er hier wirklich bis in die Nacht über einem neuen Buch oder bereitete seine Vorlesungen vor.

»Eine kleine Stärkung« war allerdings etwas untertrieben. Statt des Pizzaboten hatte er offenbar einen Gourmetservice angerufen, denn die beiden Platten, die er wenig später zusammen mit dem Lieferanten anschleppte, bogen sich unter den traumhaftesten Leckerbissen: Aalhäppchen, Lachsschnittchen, Kaviarcreme, Serrano-Schinken ... Alles Dinge, die Melli und ich uns bei unserem Trip nach Berlin im KaDeWe angesehen hatten, aber leider angesichts der horrenden Preise damals nicht probieren konnten.

Der Anblick verzauberte mich, stimmte mich aber auch irgendwie melancholisch. Warum konnten sich nicht alle Menschen derart leckere Dinge leisten? Würde ich jemals so viel verdienen wie Kiesling?

Angesichts der starken Nachfrage nach Jobs in der Medienbranche und des eher geringen Angebots schien es mir mehr als fraglich. Umso mehr musste ich im Studium ranklotzen, um einen guten Abschluss zu machen. Das hieß erst mal, das Vordiplom zu schaffen, und zwar mit einer guten Note. Sonst konnte ich gleich einpacken, bekam nicht mal ein anständiges Praktikum und konnte später allenfalls irgendwo in einer Redaktion als unterbezahlte Tippse anfangen. Grausam.

Ich blickte frustriert auf die köstlichen Schnittchen, die einer wie Kiesling sich offenbar ständig genehmigen konnte. Bringen Sie dasselbe wie immer! Und da sollte einen nicht der Sozialneid packen!

Kiesling erschien meine Reaktion wohl etwas seltsam, jedenfalls konnte er sie nicht richtig deuten, und so sagte er animierend: »So greifen Sie doch zu, Alix. Ich darf doch Alix sagen? Frau Auwald ist so förmlich in einem Team wie dem unseren.«

Er grinste mich bei der Frage total charmant an, und so konnte ich gar nicht anders als nicken. Hoffentlich erwartete er jetzt nicht, dass ich ihn auch beim Vornamen nannte. Das würde mir, abgesehen davon, dass er mir grade gar nicht einfiel, schon wegen der natürlichen Autorität echt schwerfallen.

»Sehr schön!«, sagte er jedoch nur. »Wir sind fast fertig. Ohne Ihre Hilfe hätte ich es so schnell wirklich nicht geschafft.«

Ich nahm zögernd ein Schnittchen mit orangefarbenem Lachskaviar und ließ den Rogen Bläschen für Bläschen zwischen Zunge und Gaumen zerplatzen. Es kitzelte und ich musste kichern.

Das war die perfekte Vorlage für Kiesling. »Sie mögen Kaviar? Ich auch. Schon im alten Rom schätzte man seine aphrodisische Wirkung.«

In meinem Gehirn schrillte eine Alarmglocke, und zwei Eintragungen blinkten unter dem Stichwort aphrodisisch in meinem privat abgespeicherten Fremdwörterlexikon auf: a) der Göttin Aphrodite zugehörig und b) den Sexualtrieb steigernd.

Das reichte! Am liebsten hätte ich den Kaviar postwendend wieder ausgespuckt. Denn wenn irgendetwas bei mir gesteigert werden musste, dann war es allenfalls mein Einkommen, aber auf keinen Fall mein Sexualtrieb!

Lockvogel hin, Lockvogel her. UTT hatte mir einen

seriösen Job versprochen, und daran hatte sich auch ein Professor Kiesling zu halten.

Ich schaute ihn finster an. Hier wurde kein Sexualtrieb gesteigert, meiner nicht und seiner schon gar nicht! Das lag schließlich in seinem eigenen Interesse.

»Ist irgendetwas mit dem Lachskaviar nicht in Ordnung?«, fragte er irritiert, weil er meinen Blick nicht zu deuten wusste.

Irgendwie sah ich wohl etwas angewidert aus, was durchaus meiner Gemütsverfassung entsprach. Was für ein alter, wenn auch nicht ganz billiger Trick!

Und er setzte sogar noch einen drauf. »Ach, entschuldigen Sie, Alix«, sagte er, »wie unaufmerksam von mir. Wir haben ja gar nichts zu trinken. Wahrscheinlich sind Sie schon halb verdurstet.« Er ging an den Kühlschrank, der im Vorzimmer stand, und kam mit einer Flasche Champagner zurück. Jedenfalls sah es nach Champagner aus.

»Die Gläser stehen hinter Ihnen im Regal, Alix, wenn Sie mal so freundlich sein wollen?«

Nein, wollte ich nicht! Das war doch genau das Regal, das er damals verschoben hatte, als er mir sein Schlummerstübchen gezeigt hatte.

»Haben Sie auch ein Wasser?«, ruinierte ich ihm seinen Plan, mich mit Schampus gefügig zu machen.

Wenn er darüber sauer war, so ließ er es sich jedoch nicht anmerken.

»Natürlich! Ist vielleicht auch besser. Wir müssen ja noch den Schluss des Vortrags schreiben. Da heben wir uns den Champagner einfach für später auf.«

Er stellte die Flasche tatsächlich wieder zurück in den Kühlschrank und kam mit der Königin der Tafelwasser wieder zurück. Der Mann hatte Stil. Das musste ich anerkennen, wenn auch ungern.

Wir futterten also einen Teil der Schnittchen, er plaudernd, ich schweigend, und machten uns dann noch mal an die Arbeit. Vorher schrieb ich Melli noch schnell vom Klo aus eine SMS, damit sie informiert war.

Dauert etwas länger. Zurzeit arbeiten wir richtig, aber der Champagner steht schon im Kühlschrank. Was soll ich tun, wenn wir fertig sind?

Die Antwort war knapp und lakonisch: *Nichts, was du nicht willst!*

Dann waren wir tatsächlich fertig, und es schien mir unfreundlich, gleich abzuhauen. Kiesling las noch einmal den Ausdruck und schickte die Datei tatsächlich sofort als Mail-Anhang weg.

Hm. Das war wohl wirklich eilig gewesen und nicht nur vorgeschoben. Er stieg ein paar Zentimeter in meiner Achtung.

»So«, sagte er, und es klang zufrieden und tatendurstig, »dann könnten wir doch jetzt den Champagner köpfen. Und was die restlichen Schnittchen angeht, die sollten wir doch nicht verkommen lassen.«

Er nötigte mich erneut, in einem der bequemen Sessel in seinem Büro Platz zu nehmen, und stellte die Sektgläser auf den Tisch zu den Häppchen.

Entweder war Kiesling ein absoluter Ignorant, was Gesetze zum Schutz von Frauen am Arbeitsplatz anging, oder er war wirklich rattenscharf.

Während er den Champagner holte, starrte ich auf die Platten. Nahezu alles, was darauf lag, schien diese aphrodisische, also diese sexuell stimulierende Wirkung entfalten zu können: Aal, Lachs, gegrillte Austern, Garnelen ... Was der Typ da aufgefahren hatte, war nichts anderes als die Gourmetvariante einer Liebesspeise!

Ich sah mich nach einer Fluchtmöglichkeit um, als er auch schon den Champagnerkorken knallen ließ und ich mein Glas hinhalten musste, damit das kostbare Nass, das sofort aus der Flasche schäumte, nicht auf dem Boden landete. Also, das wäre denn doch barbarisch gewesen.

»Prost!«, sagte Kiesling gut gelaunt. »Auf unsere harmonische Zusammenarbeit. Sie haben Ihre Sache wirklich sehr gut gemacht, Alix. Vielen Dank!«

»Keine Ursache«, murmelte ich, und da mir echt nichts anderes übrig blieb, stieß ich mit ihm an und nippte an dem teuren Gesöff. Ach, Herrgott, schmeckte das lecker!

Ich musste gestehen, dass ich süchtig nach Champagner war. Ich konnte ihn mir zwar echt nicht leisten, aber er zog mich dennoch magisch an. Champagner und Klamotten von Gucci – das war Glamour pur! Ich würde sonst was dafür geben!

Na, nun aber mal langsam, mischte sich mein innerer Tugendwächter ein. *Hast du nicht eben noch Sozialneid gespuckt? Und jetzt kehrst du die kleine Paris Hilton in dir raus? Nenn du Melli noch mal krass! Wenn die eins hat, dann klare Standpunkte, was man von dir wirklich nicht behaupten kann!*

Himmel, der war ja richtig sauer! Aber egal. Ich hatte recht, und er hatte unrecht. Als Frau war man heute den Klassengegensätzen nun mal voll ausgesetzt. Was sollte ich denn machen? Nur weil mein Bruder sich lieber unter die Armen und Entrechteten an die Tafel hockte, konnte ich mich doch nicht jetzt schon von meinen Träumen nach einem sozialen Aufstieg verabschieden. Natürlich ging es auch ohne Champagner und ohne Gucci – aber lustiger war das Leben mit ein bisschen Luxus.

Und weil mein innerer Coach nun schwieg, offenbar weil er beleidigt war oder mich hohl und oberflächlich fand, genoss ich den Champagner und die antörnenden Häppchen jetzt ohne seine miesepetrigen Kommentare.

Als hätte Kiesling meinen inneren Widerstreit gespürt, rückte er seinen Sessel näher an meinen heran und sagte: »Alix, Sie müssen wirklich keine Hemmungen haben. Ich weiß, dass Sie sich als Studentin so etwas kaum leisten können, aber das kann ich auch nicht jeden Tag. Nehmen Sie es einfach als einen kleinen Dank für die wirklich sehr wertvolle Hilfe, die Sie mir heute geleistet haben.«

Wieder hob er sein Glas, stieß diesmal sogar mit mir an und freute sich offensichtlich darüber, wie ich das göttliche Getränk genoss und die Stimulanzien in Häppchenform in mich reinstopfte.

Liebes Lieschen, es schmeckte alles so traumhaft!

»Wissen Sie, Alix, dass Sie eine ganz besondere Frau sind?«

Ich nickte. Ja, davon war ich sogar überzeugt.

»Sie sind nicht nur sehr intelligent, Sie sehen auch noch bezaubernd aus.«

Ja, klar! Vor allem in ausgebeulten Hosen, labberigem Kapuzenshirt, ausgelatschten Sporttretern, mit blassem Teint und abgedeckten Ringen unter den Augen. Der redete doch Müll!

»Eine junge Frau wie Sie braucht kein Make-up. Sie entfalten eine natürliche Anmut …«

Halt! Stopp! Nicht weiter!, wollte ich rufen. Wir bewegen uns geradewegs in einen Kitschroman hinein … Aber was war an Kitschromanen eigentlich so schlimm? Doch eigentlich nur die Tatsache, dass ihre Geschichten nie wirklich so passierten! Vielleicht hatte ich das unverschämte Glück, mal wirklich einen zu erleben?

Prompt meldete sich mein innerer Wachhund zurück. *Jetzt dreh aber nicht am Rad!*

Doch, tat ich … Am Mühlrad … in einem kühlen Grunde … da dreht ein Mühülenrad … mein Liebster ist verschwunden, der dort gewohonet hat …

Sagte ich schon, dass Champagner bei mir eine besonders aphrodisische Wirkung hat und …

… deine Gehirnzellen ganz mächtig angreift?! Mein innerer Moralapostel zerstörte mal wieder jede lyrisch-dichterische Stimmung.

Kieslings Hand lag plötzlich auf meinem Knie. Nein, nicht nur eine, alle beide! Und er kniete vor mir auf dem Boden …

Das war kein Schundroman, das war ein Albtraum! Denn seine Hände blieben nicht auf meiner ausgebeulten Jeans liegen, sondern sie begannen an meinem Körper hochzuwandern, unter das weite Sweatshirt …

Oh Scheiße, Scheiße … Mein Liebster ist verschwunden … Jean-Paul! Hilf mir!

Ich schoss hoch, wie von der Tarantel gebissen!

»Oh, oh, oh …«, stöhnte ich. »Mir … mir ist schlecht! Eine … eine Molluskenallergie. Vermutlich die Austern, die gegrillten. Äh, ja … entschuldigen Sie mich!«

Ich raste aus Kieslings Büro, durch das Sekretariat und auf dem schnellsten Weg zum Klo. Dort verrammelte ich die Kabine und hockte mich erst mal zitternd auf die Kloschüssel.

Meine Herren, das war aber ein Absprung in letzter Sekunde gewesen. Dabei hatte ich doch kein bisschen gelockvögelt, äh, gevogelt! Einen Moment länger, und es hätte eine Bruchlandung gegeben. Ich glaube, wenn er meine Brüste berührt hätte, hätte ich ihm eine gesemmelt. Professor oder nicht! Was der sich herausnahm, ging entschieden zu weit.

Vielleicht habe ich ja das Glück, einen Kitschroman zu erleben … tz!

Nun mach dich nicht auch noch lustig über mich!, fauchte ich meinen inneren Coach an. Ich wusste ja selber, dass ich Mist gebaut hatte. Wie konnte ich mich nur so von Kiesling einlullen lassen? Ein paar Komplimente, ein bisschen feines Fingerfood und einige Gläschen Champagner … War ich denn noch zu retten? Dafür war doch eine Alix Auwald nicht zu haben!

Ich zog mein Handy raus, rief Melli an und fragte sie um Rat.

»Was soll ich denn jetzt machen? Bis morgen früh hier auf dem Klo hocken? Ich hab doch keinen Schlüssel, und ohne Kiesling komme ich nicht mal aus dieser Scheiß-Uni raus.«

»Kannst du nicht ins Erdgeschoss fahren und da aus einem Fenster klettern?«, schlug Melli vor.

Daran hatte ich auch schon gedacht, aber dann war mir eingefallen, dass die Seminarräume immer abgeschlossen wurden und die Büros ja sowieso, weil so oft eingebrochen und geklaut wurde. Die Fenster an den Enden der Flure hatten deswegen alle Schlösser und ließen sich ebenfalls nicht so ohne Weiteres öffnen. Und wenn man eins einschlagen wollte, musste man schon einen Feuerlöscher hineinwerfen, was garantiert einen Alarm auslösen würde. Also die Feuerwehr musste es denn doch nicht sein, die mich vor Kiesling rettete.

»Dann weiß ich auch nicht«, sagte Melli.

»Okay, dann spül ich mich eben im Klo runter, dann komme ich schon irgendwo raus.«

»Quatsch!«, fuhr Melli mich an. Offenbar hatte sie doch noch einen Geistesblitz.

»Du gehst jetzt wieder zurück zu Kiesling, sagst ihm, dass dir schlecht ist, und dann rufst du mich sofort an, damit ich dich abholen komme. Dann weiß er, dass ich weiß, dass du bei ihm im Büro bist, und wird sich hoffentlich am Riemen reißen.«

»Und du meinst, das hält ihn davon ab, noch mal über mich herzufallen?«

»Ich hoffe es.«

Na dann. Da ich keine andere Möglichkeit sah und mich wirklich nicht bis Montagmorgen auf der Toilette verbarrikadieren wollte, schloss ich vorsichtig die Kabinentür auf und ging zurück zum Lehrstuhl.

Kiesling hockte sichtlich nervös am Schreibtisch der Sekretärin und rauchte. Als ich zögernd eintrat, sprang er auf und eilte mir entgegen.

»Geht es Ihnen besser?«, fragte er beunruhigt. »Sie ... Sie brauchen doch keinen Arzt, oder?«

Na, das wäre ihm ja wohl peinlich gewesen. In der Hinsicht konnte ich ihn ein bisschen beruhigen. Aber nur ein bisschen, schließlich gab man ja nicht gleich seine ganzen Trümpfe aus der Hand.

»Ich … äh … nein, einen Arzt nicht … Sagte ich, dass ich eine Allergie habe … gegen Schalentiere … ja … Krebse … Muscheln … Ich hatte es ganz vergessen, weil … ich esse so etwas ja nie … weil … es ist ja auch viel zu teuer …« Ich zog mein Handy aus der Tasche. »Äh, dann rufe ich wohl mal am besten meine Freundin an, dass sie mich abholt …«

»Aber ich kann Sie doch nach Hause bringen. Ich habe doch den Wagen da …«

Ich wählte Mellis Nummer. »Nein, nein, ist schon okay, ein bisschen frische Luft wird mir guttun.«

»Frische Luft?«, fragte er verwundert.

Klar, er wusste ja nicht, dass Melli eine Vespa fuhr.

Sie meldete sich, und wie verabredet sagte ich: »Du, Melli, ich bin in der Uni im Büro von Professor Kiesling. Mir ist irgendwie schlecht geworden … ja … irgendwelches Seegetier … kleiner Imbiss … Kannst du mich vielleicht mit der Vespa abholen?«

Kiesling machte mir irgendwelche Zeichen. »Moment, Melli, Professor Kiesling will mir etwas sagen.« Ich wandte mich ihm zu. »Ja?«

»Ich kann Sie wirklich bringen, Frau Auwald. Das ist das Mindeste, was ich für Sie tun kann.«

Nee, dachte ich, mit dir halte ich mich nicht mehr allein in einem geschlossenen Raum auf … Jedenfalls nicht, wenn es sich vermeiden lässt. Na, wenigstens nannte er mich nicht mehr beim Vornamen.

»Nein, vielen Dank, meine Freundin ist schon auf dem Weg. Wenn Sie mich bitte unten rauslassen würden …«

Ich raffte meine Tasche an mich und warf einen traurigen Blick auf mein halb volles Champagnerglas und die letzten Schnittchen. Ein Seufzer entrang sich meiner Brust.

»Es tut mir wirklich leid«, sagte Kiesling.

»Sind Sie ein älterer Bruder?«, fragte ich.

»Wieso?«

»Nun, warum entschuldigen *Sie* sich, wenn *mir* schlecht ist? Dafür können Sie doch nichts.«

Er lachte, halbherzig, aber er lachte.

Na gut, dann würde er mir meine plötzliche Übelkeit vielleicht wirklich glauben. Es wäre schon kritisch, wenn er ahnen würde, dass ich wegen seiner Anmache türmte. Aber auf den Gedanken schien er gar nicht zu kommen. Macho!

Als wir vor das Gebäude traten, knatterte Melli grade aufs Gelände.

»Gute Besserung«, sagte Kiesling, »und vielen Dank noch mal.«

»Wofür?«, fragte ich, und weil ich mich nun wieder sicher fühlte, fügte ich hinzu: »Ich konnte doch Ihre Erwartungen leider nicht ganz erfüllen.«

Melli bepisste sich fast vor Lachen, als sie dieses Statement später in der WG für Paula wiederholte.

»Ich konnte doch Ihre Erwartungen leider nicht ganz erfüllen … Na, wenn er das jetzt nicht gerafft hat, fehlt ihm aber jedwedes Einfühlungsvermögen.«

»Was bei Machos seiner Sorte ja mitunter an einem Gendefekt liegt«, gab ich zu bedenken. Denn dass Kiesling nun wirklich von mir ablassen würde, wagte ich noch nicht zu hoffen.

Tat er auch nicht. Gleich nach seiner nächsten Vorlesung bat er mich, am nächsten Tag in sein Büro zu kommen.

»Da Sie mir so engagiert geholfen haben, möchte ich mich ein wenig erkenntlich zeigen und mit Ihnen mal ein paar Themen durchgehen, die für das Vordiplom relevant sein könnten.«

»Du hast aber doch nicht zugesagt?«, fragte Paula später am Nachmittag und sah mich erschüttert an. »Der Typ versucht es ja wirklich mit allen Mitteln!«

Ich zuckte mit den Schultern und sagte schuldbewusst: »Was sollte ich denn machen? Er weiß so gut wie ich, dass ich beim Vordiplom völlig abhängig von ihm bin. Außerdem hält er mich offenbar für eine dieser karrieregeilen Tussen, die für eine gute Note mit jedem ins Bett springen.«

»Was für ein Irrtum!«, sagte Justin feixend und setzte sich mal wieder unaufgefordert zu uns in die Wohndiele.

Ich zog die Beine an, damit er auch noch Platz auf dem Sofa hatte, wickelte meine Kuscheldecke fest um mich und fragte ohne große Hoffnung: »Hat jemand von euch eine Idee, wie ich diesen Gordischen Knoten durchschlagen kann, ohne mir dabei ins eigene Fleisch zu schneiden?«

Schweigen.

Melli trug ein Tablett mit Tee herein, und Paula zündete die Kerzen auf dem Tisch an. Der warme Teepott tat meinen klammen Fingern gut.

Ich fühlte mich kalt, unbehaglich und zittrig. Ich arbeitete gerne, liebte mein Studienfach und hatte viel Spaß an den Vorlesungen und Seminaren. Ich hatte Kiesling vom ersten Semester an bewundert, weil er gut und interessant dozierte, und hatte mich schier weggefreut, als er mir den Hiwi-Job anbot. Alles hatte so fabelhaft gepasst: Das Geld ermöglichte es mir, mit meinen Freundinnen in die WG zu ziehen, und als Prüfer für mein Vordiplom wollte ich ihn ja auch unbedingt haben. Merde! Und jetzt steckte ich in der Sexfalle und sah keinen Ausweg.

»Ich verstehe wirklich nicht, was er ausgerechnet an mir findet.«

»Ich schon«, meinte Justin grinsend, was nun auch nicht wirklich hilfreich war.

»Hat denn keiner von euch eine Idee? Der gräbt mich doch vermutlich morgen wieder genauso an, und ich kann ihm ja nicht immer die Kotzorgie vorspielen.«

»Hast du ihm denn nicht gesagt, dass du einen Freund hast?«

»Doch, habe ich. Aber leider habe ich auch erwähnt, dass er zurzeit in Amerika ist.« Dass Kiesling sogar wusste, dass Jean-Paul dort in Begleitung einer vollbusigen Blondine war und ich mir daher Sorgen wegen seiner Treue machte, behielt ich lieber für mich. Ich musste mich vor meinen Freunden ja nun auch nicht als totalen Trottel hinstellen, selbst wenn ich einer war.

»Ich glaube, ein Freund in Amerika ist für Kiesling genauso, als ob ich gar keinen Freund hätte. Was der nicht weiß, macht ihn nicht heiß, denkt er bestimmt.« Und ich konnte ihn förmlich sagen hören: »Oder glauben Sie denn, Alix, dass er Ihnen monatelang treu ist? Ein Mann braucht einfach Sex, um gesund zu bleiben, seelisch und körperlich. Ein Mann kann sehr gut unterscheiden zwischen sexueller Hingabe und seelischer Treue. Wenn Sie verstehen, was ich meine.«

Klar, das war ja auch genau das, was er selber praktizierte. Mit der Seele war er seiner Frau treu, aber mit dem Penis sorgte er hin und wieder mal für sich selbst und seine psychische und physische Gesundheit.

»Sicher glaubt er, dass ich total emanzipiert bin und freigeistig und tolerant …«, sagte ich und fragte mich ehrlich, ob ich nicht wirklich etwas zu verklemmt an die Dinge heranging. Wenn doch sechzig Prozent der Deutschen kein Problem mit einem Seitensprung hatten … Wieso hatte ich dann eins?

Justin sprang plötzlich auf. »Das ist doch ganz einfach!«, rief er aus, und sein Gesicht strahlte wie vom Schein der Erkenntnis illuminiert. »Was du brauchst, ist ein Freund!«

Paula, Melli und ich starrten ihn an, als sei er reif für die Psychiatrie, und Melli sagte das auch: »Brauchst du einen Einweisungsschein für die Klapse?«

Er tippte sich gegen die Stirn, was wie eine Bestätigung wirkte. »Nee, aber die Blöde bist du, wenn du das nicht kapierst.«

»Hört auf!«, mischte Paula sich sofort ein, bevor das Gezänk zwischen den beiden richtig losgehen konnte. »Macht keinen Stress! Wir wollen Alix' Problem lösen und keiner Neuinszenierung eurer Seifenoper zusehen. Vielleicht kann Justin ja erst mal erklären, wie er das gemeint hat.«

Das konnte er. Er erläuterte, dass ich lediglich Kiesling einen Freund präsentieren müsste, der nicht in Amerika wäre, dann würde er sich sicher zurückziehen.

»Ah, ja«, sagte ich wenig überzeugt von seinem Vorschlag. »Bliebe nur die Frage: Woher nehme ich diesen Freund?«

Gott, ich hätte es ja ahnen können!

»Ich stelle mich gerne zur Verfügung«, bot Justin sich grinsend an. »Du wirst mir ein gewisses Talent für diese Rolle sicher nicht abstreiten.«

Nee, sicher nicht! In meinen Augen hatte er fast zu viel Talent dafür. Mir war irgendwie, als würde ich vom Regen in die Traufe kommen, wenn ich sein Angebot annahm.

Aber leider waren Paula und sogar Melli von seinem Vorschlag total begeistert, und Justin meinte locker-flockig: »Mit ein bisschen Maske sehe ich für Kiesling doch glatt wie der unscharfe Jean-Paul von dem Zeitungsfoto aus.«

»Genial!«, meinte Paula, und sie hatte direkt ein leicht diabolisches Glitzern in den Augen, als sie uns sogleich vorschlug, wie wir Justin am effektivsten einsetzen konnten. »Am besten erwischt er Kiesling in flagranti!«

Tja, und schneller als ich denken konnte, war das Ganze abgemacht.

Als ich später in meinem Zimmer saß und aus dem Fenster sah, war gegenüber in der Hinterhofwohnung alles hell erleuchtet, und auf einer Leiter stand ein Typ, der sich reichlich abmühte bei dem Versuch, eine Lampe aufzuhängen.

Ich starrte auf das unausgefüllte Protokoll für UTT. Bevor ich es nicht abgeschickt hatte, gab es auch kein Geld.

Aber was sollte ich reinschreiben?

Na, was schon? Die Wahrheit! Bei dem LKW-Fuzzi hast du doch auch nicht lange überlegt. Warum jetzt?

Ja, warum jetzt?

Weil ich Kiesling kannte, ihn sogar schätzte, mich vielleicht auch ein bisschen geschmeichelt fühlte, dass er mich begehrenswert fand, sogar in Sportschuhen und ausgebeulten Jeans!

Bilde dir ja keine Schwachheiten ein! Der ist doch so scharf, dass er es auch mit einer Gummipuppe tun würde!, pöbelte mein innerer Coach los.

Was ging denn mit dem ab? So nicht! Ich beschloss, ihn vorübergehend wegen Unverschämtheit in die Verbannung zu schicken.

Aber das löste mein Problem auch nicht.

Ich war keine Heilige. Das hieß, dass es mir nicht ausschließlich darum ging, Kieslings Frau den Schock über die Untreue ihres Mannes zu ersparen. Genauso wichtig war mir, dass Kiesling zwar seine Finger von mir ließ, aber dennoch nicht sauer auf mich war, denn ich brauchte ihn für mein Vordiplom bei guter Laune – da war ich pragmatisch.

Solange ich auch hin und her grübelte, mir fiel keine bessere Lösung ein, als die von Justin vorgeschlagene Aktion durchzuziehen. Ich seufzte frustriert.

Warum nur ließ ich mich immer wieder in Situationen reinschwätzen, die mich an den Rand des Wahnsinns trieben?

♡ ♡ ♡

Eine von diesen Wahnsinnssituationen war der allmählich extrem nervende Umstand, dass durch den Einzug meines Bruders Robbie in die WG unsere gemütliche Wohndiele den Charakter eines Obdachlosenasyls angenommen hatte – einschließlich des penetranten Geruchs der Straße. Wobei mir nie so bewusst gewesen war, dass deren spezieller Duft zum Teil auch daher rührte, dass an jeder beliebigen Stelle Hunde ihre Notdurft verrichteten.

Männer taten es ja inzwischen, Gott sei Dank, nicht mehr so häufig in der Öffentlichkeit und wenn doch, dann kriegten sie gleich eins mit dem Regenschirm übergebraten von einer kinderwagenschiebenden Oma und wurden als elende Sittenstrolche tituliert. Also in der Hinsicht herrschte inzwischen in Deutschland einigermaßen Zucht und Ordnung. Was die Hunde und natürlich die Straßenkatzen anging, war man bislang noch nicht so erfolgreich. Denn da sie nicht noch umständlich ihren Reißverschluss zuziehen mussten, entzogen sie sich Regenschirmen und Ähnlichem meist durch schnelle Flucht.

Aber wie gesagt, war mir das bisher nicht sonderlich als Problem ins Bewusstsein gedrungen. Bis zu dem Moment, wo Robbie diese Bestie mitbrachte.

Sie war schwarz und riesig, mit einem weißen Fleck zwischen den dunklen Augen, hieß Putzi und war ein Hund, ein Straßenköter. Und so roch er auch.

»Nur für ein paar Tage«, bettelte Robbie. »Dann ist sein Herrchen wieder da.«

»Und wo ist sein Herrchen? Warum kann es sein Hundchen nicht dahin mitnehmen, wo es ist?«

»Äh, ja, das geht nicht ... also ...«

Na, konnte mir schon denken, wo der Besitzer dieses Monstrums von einem Hund abgeblieben war: Vollzug, Drogenklinik, Krankenhaus ... Da war alles möglich, und darum wollte ich es auch gar nicht genauer wissen. Wenn ich nämlich anfing, darüber nachzudenken, mit welchen Leuten mein Brüderchen abhing, dann würde ich meine liberale Einstellung doch noch mal überprüfen müssen.

Aber egal. Er und seine Braut reichten in unserer Wohndiele völlig aus, ein Hund von diesen Ausmaßen war entschieden zu viel.

Das fand Justin nicht, was der Hund wohl unbewusst spürte und weshalb er sich gleich bei ihm einschleimte. Hände lecken, Füße lecken, Gesicht lecken ... in dieser Reihenfolge. Igitt!

Aber wenigstens Melli stand mir bei. »Wenn der Hund bleibt, ziehe ich aus! Ich bin allergisch gegen Hundehaare, besonders gegen schwarze. Die liegen immer überall herum, und ich muss ständig niesen, weil sie meine Nasenschleimhäute reizen.«

Ich frohlockte innerlich. Das waren mal wirklich objektive Argumente, die niemand so einfach aushebeln konnte. Schließlich zahlte Melli ordnungsgemäß ihre Miete und hatte darum ein Recht darauf, dass in der Wohnung gesundheitlich unbedenkliche Zustände herrschten.

»Robbie, du weißt, ich mag dich, und ich habe mich auch immer für dich eingesetzt, aber dieser Hund ist zu viel.«

Und da auch Paula leicht phobisch auf das riesige Tier reagierte und Karlos als erklärter Katzenfreund Hunde hasste, stand es schließlich drei zu eins gegen den Köter.

»Dann muss ich eben mit Jenna unter der Brücke schlafen«, maulte Robbie und begann, seinen Doppelschlafsack einzurollen. »Da kacken mir dann eben die Tauben auf den Kopf, und Neonazis rauben mich aus und treten mich tot.«

Oh, mein Gott!

»Du hast doch den Hund, der beißt die in den Arsch!«, meinte Melli unbeeindruckt, während mir schon wieder das Herz zu bluten begann bei dem Gedanken, meinen Bruder hilflos der rohen Gewalt von rechten Schlägertrupps auszusetzen. Erneut tauchte eine Schlagzeile des *Tagesanzeigers* vor meinem inneren Auge auf: Grausame Schwester lässt Bruder tottrampeln!

»Das kannst du doch nicht zulassen«, appellierte Paula an meine schwesterlichen Fürsorgeinstinkte.

»Guck mich nicht so anklagend an!«, reagierte ich leicht säuerlich. »Soll ich ihm vielleicht eine Luxussuite im Grandhotel sponsern?«

»Eine kleine Pension täte es vielleicht auch ...«

Bei diesem Monsterhund durfte die aber auch nicht zu klein sein und sowieso ... mein Geld reichte nicht mal für mich, geschweige denn dafür, meinem Bruder ein Dach über dem Kopf zu finanzieren.

»Ich bin lediglich seine Schwester«, sagte ich muffig. »Und nicht seine Mutter. Ich trage keine Verantwortung dafür, dass er auf dieser Welt wandelt!« Ich sah ihn finster an.

»Warum gehst du nicht einfach nach Hause, entschuldigst dich bei Papa für den Missbrauch des Elternschlafzimmers und ziehst wieder in dein altes Zimmer?«

»Niemals! Papa hat gesagt, er steckt mich ins Heim, wenn ich noch einmal mit Jenna bei ihm auftauche.« Er legte mit Beschützergeste seinen Arm um seine kleine Braut. »Ohne Jenna gehe ich nirgendwohin.«

Muss Liebe schön sein! Aber ich konnte den Knaben ja verstehen, und mich erfasste sogar ein bisschen Neid auf Jenna, weil er so kompromisslos zu ihr stand.

Ach, wäre das schön gewesen, wenn Jean-Paul genauso reagiert hätte. Wenn er seinen Arm um mich gelegt und zu der fettbusigen Amy gesagt hätte: »Ich nehme gerne an der Grabung teil, aber nur wenn meine Freundin mitkommen kann. Ohne Alix gehe ich nämlich nirgendwohin!«

Ich seufzte frustriert, denn leider hatte er das nicht gesagt. Ihm war vermutlich nicht einmal die Idee gekommen, dass ich ihn vielleicht begleiten könnte … Na ja, konnte ich eigentlich ja auch nicht, weil ich der letzten Studi-Kohorte angehörte, die in Medienwissenschaften noch mit dem Diplom abschließen konnte. Da musste ich nun mal leider genau jetzt mein Vordiplom machen.

»Ich würde dir so gerne helfen, Robbie, aber ehrlich gesagt, geht auch mir der Zustand hier auf die Nerven. Ich brauche wirklich manchmal einen Ort, wo ich relaxen und mit meinen Freundinnen reden kann. Seit ihr beide die Wohndiele blockiert, haben wir nur noch den Küchentisch als Treffpunkt. Und der Hund …«

Ich hatte noch gar nichts zu dem Hund gesagt, als Melli auf dem Weg zum Klo laut und wütend aufkreischte: »Schafft diesen Köter hier raus! Der ist ja nicht mal stubenrein! Robbie, Jenna! Kommt sofort her und macht die Scheiße hier weg!«

Gut, meine Worte zum Hund erübrigten sich dadurch.

Die beiden folgten sofort Mellis Aufforderung und überschlugen sich fast vor Arbeitseifer bei der Beseitigung von Putzis Geschäft.

Während die also im Flur putzten, machte Justin einen völlig abartigen Vorschlag. »Wie wäre es, wenn du die beiden vorübergehend bei Jean-Paul einquartierst? Das Apartment steht doch leer, solange er in den USA ist.«

Hallo? Das war Jean-Pauls Wohnung und nicht meine! Ich goss da nur gelegentlich mal die Zimmerpalme.

»Das geht nicht!«

»Frag ihn doch wenigstens«, schlug Paula vor und hatte schon wieder den Glanz der Barmherzigen in den Augen.

Lasset die Kinderlein zu mir kommen! Nein, nicht mit mir.

»Ich erreiche ihn eh nicht.«

»Los, ruf ihn an!«, sagte Paula und drückte mir das Telefon in die Hand. »Das ist ein Notfall. Er wird es verstehen.«

Er war nicht zu erreichen. Nicht mal seine Mailbox. War das nun Absicht vom Schicksal? Und wie sollte ich das interpretieren?

»Na, lass sie erst mal einziehen. Die Genehmigung holst du dir dann später«, meinte Melli, und Justin setzte kackfrech voraus, dass Jean-Paul bestimmt nichts dagegen hätte.

»Doch, hätte er sicherlich. Jemand, der sich mit toten Riesenviechern beschäftigt, muss nicht auch zwangsläufig lebende Riesenviecher tolerieren. Schon gar nicht in seiner Wohnung«, wandte ich ein.

»Er braucht es doch gar nicht zu merken«, sagte Melli, die Listenreiche. »Bevor er kommt, räumen wir picobello auf und sprühen alles mit Sagrotan ein. Was er nicht weiß, macht ihn nicht heiß.«

»Und Frau Waschkowski?«, versuchte ich noch ein letztes Argument anzubringen.

Melli zuckte mit den Achseln und Justin sagte selbstbewusst: »Die übernehme ich!«

Na dann!

Als Robbie und Jenna wieder aufliefen, startete ich einen letzten Versuch, meinen Bruder zur Rückkehr in sein Elternhaus zu bewegen. Vergebens.

»Eher gehe ich ins Heim!« Er sah mich mit sterbenselendem Blick an. »Willst du das? Willst du, dass Jenna und ich auseinandergerissen werden und dass sie mich in ein Heim sperren? Du weißt, dass das der Anfang einer Devianzkarriere ist und dass ich vermutlich in ein paar Jahren ein Krimineller bin oder ein Drogenjunkie … weil meine Familie mich verstoßen hat.«

»Herrgott, Junge! Jetzt hör auf damit, auf die Tränendrüse zu drücken.« Ich stand auf. »Los, pack deinen Kram und Jenna und komm mit!«

Er starrte mich entsetzt an. »Du … du wirfst mich wirklich raus?«

»Halt die Klappe und komm!«

Ich ging zum Wohnungsausgang, und die beiden stolperten leicht panisch hinter mir her. Völlig frustriert folgten sie mir mit Sack und Pack und Hund ins Treppenhaus.

Vor Jean-Pauls Wohnung blieb ich stehen, zögerte noch einen Moment und schloss dann auf.

»Los jetzt, rein hier, aber mucksmäuschenstill! Wehe, Frau Waschkowski kriegt mit, dass ihr hier wohnt.«

Die beiden wussten nicht, wie ihnen geschah. Total überwältigt und stumm standen sie in der Eingangsdiele, von der sämtliche Räume abgingen.

»Und das schreibt euch hinter die Ohren: Das

Wohnzimmer ist tabu! In der Küche wird nicht gekocht, allenfalls der Kühlschrank benutzt und mal was Kaltes zu essen gemacht. Klar?!«

Sie nickten. »Klar.«

»Erlaubt sind Schlafzimmer und Bad. Aber benehmt euch wie zivilisierte Menschen. Ich bringe euch Bettwäsche und Handtücher. Von Jean-Pauls Sachen wird nichts, aber auch wirklich nichts angefasst! Ist das klar?«

Wieder nickten sie und sagten wie aus einem Mund: »Klar, machen wir nicht.« Und noch immer schien es, als könnten sie gar nicht fassen, was grade mit ihnen geschah.

»Und der Köter bleibt in der Diele. Wehe, der betritt einen anderen Raum, dann fliegt ihr sofort raus, aber dann echt auf die Straße. Kapiert?!«

»Kapiert.«

»Okay, dann bis später. Macht es euch gemütlich. Ach ja, und wehe, der Hund sagt was!«

»Äh, den Fernseher? Dürfen wir den vielleicht ...?«

Ich seufzte. Schrecklich, diese Konsumkids.

»Ihr könnt meinen haben und ins Schlafzimmer stellen, da ist auch ein Kabelanschluss. Ich habe eh keine Zeit zum Gucken, muss lernen.«

Ich drehte mich um und wollte die Wohnung verlassen. Dabei dachte ich, dass ich doch völlig bescheuert war und Jean-Paul mich lynchen und die Scheidung einreichen würde.

Aber als sich plötzlich ein dünner Arm um mich legte und mir jemand mit Babyflaum am Kinn einen Kuss auf die Wange drückte, da hatte ich diesen alten Siebzigerjahre-Song im Kopf: *He ain't heavy, he's my brother ...*

Mit einem kleinen Heiligenschein auf dem Kopf stieg ich die Treppe hinauf zur WG. Irgendwie liebte ich diesen Freak.

♡ ♡ ♡

In die Sexfalle getappt!

Alles wäre okay gewesen, wenn Kiesling die Zeichen richtig gedeutet und von mir abgelassen hätte. Was er aber nicht getan hat. Weder verfügte er über die Erleuchtung der Auguren, welche ja bekanntlich aus dem Vogelzug die Zukunft enträtseln konnten, noch war er einfühlsam genug, um sich vorzustellen, was in einer kleinen Studentin wirklich vorging, wenn sie von ihrem Prof derart angebaggert wurde.

Als ich gezwungenermaßen, um meinen Arbeitsvertrag zu erfüllen, wie gewohnt am Lehrstuhl auflief, tat er, als wäre nichts geschehen.

Er erkundigte sich jedoch nach meinem Wohlbefinden. Ja, ich befand mich wohl. Umso wohler, je weiter er von mir entfernt war.

»Kommen Sie in einer Viertelstunde mal in mein Büro«, sagte er, und seine Nähe führte sofort zu unregelmäßigen Systolen meines Herzens, was vermutlich schlicht auf ein Herzklappenflattern zurückzuführen war. Das war nun wirklich kein Zustand. Meine Prüfungsangst reichte mir vollkommen, da brauchte ich nicht auch noch Stress mit einem rolligen Professor.

Ich ging zu meinem Schreibtisch und versuchte mich mental ein wenig locker zu machen. Wer war schon Kiesling? Und wenn er wirklich wieder zudringlich werden sollte, dann mussten wir eben unseren Plan durchziehen.

Okay, als ich sein Büro betrat, schloss er die Tür und wurde sehr bald klebrig. Und obwohl ich mich extrem zurückhielt, schien ihn das überhaupt nicht zur Vernunft zu bringen. Im Gegenteil. Er schien es direkt zu genießen, wie ich mich auf dem Stuhl vor seinem Schreibtisch wand und krampfhaft versuchte, ihm Widerstand zu leisten.

Der Mann ist eben immer noch ein steinzeitlicher Jäger. Je schwerer das Wild zu erlegen ist, umso stärker die Adrenalinausschüttung. Es war vertrackt! Was immer ich auch tat, der Typ wurde nur noch schärfer! Ich merkte richtig, wie ihn der Jagdinstinkt befiel, wie es ihn kitzelte ...

Heute konnte ich es ihm nicht mal verdenken, denn da ich an einem normalen Tag in der Uni einigen Freunden und Bekannten begegnete, konnte ich schlecht mein abtörnendes Mimikry beibehalten und weiter in Sack und Asche, sprich ausgeleierten Sportklamotten, herumlaufen. Und so hatte ich mich anständig frisiert und gekleidet und trug meine natürliche Schönheit zur Schau.

Enge Klamotten sahen an mir nun mal ziemlich sexy aus. Aber sollte ich wie eine Betschwester in wallender Kutte herumrennen, nur damit Kiesling nicht gleich der Sabber im Mund zusammenlief? Das sah doch wohl jeder ein, zumindest jede Frau, dass mein Selbstbewusstsein ein anständiges Outfit und ein angemessenes Styling brauchte.

Dass Kiesling sich dadurch gleich wieder angetörnt fühlte, war wirklich nicht meine Absicht. Ehrlich gesagt, hatte ich am Morgen beim Anziehen nicht mal einen Gedanken an ihn verschwendet.

Der Lockvogeljob war für mich erledigt, und ich behielt mir lediglich vor, noch eine Weile darüber nachzudenken, wie gut oder schlecht Kiesling in meinem Bericht für UTT wegkommen sollte. Ob seine Ehe noch zu retten war oder nicht, hing letztlich von ihm selbst ab.

Hm, ein bisschen allerdings auch noch von mir, denn als ich in seinem Büro die Beine übereinanderschlug und der knappe Rock kaum bis zur Mitte meiner Oberschenkel reichte, wurde mir brühheiß mein Stylingfehler bewusst.

Der Rock war ja viel zu sexy, und die Sandalen mit ihren hohen Absätzen ließen meine Beine schier unendlich lang aussehen. Da musste selbst ich bei ihrem Anblick schlucken.

Ich zerrte leicht panisch an dem Rock, ohne dass auch nur ein Millimeter mehr von meiner Haut bedeckt wurde.

»Sie haben schöne lange Beine«, sagte Kiesling angesichts meiner vergeblichen Bemühungen reichlich platt. »Sie brauchen sie doch vor mir nicht zu verstecken.«

»Äh, nein, ja, ich verstecke sie auch gar nicht.«

»Dann ist es ja gut«, sagte er und schaute dennoch etwas zweifelnd zu, wie ich erneut an dem kurzen Rock zog.

»Sitzen Sie nicht bequem?«, fragte er und hatte dabei ein leicht zu deutendes Glitzern in den Augen.

Begehrlichkeit pur!

Wer hatte den Typ nur zum Professor gemacht? So gut, wie der aussah, und so hormongeladen, wie er war, konnte man ihn doch nicht auf Studentinnen loslassen. Bestimmt standen bei seiner Sprechstunde etliche meiner Geschlechtsgenossinnen nur deshalb an, um von ihm einen Händedruck, ein persönliches Lächeln oder ein freundliches Wort aus seinem erlauchten Munde zu erhaschen. Er war wirklich ein Typ, für den man als junge Studentin schwärmen konnte. Als wäre er geradewegs aus einem amerikanischen College-Film entsprungen.

Ich kannte einige Kommilitoninnen, die total auf ihn abfuhren, zu jedem seiner Vorträge rannten und sich fast bepissten, wenn er genau neben ihrem Pult ein Blatt fallen ließ, das sie eilfertig aufhoben und mit hochrotem Kopf an ihn zurückreichten.

Ich seufzte bei diesem Gedanken. Ja, ich hatte ihn auch toll gefunden und hätte mich sicher in die Schar seiner Verehrerinnen eingereiht, wenn ...

Also doch Kitschroman?, unterbrach mein innerer Coach provokant meine Gedanken.

Ich konzentrierte mich wieder auf das, was Kiesling grade von sich gab, obwohl das ziemlicher Müll war. Anscheinend verwirrte es ihn, dass ich so stumm, verzweifelt und reichlich verklemmt, zumindest was meine Beine anging, vor ihm hockte.

»Sie haben eine leicht depressive Aura, Alix, hat Ihnen das schon mal jemand gesagt? Hängt es mit der Prüfungsbelastung zusammen oder haben Sie familienbedingt eine Disposition für eine psychische Erkrankung?«

Ich starrte ihn konsterniert an. Ging es dem noch gut? Das Einzige, was mich in eine Depression stürzen konnte, war er!

Na gut, das konnte ich ihm natürlich nicht sagen.

Wie wäre es übrigens, wenn wir vielleicht mal zum eigentlichen Anlass meines Besuchs kommen würden?

»Äh, Sie wollten mich sprechen. Worum geht es denn, außer um meine Beine und meine Depressionen?«

Ups, so hatte ich das jetzt aber nicht sagen wollen.

Mein innerer Coach griente und meinte: *Du trägst eben immer noch dein Hirn auf der Zunge!*

»Pardon«, sagte ich. »Ich trage manchmal mein Hirn auf der Zunge.«

Merde! Was redete ich denn bloß und wieso sah Kiesling mir so schweigsam und tief in die Augen?

Ich wandte den Blick ab und sah zum Fenster hinaus.

»Warum sind Sie denn so verlegen?«, fragte Kiesling. »Eine Frau von Format wie Sie hat doch gar keinen Grund dazu.«

Er stand auf, ging um den Schreibtisch herum und trat hinter mich. Er legte mir tatsächlich, in Perversion einer väterlichen Geste, seine Hände auf die Schultern, und ich spürte durch den dünnen Stoff meines Tops hindurch ihre durchaus angenehme Wärme.

Nimm deine Pfoten von mir!, dachte ich, hielt aber diesmal die Klappe.

»Macht meine Nähe Sie nervös?«

Ja! Verdammt noch mal, machte sie!

»Soll ich ehrlich zu Ihnen sein, Alix?«

Nein! Nicht nötig! Bitte keine Bekenntnisse!

»Sie machen mich auch nervös ... sehr nervös ...«

Ich wand mich unter seinen Händen.

»Es ist allerdings eine sehr angenehme Art von Nervosität. Sie erfasst alle Regionen des Körpers ...«

Ach? Nicht wirklich, und doch wohl hoffentlich nicht jetzt?! Aber vermutlich stand er nicht ohne Grund hinter mir. Wahrscheinlich wollte er vermeiden, dass ich sah, wie diese wunderbare Nervosität, die seinen Körper durchzitterte, die Region zwischen seinen Beinen erreichte!

»... hübsche Frauen lösen dieses Gefühl öfter bei mir aus ... ohne dass ich mich dagegen wehren kann.«

Das reichte. Ich sprang auf und sagte mit leicht panischem Flattern in der Stimme: »Äh, ja, das ist ... äh ... sehr schön ... äh ... ich meine, bedauerlich. Wenn ich ... also, das lag nicht in meiner Absicht ... Kann ich sonst noch etwas für Sie tun?«

Wie ein aufgescheuchtes Reh entsprang ich ins Vorzimmer, wo seine Sekretärin brav am Computer saß und von dem Verstoß ihres Chefs gegen das Gesetz gegen die Belästigung von Frauen am Arbeitsplatz nichts mitbekommen hatte.

»Geben Sie Frau Auwald doch mal die Literaturliste für das Oberseminar. Sie soll sie bitte um die Neuerscheinungen ergänzen und dann dreißigmal kopieren«, sagte Kiesling nun wieder äußerst sachlich zu seiner Sekretärin. Und von mir verabschiedete er sich mit den Worten: »Es wäre schön, wenn Sie das gleich erledigen könnten. Ich brauche es für heute Nachmittag.«

Ich grapschte nach der Liste und machte mich vom Acker.

Liebes Lieschen, wo war ich da nur wieder reingeraten? Meine Freunde hatten recht. Ich musste Kiesling so schnell wie möglich etwas entgegensetzen. Wenn ich das so weiterlaufen ließ und ihn später abwimmeln wollte, würde er garantiert beleidigt sein, in seiner Männlichkeit gekränkt und zu jeder Gemeinheit fähig.

Nein, das wollte ich nicht riskieren, und so beschloss ich nach einem kurzen Handytelefonat mit Melli, Justins großzügiges Angebot anzunehmen und bei nächster Gelegenheit zurückzuschlagen.

Die Gelegenheit kam dann ziemlich schnell.

Meine depperte Reaktion auf seine Anmache hatte Kiesling offenbar nur ermutigt. Denn als ich ihm die kopierten Listen brachte, schlug er erneut vor, gemeinsam noch einmal meine Klausurvorbereitung durchzugehen, und zwar gleich am selben Abend.

Er hatte natürlich gemerkt, dass ich einen gewissen Ehrgeiz besaß und das Vordiplom mit einer guten Note abschließen wollte. Daher dachte er wohl, dass er mich mit diesem Angebot ködern könnte. Womit er natürlich recht hatte.

Ich hätte mich sogar darüber gefreut, mich fachlich mit ihm auszutauschen, aber unter den gegebenen Umständen war mir klar, dass er weniger an meinen drängenden Prüfungsängsten interessiert war als an dem Drängen in seiner Hose.

Was mich letztlich verblüffte, war die Tatsache, dass sogar jemand wie Kiesling, ein hochgelobter und zweifellos intelligenter Professor, derart schwanzgesteuert war, dass er Familie, Status und Gesetzeslage einfach vergaß. Geschlechtsreife Männer stellten in unseren Bildungsinstitutionen mitunter ein nicht zu unterschätzendes hormonelles Risikopotenzial dar, wobei weder Status noch IQ offenbar eine Rolle spielten.

Mädels, seht euch vor!

Ich nahm Kieslings Angebot also scheinbar dankend an. Einmal musste Schluss sein, und lieber ein Ende mit Schrecken als dieses ewige Herumeiern.

Hm, das war jetzt wohl nicht ganz der passende Ausdruck.

Wäre ich Single, so hätte ich Kieslings Anmache vielleicht nachgegeben und mir, wie so manche dieser Karrieretussis, durch einen kleinen Umweg über sein Bett das Vordiplom etwas leichter gemacht.

Aber ich war mit Jean-Paul zusammen und wollte ihm treu bleiben. Das hatte Kiesling gefälligst zu respektieren. Basta!

Am Spätnachmittag spielte ich in der WG unter der Regie von Melli die Szene mit dem auf Jean-Paul gestylten Justin mehrmals durch, und obwohl beide meinten, dass alles superecht rüberkommen würde, konnte ich mir beim besten Willen nicht vorstellen, dass es klappen würde. Dazu war ich viel zu aufgeregt. Garantiert würde ich es vermasseln.

»Wollen wir es nicht doch lieber lassen?«, fragte ich in der Hoffnung, das Drama noch abwenden zu können, aber entweder war es Justins Schauspielerehre oder Mellis Ehrgeiz, jedenfalls wollten sie das Ding unbedingt durchziehen.

Und da beiden auch der Abend prima passte, weil sie beide frei hatten, nutzten wir eben die Gunst der Stunde.

Also stylte ich mich, während Justin sich mit professionellen Tricks in Jean-Paul verwandelte. Ich legte etwas Rouge und roten Lippenstift auf und zog sogar mein heiliges Gucci-Top an.

Treuetest – die Zweite! Wenn das alles Kiesling

nicht mein vollstes Entgegenkommen signalisierte, dann hatte ich mich wohl doch in ihm getäuscht und er war seiner Frau treu. Vielleicht wollte er ja nur ein bisschen mit dem Feuer spielen.

Ich will doch nur spielen …

Aber mein innerer Coach blieb realistisch: *Vergebens hoffst du! Aber du hast recht, der Typ ist heiß!*

Nun denn. Melli fuhr mich mit der Vespa zur Uni, und Justin kam mit der Straßenbahn hinterher. Wir trafen uns in der Cafeteria vor Hörsaal C und verglichen noch mal unsere Uhren, damit wir auch ja das richtige Timing hatten. Dann ging es los.

Sagte ich schon, dass ich dazu neige, mich von anderen Menschen in Dinge hineinschnacken zu lassen …?

Ja, sagtest du!, fiel mir mein innerer Coach ins Wort. *Nun mach hinne!*

Es begann ganz chillig und warf sofort unseren gesamten Zeitplan über den Haufen. Also setzte ich mich nach einer halben Stunde intensiver Diskussion über neue medienwissenschaftliche Theorieansätze auf die Toilette ab, um meinen Freunden schnellstens eine SMS zu schicken.

K. total peacig. Lernen für VD. Sollten Aktion abblasen. A

Aber ich hatte meine Rechnung ohne Justin gemacht.

Trau keinem über dreißig!, schrieb er umgehend zurück. *Wir warten auf dein Zeichen oder bis du wiederkommst. J*

Na, prima! Aber gut, schaden konnte es ja nicht, ein paar Bodyguards in der Hinterhand zu haben.

Nein, das konnte es wirklich nicht. Denn kaum war

ich wieder zurück, ließ Kiesling die Maske pädagogischer Fürsorge und dezenter Zurückhaltung und damit die erste sexistische Bemerkung gleichzeitig fallen.

Sie galt dem Rot meiner Lippen und dem Gucci-Top. Auch ihm fiel auf, dass diese Kombination mich mit einem Hauch von Glamour umhüllte.

»Wirklich, Alix ... Ich darf doch Alix sagen?« Nein! Darfst du nach wie vor nicht, dachte ich, aber du tust es ja doch! »Ich habe dieses Potenzial schon bei unserer ersten Begegnung erahnt. Sie haben wirklich ein außergewöhnliches Format.«

Dabei starrte er mir auf den Busen, als spräche er über meine Körbchengröße, die allerdings so außergewöhnlich nun auch nicht war.

Ich schob die Hand in die Tasche und drückte auf die Wähltaste meines Handys. Bereits auf dem Klo hatte ich den Kontakt aufgerufen, so dass es jetzt bei Justin klingeln musste. Wenn er den Anruf annahm, konnte er nun, wenn ich laut genug sprach, verfolgen, was sich in Kieslings Büro abspielte.

»Was halten Sie von einer kleinen Entspannungspause, ehe wir weiterarbeiten?«, fragte Kiesling.

Nichts, dachte ich, sagte aber mit übertriebener Begeisterung: »Ach ja, eine kleine Pause zur Entspannung wäre wunderbar!«

Kiesling schaute mich etwas verwirrt an.

Klar, nach meiner sonstigen Zurückhaltung kam das jetzt etwas überraschend für ihn. Aber wenn schon, denn schon. Den ganzen Abend wollte ich nun auch nicht mit der Sache verbringen.

»Darf es denn ein Gläschen Champagner sein, so zwischendurch?«

Aber klar doch, immer! Nun musste ich ja noch mitnehmen, was ich kriegen konnte. Diese Art Luxus würde ab heute schließlich vorbei sein.

»Ich liebe Champagner«, flötete ich also, erneut mit etwas überzogener Lautstärke, was er hoffentlich meiner Begeisterung zuschrieb. »Sagte ich schon, dass ich dieses spritzige Gesöff vergöttere? Es wirkt ja so anregend.«

»Worauf?«, fragte er und drehte den Drahtverschluss des Korkens auf.

»Auf alles! Es ist einfach genial... Champagner wirkt auf alles irgendwie... steigernd...«

Er schenkte uns ein.

»Zum Wohl!«, sagte er und fügte unverhohlen hinzu: »Auf die luststeigernde Wirkung des Champagners!«

Oh Gott, dachte ich, hoffentlich hatte Justin das jetzt mitgekriegt. Es konnte sich nur noch um Sekunden handeln, bis Kiesling zur Sache kommen würde, und so wiederholte ich noch mal, um mehrere Dezibel verstärkt und begleitet von leicht hysterischem Kichern: »Prösterchen! Auf die luststeigernde Wirkung!« Mein Kichern steigerte sich in dezentes Gackern.

Einen Moment war Kiesling irritiert, aber als ich ihn so verführerisch wie nur möglich angriente, kippte er den Schampus runter wie Wasser und goss sich das Glas gleich wieder voll.

Ich hatte mich ans Fenster neben seinem Schreibtisch gestellt, und er trat nun an meine Seite. Er leerte erneut sein Glas, stellte es auf der Fensterbank ab, nahm mir mein Glas aus der Hand und setzte es ebenfalls dazu.

Es war mir absolut klar, was nun kommen würde. Ich hatte nicht umsonst Hunderte von Stunden GZSZ und diverse Rosamunde-Pilcher-Schmachtfetzen gesehen.

Er drängte mich gegen seinen Schreibtisch und hauchte mir ins Ohr: »Alix, du willst es doch auch … Du musst es nur zulassen …«

Ich dachte an Justin, der dieses Gehauche bestimmt nicht gehört hatte, und schrie zurück: »Ja, ja, ich lasse es ja zu … aber doch nicht sofort hier auf dem Schreibtisch!«

Ich merkte, wie ihm dick was in der Hose schwoll. Er stöhnte.

»Aber es ist so geil! Hast du es noch nie auf einem Schreibtisch getan?«

Die Tür flog auf.

»Nein! Hat sie nicht! Und sie wird es auch nicht tun! Jedenfalls nicht mit so einem alten, geilen Sack wie dir!«

Justin stand wie ein Racheengel im Türrahmen.

Kiesling und ich fuhren auseinander, und dann mein einstudierter Entsetzensschrei: »Oh, mein Gott, Jean-Paul! Du hier?«

»Ja, ich! Und sag mir nicht, du hättest dich freiwillig diesem geilen Bock hingegeben?!«

Ich stotterte wie verabredet: »Nein, äh, ja … aber Jean-Paul, das hat doch mit uns gar nichts zu tun … Du musst mir glauben! Es ist nichts passiert …«

»Ich glaube, was ich sehe!«, brüllte Justin in gespieltem Zorn und tat, als wolle er sich auf Kiesling stürzen. Nur weil ich ihm heldenhaft in den Arm fiel, traf seine geballte Faust ins Nichts statt auf Kieslings Kinn.

Sauber, dachte ich, wir waren wirklich ein gut eingespieltes Team. Die Proben hatten sich gelohnt. Justin randalierte weiter, und Kiesling schrumpfte immer mehr zusammen, nicht nur sein Penis.

»Und was ich hier sehe, reicht für eine Dienstaufsichtsbeschwerde beim Gleichstellungsreferat! Nötigung, Unzucht mit Abhängigen ... Wie hätten Sie es denn gerne, Herr Professor?«

Kiesling wurde blass um die Nase. »Aber, junger Freund, wer wird denn solche starken Vokabeln gebrauchen? Das trifft doch die Sachlage gar nicht ...«

Justin blieb tough und zog seine Rolle als betrogener und wütender Freund durch: »Ich finde, das trifft die Sachlage sehr gut. Ich kann mir kaum vorstellen, dass meine Freundin sich Ihnen freiwillig hingeben wollte ... Und selbst wenn, Sie haben in jedem Falle die Situation auf schändlichste Weise ausgenutzt. Sie ist Ihre Angestellte und Ihr Prüfling! Ist da nicht sowieso noch etwas beim Ehrenrat anhängig? Das spricht alles kaum zu Ihren Gunsten, Herr Professor!«

Er stieß das »Herr Professor« mit einer Verächtlichkeit aus, als würde er Kiesling die Anrede vor die Füße spucken.

Der schien inzwischen zu begreifen, was die Stunde geschlagen hatte. Nun kam mein Part, denn ich wollte ja, dass er nicht mich, sondern meinen Freund für seine Niederlage verantwortlich machte.

Ich legte also meine Hand auf Justins Arm und tat, als wollte ich ihn beruhigen. »Jean-Paul, bitte glaub mir doch, es ist gar nichts passiert. Wir ... wir haben nur ein Gläschen Champagner getrunken ... eine kleine Feier, weil Professor Kiesling so einen Erfolg hatte mit dem Vortrag, den ich für ihn geschrieben habe.

Ich werde es nicht mehr tun, wenn es dich so stört, aber kannst du uns bitte nur einen kleinen Moment alleine lassen?«

»Damit er wieder über dich herfällt?«

Ich musste ein aufkommendes Grinsen unterdrücken, weil Justin seine Rolle wirklich total überzeugend spielte.

»Nein, nein ... bitte, Jean-Paul, du weißt doch, dass ich nur dich liebe.«

Scheinbar widerwillig verzog er sich nach nebenan ins Sekretariat, und ich flüsterte Kiesling scheinbar verschwörerisch zu: »Er muss mir nachspioniert haben, aber keine Sorge, ich kriege das schon hin mit ihm ...«

Kiesling war immer noch blass und wirkte verstört. Das schlechte Gewissen stand ihm ins Gesicht geschrieben, denn auch ihm war klar, auf welch schmalem Grat er gerade wandelte. Ein falscher Tritt, und er konnte ins Bodenlose stürzen. Ade Karriere! Mit Frauenbeauftragten an Hochschulen war nicht zu spaßen. Für ihn könnte der Campus schon bald sein Canossa werden.

»Reden Sie ihm um Gottes willen diesen Unsinn mit dem Gleichstellungsreferat aus. Er tut damit niemandem einen Gefallen, auch Ihnen nicht ...«

Wollte er mir drohen? »Sie meinen wegen dem Vordiplom?«

»Nein, um Gottes willen!« Mit Gott hatte er es aber plötzlich. »Da haben Sie mich völlig falsch verstanden. Reden Sie mit ihm, es wird Ihr Schaden nicht sein ...«

Na, da hatte ich ihn wohl doch eher richtig verstanden.

Ich verabschiedete mich: »Tut mir echt leid! Kann ich den restlichen Champagner mitnehmen? Vielleicht besänftigt er meinen Freund ja etwas.«

Er drückte mir die Flasche in die Hand. »Hier, nehmen Sie! Nehmen Sie alles, was Sie wollen.«

Er ging ins Vorzimmer und riss dort den Kühlschrank auf, in dem noch zwei weitere Flaschen standen. Ich folgte ihm.

»Nein, nein«, winkte ich ab. »Das könnte nach Bestechung aussehen, und den Eindruck wollen wir doch vermeiden.«

Ich griff nach Justins Hand, zerrte ihn in den Flur und rannte mit ihm ins Treppenhaus. Dort brach ich auf dem ersten Treppenabsatz in bellenden Husten aus. Noch eine Sekunde länger, und ich wäre an meinem abgewürgten Gelächter erstickt.

»Prost!«, sagte ich keuchend und setzte die Flasche an den Mund.

Liebes Lieschen, was schmeckte das lecker! Die Tropfen, die auf mein Gucci-Top kleckerten, störten mich kein bisschen.

Unten vor dem Gebäude wartete Melli mit ihrer Vespa. Ich umarmte sie spontan und dankte ihr.

»Es ist so was von gut gelaufen«, sagte ich, immer noch lachend. »Der war mir am Ende richtig dankbar, dass ich ihn vor Justin beschützt habe. Ich glaube, er hat sehr schnell begriffen, dass ich allein nun sein Schicksal in der Hand halte.« Ich musste wieder kichern. »Justin ist aber auch abgegangen.«

Ich reichte die Champagnerflasche an Melli weiter, und sie trank sie mit sichtlichem Behagen aus.

»Dann ist ja alles in Butter auf'm Kutter«, meinte sie, schmiss die Flasche in einen Papierkorb und klopfte auf den Sozius. »Los, hopp, Alix, sitz auf! Ich muss doch noch in den Pub, weil Pat eine Kraft ausgefallen ist.«

Ich drückte Justin einen dankbaren Schmatzer auf die stoppelige Wange und setzte mir den Helm auf.

»Komm nach, dann feiern wir!«, rief ich ihm zu, als Melli auch schon losbretterte. »Ich gebe einen aus!«

Das tat ich dann auch.

Meine Herren, ich fühlte mich so wohl wie seit Wochen nicht mehr. Jetzt erst merkte ich, wie sehr Kieslings Zudringlichkeit an meinen Nerven gezerrt hatte, und ich konnte nun verstehen, warum Frauen für ein Gesetz gegen solche Übergriffe gekämpft hatten.

Doch, ehrlich! Ich bin wirklich keine blaustrümpfige Emanze, und ich habe auch nichts gegen ein bisschen Sex am Arbeitsplatz, aber die Proportionen müssen stimmen, und beide müssen es wollen.

Und das ist, glaube ich, oft genug eben nicht der Fall.

Ich zumindest hätte nie gedacht, dass mich jemals ein Prof anmachen würde und dass mich das derart aus der Spur bringen würde.

Wir hockten im Irish Pub, und ich schaute Justin liebevoll an. Es war schon großartig, solche Freunde zu haben. Denn ganz ohne war die Sache ja nicht gewesen. Da gehörte schon ein bisschen Mut dazu.

»Ach, Unsinn!«, wiegelte Justin jedoch ab. »War doch ein Spaß für mich, und wenn es dir geholfen hat …«

Gott, fand ich ihn in diesem Moment süß!

Paula war auf die Bühne gegangen und löste ein untalentiertes Schwulenduo beim Karaoke ab. Und als sie einige Zeilen ihres Songs gesungen hatte, mussten Justin und ich lachen, weil sie die Worte ein bisschen vertauscht hatte und uns natürlich klar war, auf wen sie damit anspielte.

»*Was ich nicht will und du so sehr ... so ist es besser wenn du gehst* ...«

Melli stellte frisches Guinness auf den Tisch und setzte sich einen Moment zu uns.

»Ich hoffe«, sagte sie, »dass du jetzt in Ruhe deine Vordiplomsprüfungen vorbereiten kannst.«

Davon ging ich mal aus. Allerdings ...

»Meinst du, Kiesling wird sich irgendwie an mir rächen wollen?«

»Das soll er mal wagen!«, brauste Justin sofort auf.

Melli schüttelte den Kopf. »Das glaube ich nicht. So wie wir es inszeniert haben, konntest du doch nichts für Justins Eifersucht und hast Kiesling schließlich sogar vor ihm gerettet.« Sie schüttelte den Kopf. »Nein, ich denke, die Sache ist erledigt.«

Na, ihr Wort in Kieslings Gehör!

Als wir spät in der Nacht, das heißt, eher am frühen Morgen, zurück in die WG kamen, hockte ich mich in meinem Zimmer noch kurz an den PC und schrieb Jean-Paul eine E-Mail.

Hier ist der Bär los, aber ich habe alles im Griff!

Wann kommst du denn endlich wieder? Ich vermisse dich so!

Tausend Küsse,
Deine Alix!

Einen Moment überlegte ich, ob ich ihn per E-Mail wegen Robbie und seiner Wohnung fragen sollte, aber dann ließ ich es. Unten war es mucksmäuschenstill, und somit schien alles im grünen Bereich. Vielleicht beichte ich es ihm später irgendwann mal, wenn er wieder da ist, dachte ich. Spätestens bei der Geburt unseres ersten Kindes.

Dreh weiter am Rad!, motzte mein innerer Coach.

Ich zog den Treuetestbogen vom Stapel meiner unerledigten Post und begann, ihn auszufüllen:

K zeigte sich einem Flirt nicht abgeneigt. Er trug sogar aktiv dazu bei, indem er Champagner und Häppchen anbot. Seine Äußerungen waren sexistisch und zielten auf die Ausübung des Geschlechtsverkehrs mit dem Lockvogel ab.

Liebes Lieschen! Ich nahm das Blatt, riss es in viele kleine Fetzen und warf alles in den Papierkorb. Wenn seine Frau die Scheidung einreichen wollte, dann sollte sie es tun, Herrgott noch mal. Aber ohne mich!

Ich wusste auch, dass Kiesling es eigentlich verdient hatte und dass die Frauensolidarität es erforderte, aber ich konnte ihn einfach nicht auf diese Art und Weise verpfeifen. Zwar hätte ich die hundert Euro sehr gerne auf meinem Konto gehabt, aber andererseits war es gerade die Tatsache, dass ich mit der Sache Geld verdiente, die mich hemmte.

Persönliche Rache – ja, die würde alles rechtfertigen. Aber um des schnöden Mammons willen … Ich hatte das unbestimmte Gefühl, mich dabei selbst zu verraten.

Also beschloss ich, die Geschichte vorerst auf Eis zu legen und das Vordiplom wie eine Art Gottesurteil abzuwarten. War Kiesling loyal, war ich es auch. War er ein Schwein, dann hatte er es nicht besser verdient, dann musste die Wahrheit eben ans Licht.

Na, schau'n wir mal!

In der Nacht hatte ich einen Albtraum.

Es begann mit schrecklichen Geräuschen, so als rücke jemand unter mir Möbel hin und her und kreischte dabei in schrillen Tönen. Gleichzeitig hämmerten mir dumpfe R-&-B-Bässe auf dem Trommelfell herum, und ein Derwisch drehte sich auf einer Pauke im Kreis.

Als ich völlig gerädert aufwachte, hatte ich einen totalen Brummschädel. Champagner und Bier war vermutlich keine so gesunde Mischung.

Ich schlurfte im Bademantel in die Küche, um mir ein Aspirin zu holen. Dort stand Justin schon im Gespräch mit Paula und kochte Kaffee.

»Hast du den Krach auch gehört, Alix?«, fragte die mich sofort.

Klar hatte ich. Dann war das also kein Traum gewesen.

»Ich hatte den Eindruck, als käme es aus Jean-Pauls Wohnung«, sagte Justin vorsichtig.

Nein, nicht wirklich! In mir sprang alles auf Alarmstufe Rot.

»Ich bringe ihn um, wenn er irgendetwas in der Wohnung angefasst hat!«, stieß ich hervor.

Und das war mein bitterer Ernst.

»Ich komme mit«, sagte Justin, als ich zur Wohnungstür stürzte. »Das interessiert mich jetzt auch.«

Ich schielte ihn misstrauisch von der Seite an. Der meinte jetzt aber nicht, ständig meinen Beschützer spielen zu müssen, oder? Ab und an kriegte ich auch mal selbst was gebacken.

Nun, in diesem Fall war es aber doch ganz gut, dass ich ihn an meiner Seite hatte. Denn als ich vor Jean-Pauls Tür ankam, standen dort schon Frau Waschkowski und Opa Schulze herum, dessen Dackel ein hündisches Zwiegespräch mit Putzi jenseits der Tür zu halten schien. Bei dem Gekläffe der Hunde verstand man so gut wie kein Wort, und erst als Opa Schulze mit seiner Töle wieder in seiner Wohnung verschwand, drangen Frau Waschkowskis anklagende Worte zu mir durch.

»Wissen Sie, ob der Herr Jean-Paul seine Wohnung untervermietet hat?«, fragte sie mich.

Ich zuckte mit den Schultern. Das musste ich ihr wirklich nicht auf die Nase binden, dass mein Bruder Robbie da zurzeit pennte. Die kriegte es fertig und erzählte es Jean-Paul, bevor ich es ihm schonend beibringen konnte.

»Ich glaube kaum«, sagte Justin an meiner Stelle. »Das hätte er Frau Auwald doch gesagt.«

»Dann sind es Einbrecher«, folgerte Frau Waschkowski.

»Was bringt Sie denn auf die Idee?«, fragte ich. Das fehlte noch, dass sie die Polizei rief und die Robbie womöglich abschleppte.

»Ja, haben Sie das denn nicht gehört? Die haben doch die ganze Wohnung ausgeräumt. Jedenfalls klang es, als hätte jemand alle Möbelstücke hin und her gerückt.«

So viel zu meinem Albtraum. Wenn selbst Frau Waschkowski den Lärm gehört hatte, war es wohl leider die Realität. Aber wieso, zum Teufel, rückte Robbie mitten in der Nacht in Jean-Pauls Wohnung Möbel? Ich merkte, wie meine Halsschlagader anschwoll.

Erst mal musste ich Frau Waschkowski loswerden, dann würde ich mir den Knaben zur Brust nehmen. Und wieder erwies sich Justin als Retter in der Not.

»Sehr interessant«, sagte er grade, »und Sie meinen wirklich, dass es sich nach Möbelrücken angehört hat? Nach Mitternacht?«

Er schwieg bedeutungsvoll, und Frau Waschkowski starrte ihn fasziniert an. Sie hatte zu ihm ohnehin ein etwas zwiespältiges Verhältnis, seit sie angenommen hatte, dass er auf wundersame Weise wieder von den Toten auferstanden war.

»Was ... was wollen Sie damit sagen, Herr Justin?«

»Nun, Sie haben doch sicherlich schon einmal etwas von verfluchten Häusern gehört ... von Poltergeistern ...«

So wie Justin das sagte, rieselte selbst mir ein Schauer den Rücken herunter, aber Frau Waschkowski quollen panisch die Augen hervor.

»Oh mein Gott, Herr Jesus, beschütze uns!«, keuchte sie. »Sie meinen, in unserem Haus treibt der Teufel sein Unwesen?«

Wohl eher mein Bruder, dachte ich, aber es war weitaus besser, sie machte den Teufel für den nächtlichen Lärm verantwortlich.

Justin sonnte sich sichtlich in seiner Bedeutsamkeit und rieb sich die Hände, während er in salbaderndem Tonfall sagte: »Beruhigen Sie sich, meine Gute, wir werden gleich dort hineingehen und einen Exorzismus durchführen.«

Ihre Ehrfurcht kannte keine Grenzen. »Das können Sie, Herr Justin? Braucht man denn dafür nicht einen Priester?«

Ich merkte, wie er sich ein Grinsen verkneifen musste. »Wer von den Toten zurückgekehrt ist, kennt keine Furcht vor dem Geisterreich!«

Nu' ist gut, dachte ich. Nicht übertreiben. Und tatsächlich hatte Frau Waschkowski plötzlich etwas Lauerndes im Blick.

Ich griff ein. »Am besten gehen Sie wieder in Ihre Wohnung, während wir das Ritual durchführen. Es ist nicht ganz ungefährlich ...« Da ich in etwa ahnte, was mich in der Wohnung von Jean-Paul wirklich erwartete, fügte ich hinzu: »... und erschrecken Sie nicht, wenn Sie unmenschliche Schreie hören sollten. Das sind die bösen Geister, die ausfahren aus dem Haus und ... ach ja, verlassen Sie auf gar keinen Fall Ihre Wohnung! Auch dann nicht, wenn Sie Gepolter im Treppenhaus hören sollten!«

Ich fing einen bewundernden Blick von Justin auf. Tja, mein Lieber, nicht nur du hast schauspielerisches Talent!

Frau Waschkowski schlich sich tatsächlich, und wir hörten, wie sie ihre Tür dreimal abschloss und die Kette vorhängte.

»So«, sagte ich und klingelte an Jean-Pauls Wohnungstür, »jetzt, mein Brüderchen, zieh dich warm an!«

Es war grauenhaft! Schlimmer als jeder Poltergeist hätte wüten können.

Der Anblick von Jean-Pauls Wohnung war absolut niederschmetternd. Kaum hatten wir die Diele betreten, stolperte ich über die erste Alkoholleiche. Als ich über zwei weitere Scheintote hinweggestiegen war und die Tür zum Wohnzimmer geöffnet hatte, sank ich hysterisch schluchzend in Justins Arme.

»Ich bringe ihn um«, jammerte ich, unterbrochen von Heulen und Zähneklappern. »Ich töte ihn, ich ziehe ihm die Haut mit einem Rasiermesser in Streifen ab!«

»Ja, mach das«, sagte Justin tröstend und strich mir übers Haar. »Ich helfe dir dabei.«

Ich glaube, ich lag eine kleine Ewigkeit flennend und fluchend in seinen Armen, ehe ich langsam wieder zur Besinnung kam. Aber auch dann ging es mir kaum besser.

Zu meinen Füßen wanden sich Leiber, und ab und an drang ein Stöhnen oder Grunzen zu mir herüber. Es war doch ein Albtraum. Nichts anderes konnte es sein. Ein Riss in der Zeit hatte mich in ein anderes Jahrhundert geschleudert, oder nein, in eine andere Welt, und diese Welt glich Mellis *Apokalypse*, ihrem riesigen Gemälde mit altmeisterlichen Gräueln: Fegefeuer, jüngstes Gericht ... all das!

»Wo ... wo sind wir?«, fragte ich schließlich stammelnd. »Sag nicht, dass wir in Jean-Pauls Wohnung sind!«

Justin hielt mich fester in seinen Armen. »Doch, Alix, sind wir – leider.«

Ich schrie gequält auf. »Er wird mich umbringen, er wird mich töten, er wird mir die Haut in Streifen vom Leib schneiden und mir die Freundschaft kündigen!«

Justin nickte. »Ja, ich fürchte, das wird er tun. Aber ich bin ja bei dir. Ich werde dich beschützen.«

Ach, wie selbstlos! Schlagartig war ich wieder normal. Ich konnte zehn Meilen gegen den Wind schnuppern, dass er meine Notlage ausnutzen wollte.

»Ein schöner Freund bist du!«, zischte ich Justin an, befreite mich vehement aus seiner Umarmung und stürmte ins Schlafzimmer.

Na, sauber! Da lag mein Bruder mit seiner kleinen Punkerbraut im Arm auf Jean-Pauls Doppelbett, und beide sahen aus wie zwei Teufelchen, die grade träumten, dass sie Engelchen wären.

Egal! Ich riss ihnen die Bettdecke weg und schnauzte sie so was von an, dass sie schon durch die Wucht der Schallwellen aus dem Bett fliegen mussten.

»Was ist hier los?«, kreischte ich wie Nina Hagen in ihrer besten Zeit. »Was ist das für ein Saustall? Und was sind das für Leute?«

Robbie fuhr sich verlegen mit der Hand durch seine strubbeligen Haare und murmelte verschlafen etwas von »nur ein paar Kumpel« und »mach keinen Stress, Schwester«.

Das musste er grade sagen. Wer machte denn den Stress? Und wer musste es ausbaden? Ich!

Ich konnte mich nicht mehr bremsen. Wenn der noch einen Moment länger hier herumhing, schmiss ich mit Gegenständen um mich.

»Raus!«, brüllte ich. »Mach, dass du sofort hier verschwindest und nimm deine Kumpel bloß mit. Wer in fünf Minuten noch hier ist, landet im Müllcontainer!«

Justin grinste, und Robbie stieg in fliegender Hast in seine Jeans, zerrte seine kleine Ische mit sich und trat gegen die am Boden dösenden Typen.

»Los, Leute, aufstehen! Frühstück!«, sagte er dabei, was seine Wirkung tatsächlich nicht verfehlte. Einer nach dem anderen stand auf und polterte durchs Treppenhaus davon.

Gut, dass wir Frau Waschkowski gewarnt hatten. Sie glaubte jetzt sicher, dass unser Exorzismus erfolgreich war und die Poltergeister das Haus verlassen würden.

Als sich auch Robbie mit seiner Punkerbraut feige davonschleichen wollte, packte ich ihn jedoch am Schlafittchen.

»Hier geblieben! Du verlässt das Haus nicht, ehe du mir nicht eine Erklärung für diese Sauerei abgegeben hast. Und hol schon mal dein Sparbuch raus, für die Putzkolonne und den Reparaturservice! Du glaubst doch wohl nicht, dass ich dafür aufkomme?«

Robbie schielte hilfesuchend zu Justin rüber, aber der stand ganz klar auf meiner Seite.

»Ich ... äh ... wir haben halt ein bisschen gefeiert, ein Kumpel hatte gestern Geburtstag. Wir haben was getrunken, und dann hat es angefangen zu regnen, und hier war es eben trocken ... Man lässt doch keine Kumpel im Regen stehen, wenn man selbst 'ne trockene Bude hat.«

»Wenn einem die Bude gehört«, sagte ich, »ist dagegen auch nichts einzuwenden. Aber diese Wohnung gehört Jean-Paul. Ich habe dir nur unter strengsten Auflagen erlaubt, sie zu benutzen. Dir ist ja wohl klar, dass du dir sofort eine andere Bleibe suchen kannst. Was meinst du, was Jean-Paul mit mir macht, wenn er diesen Saustall sieht?«

Und sofort kamen mir wieder die Tränen, und ich sah mein Lebensglück mit Jean-Paul in einem Haufen von Müll, Kotze und sich darin windender Besoffener versinken.

»Halt mich ganz fest, Justin!«, sagte ich schluchzend, und weil er mich sofort in seine Arme nahm, bekam ich nicht mehr mit, wie Robbie sich mit seiner Kleinen verdrückte.

Wir brauchten mit vereinten Kräften drei Tage, um Jean-Pauls Wohnung wieder in einen bewohnbaren Zustand zurückzuversetzen. Mein feiger Bruder war natürlich nicht wieder aufgetaucht. Ich rief meine

Eltern an und teilte ihnen mit, dass ich jede weitere Verantwortung für ihn ablehnte und das Erziehungsprivileg wieder in ihre Hände legte.

»Wo ist der Junge denn jetzt?«, fragte meine Mutter höchst beunruhigt. »Du kannst ihn doch nicht einfach auf die Straße setzen!«

»Doch!«, sagte ich. »Wenn Papa das kann, kann ich das schon lange. Und sei froh, dass ich das gemacht habe, anderenfalls hättest du einen Sarg vorbeischicken können!«

Meine Mutter war erschüttert. »Er ist doch nicht handgreiflich gegen dich geworden?«

»Nee, aber ich fast gegen ihn!«, sagte ich trocken. »Seht zu, dass ihr ihn endlich von der Straße holt. Ich habe im Moment mit mir selber zu tun.«

Wer Kinder in die Welt setzte, konnte sich gefälligst auch um sie kümmern. Wofür strichen sie denn sonst das Kindergeld ein? Um ihr Häuschen abzubezahlen, in dem von uns niemand mehr wohnte? Nein, keine Schlagzeile heute!

Aber ganz so einfach konnte ich mich doch nicht aus der Verantwortung stehlen. Obwohl seine Erziehung nun wirklich nicht mein Job war, machte ich mir Sorgen um Robbie. Was war, wenn er noch mehr unter die Räder kam?

He ain't heavy, he's my brother …

Warum ging mir dieser verfickte Song bloß nicht aus dem Kopf!

Weil du ihn liebst vielleicht? Natürlich musste auch mein innerer Coach seinen Senf dazugeben.

Wen? Den Song?

Quatsch! Deinen Bruder.

Als meine Mutter nach drei Tagen immer noch kein Lebenszeichen von Robbie hatte und ich auch nicht, versprach ich ihr schließlich, an einschlägigen Orten nach ihm zu suchen, denn ich war nun doch ziemlich beunruhigt.

Ihre Dankbarkeit kannte keine Grenzen, aber ich blockte ab und sagte: »Warte erst mal, ob ich überhaupt Erfolg habe.«

Das warf sie wieder völlig nieder, was mir echt leid tat, aber ich wusste schließlich selber nicht so genau, wo ich den Knaben suchen sollte.

»Kommst du mit?«, fragte ich Justin am Abend, als er in der Küche Bratkartoffeln zubereitete und mir mit der Bemerkung »Du könntest auch ein bisschen mehr auf den Rippen vertragen« mal wieder eine Portion aufdrängte.

Da er keine Vorstellung im Theater hatte, begleitete er mich.

»Wo könnten wir denn mal suchen?«, fragte ich ihn.

»Ich denke, wir gehen erst mal die Locations ab, wo Punks abhängen«, schlug er vor.

Das schien auch mir am vielversprechendsten zu sein. Schließlich kam Robbies kleine Braut aus der Punkerszene, und es war anzunehmen, dass die beiden dort untergekrochen waren, weil sie da ein paar Kumpels hatte.

Zum Glück war es einigermaßen warm, dachte ich. Da konnte man die Nächte gut mit einer Decke im Freien verbringen. Es musste ja nicht grade der Hinterhof der hinterletzten Absteige sein.

War es dann aber doch. Wir fanden die beiden nicht weit von einigen Mülltonnen zwischen mehreren riesigen Hunden sitzend und friedvoll einen Joint rauchend. Putzi wuselte mit den anderen Hunden herum und war total begeistert, Justin wiederzusehen. Meine Begeisterung hielt sich dann doch eher in Grenzen.

Klar freute ich mich, den Knaben gefunden zu haben, aber was machte ich jetzt mit ihm?

Als ich ihn überreden wollte, mit mir zurück zu unseren Eltern zu kommen, mischte sich ein total gepiercter Typ mit grünem Iro ein, taxierte mich abschätzig von Kopf bis Fuß und sagte: »Geh doch selber hin! Du passt wenigstens in so ein scheißbürgerliches Zuhause, aber der Kleine, der is' hier viel glücklicher, wenn du verstehst, was ich meine ... Der hat hier seine Freiheit ... und den sperrt niemand wieder ein in die Knechtschaft der bürgerlichen Zwangsgesellschaft.«

Ah, ja. Bürgerliche Zwangsgesellschaft!

»Ist das auch deine Meinung, Robbie?«, fragte ich.

Die Frage hätte ich mir sparen können. Robbies Blick hing bewundernd an dem Grünhaarigen, und er betete gebetsmühlenartig nach, was der Typ gesagt hatte, als wäre der sein Guru.

Okay, er kiffte grade und kriegte vermutlich eh nicht wirklich was auf den Schirm. Also zog ich Justin zur Seite und diskutierte mit ihm, welche Maßnahmen wir ergreifen konnten.

»Eigentlich keine«, meinte der ziemlich realistisch. »Alles, was du machst, wird dein Bruder als Einschränkung seiner persönlichen Freiheit interpretieren. Was immer du tust, er wird dich dafür hassen. Das ist so in diesem Alter. Deine Eltern sind ganz schön clever, dich vorzuschieben.«

Pah, dachte ich, ich werde mich aber nicht vorschieben lassen.

»Kann ihm hier was passieren?«, fragte ich Justin.

Er schüttelte den Kopf. »Ich denke, er lebt hier nicht gefährlicher, als wenn er nach Feierabend eine Hauptstraße überqueren müsste.«

»Okay«, sagte ich, »dann komm mit.«

Ich ging mit Justin zur nächsten Hauptstraße und kaufte bei McBurger zwei Kindermenüs. Die brachte ich meinem Bruder und seiner Braut.

Dafür schenkte er mir ein anerkennendes Grinsen. »Bist cool«, sagte er. »Danke.«

Er futterte mit Heißhunger gleich einen der beiden Burger und trank die Cola in einem Zuge leer. Aber am meisten Spaß hatte er an dem Gimmick, einer Giraffe, die mit dem Hals wackeln konnte. Immer wieder stieß er ihren Kopf an und schaute ihr beim Wackeln zu.

Das war mir unheimlich.

»Dreht er jetzt durch?«, wandte ich mich verstört an Justin.

Der nahm meinen Arm und zog mich weg. »Quatsch, du hast doch gesehen, dass er gekifft hat. Am besten fragst du Melli danach. Die kennt doch diese Art von Bewusstseinserweiterung.«

Bewusstseinserweiterung? Wo war denn da was im Bewusstsein erweitert, wenn man wie blöd eine nickende Spielzeuggiraffe anstarrte?

Justin lachte. »Eins jedenfalls ist richtig«, sagte er. »Das Zeug macht unheimlich peacig, deswegen wird aus der Punkbewegung auch nie eine Revolution werden.«

Gut zu wissen, dachte ich, aber trotzdem war mir

nicht ganz wohl dabei, meinen Bruder in diesem Haufen mit nichts als einer Spielzeuggiraffe und einem Reserveburger zurückzulassen.

♡ ♡ ♡

Es war Samstag, und die Morgensonne hatte mich geweckt. Das war ein schönes Aufwachen, viel schöner, als wenn einen der Wecker aufschreckte. So beschloss ich, gut gelaunt zum Bäcker an der Ecke zu gehen und Brötchen für ein gemütliches Frühstück zu holen.

Meine Mutter hatte sich für meine Bemühungen um Robbie finanziell erkenntlich gezeigt, und daher konnte ich mir sogar Butter und neue Marmelade und Nutella leisten.

Hochgestimmt stürmte ich mit meiner leckeren Last aus dem Laden, als ich mit einem mir nicht ganz unbekannten Typen zusammenkrachte.

»Neville!«, entfuhr es mir erstaunt. »Was machst du denn hier?«

Ich sah mich für einen Moment wieder in der Mikau-Vorlesung neben ihm sitzen und dann im Halbschlaf mit dem Kopf auf seine Schulter rutschen.

Meine Herren, war mir das peinlich gewesen. Wegen der Mikau und natürlich auch wegen ihm. Aber eigentlich war es ganz gut, denn so hatten wir uns endlich mal bekannt gemacht. So viele Vorlesungsstunden hatten wir nebeneinander gesessen … immer brav studiert, und immer war noch nichts passiert … tadam … Aber diesmal hatte ich ihn als kleine Wiedergutmachung für diese Schlummerattacke ins Bistro vor Hörsaal C zu einem Kaffee und einem Schokokuss eingeladen.

Er war wirklich so sympathisch, wie er aussah, und sehr schnell waren wir in ein Gespräch über den Vorlesungsstoff und irgendwie auch über Kiesling vertieft. Neville entpuppte sich als ein glühender Fan von ihm und gab zu, dass er sehr gerne einen Hiwi-Job an dessen Lehrstuhl hätte, was dazu führte, dass ich unseren Plausch ziemlich rasch beendete.

Wenn ich in diesen Tagen über etwas *nicht* sprechen wollte, dann war es Kiesling.

Tja, und nun stand er plötzlich hier in unserer Straße vor mir, und es stellte sich heraus, dass er der Typ war, der gerade die Wohnung im benachbarten Hinterhaus renovierte und den ich dabei hin und wieder beobachtet hatte.

»Kannst mir ja helfen«, schlug er vor. »Dann pauke ich mit dir für dein Vordiplom. Ich habe den Stoff noch ganz gut drauf. Ist ja erst zwei Semester her, dass ich den Stress damit hatte.«

Das war aber mal ein nettes Angebot! Ich strahlte ihn begeistert an, und weil ich mich etwas erkenntlich zeigen wollte, lud ich ihn ein, mit in die WG zu kommen und mit uns zu frühstücken. Er nahm dankend an, und so betraten wir zum Erstaunen meiner Mitbewohner zusammen die Küche, wo Justin und Paula schon den Frühstückstisch deckten und Kaffee aufbrühten.

»Darf ich euch Neville vorstellen?«, sagte ich unter den misstrauischen Blicken der beiden. »Er ist ein Kommilitone von mir und demnächst unser neuer Nachbar.«

Keiner ließ sich etwas anmerken, doch auf mich wirkten ihre Späße etwas hohl und überdreht, und ihr Lachen klang falsch in meinen Ohren. Neville jedoch bekam davon nichts mit und fühlte sich sichtlich wohl bei uns.

Aber kaum war er weg, nahm Paula mich zur Seite und fragte mit moralisierendem Unterton in der Stimme: »Du hast doch nichts mit dem, oder? Ich dachte, du wolltest Jean-Paul treu sein?«

Und Justin meinte, während er seinen Kaffeepott abtrocknete: »Der Typ ist nichts für dich. Der sieht zwar gut aus, aber das ist so ein Karrierefuzzi – aalglatt. Von dem solltest du die Finger lassen.«

Das fand ich ganz und gar nicht, denn gerade weil der Typ mir etwas strebsamer als die meisten Kommilitonen vorkam und dennoch gut aussah, fand ich es absolut passend, ihn zu meinem Vordiplomstrainer zu ernennen. Insbesondere wo er doch direkt gegenüber wohnte. Praktisch ist nun mal gut!

♡ ♡ ♡

Die Hölle ist los!

Es war klar, dass Kiesling mich nach der Aktion mit Justin feuern würde. Er machte es natürlich mit Stil, bestellte mich in sein Büro, in dem das Lotterbett wenigstens hinter der Schrankwand verschwunden war, und schwafelte etwas von der nun fehlenden Vertrauensbasis, die unverzichtbare Grundlage jeder Zusammenarbeit wäre.

Erst versuchte ich, ihn umzustimmen und Justins, oder vielmehr Jean-Pauls, Verhalten zu entschuldigen. Schließlich war ich jung und brauchte das Geld.

»Wissen Sie«, sagte ich, »mein Freund ist rasend eifersüchtig. Aber so etwas wird natürlich nie wieder vorkommen. Ich denke, er hat etwas überreagiert.«

Aber als er auf meine Worte gar nicht einging, dachte ich nur noch, dass ich das Geld so nötig wiederum auch nicht brauchte, um mich derartig zu verbiegen. Er war schließlich derjenige, der seine Triebe nicht im Griff hatte und die Vertrauensbasis zerstört hatte. Ich doch nicht!

Ich hatte anständig meinen Job gemacht, während er von Anfang an seine Position ausgenutzt hatte, um mich anzugraben. Eigentlich war das wirklich ein Fall für das Frauenbüro.

Na ja, Schwamm drüber. Ich wollte ja keinen Campusskandal heraufbeschwören, sondern lediglich bei

Kiesling noch mein Vordiplom machen. Mein Jahrgang war nämlich, wie schon erwähnt, der letzte, der noch nach der alten Studienordnung die Prüfung ablegte. Ich musste also unbedingt bestehen, wenn ich nicht noch in die Bachelor-Schiene rutschen wollte, was völliges Umlernen bedeutet hätte.

Dabei fehlte mir für zusätzliche Semester ohnehin das Geld, und ich hatte auch wirklich null Bock auf eine unnötige Verlängerung meiner Studienzeit.

Kiesling gegen einen anderen Prüfer auszutauschen, war zum jetzigen Zeitpunkt aussichtslos. Die waren alle knallvoll und nahmen niemanden mehr an. Also war es das Beste, in Frieden auseinanderzugehen und es mir möglichst nicht völlig mit ihm zu verderben.

»Ihr Vertrag, Frau Auwald, läuft ja zum Ende des Semesters ohnehin aus. Ich denke, es ist in unser beider Interesse, wenn ich ihn nicht verlängere. Schade, denn ich schätze Sie als Studentin und Mitarbeiterin sehr.«

Das ging mir ja nun runter wie Honig. Sollte doch noch nicht alles verloren sein?

Ich hoffte vergebens.

»Aber dennoch ... das Vertrauen ... Sie verstehen ... Sie sollten Ihre Freunde vielleicht ein wenig sorgfältiger ... Nun, ich möchte mich nicht in Ihre privaten Angelegenheiten einmischen ...«

Er stand auf, und als ich mich ebenfalls erhoben hatte, reichte er mir die Hand. Sie war warm und trocken. Das hieß, der Typ schmiss mich raus, und es stresste ihn nicht mal. Was für eine abgebrühte kalte Hundeschnauze!

Meine Pfoten waren klatschnass, und unter meinen

Achseln sprudelten trotz Dauerdeo wahre Springquellen von Angstschweiß. Gott, war das peinlich!

»Wir sind uns also einig?«, sagte Kiesling und öffnete mir die Tür. »Die letzte Woche gebe ich Ihnen frei. Sie hatten ... äh ... ja ein paar Überstunden.«

Das konnte man wohl so sagen! Er erwartete doch wohl nicht, dass ich mich dafür auch noch bedankte? Nee, das konnte er sich von der Backe putzen.

Hm, ob ich vielleicht noch mal eben ... wegen der Prüfungen ...?

»Äh, was ich noch fragen wollte ... wegen meiner Prüfungen. Ich habe Sie ja als Prüfer für mein Vordiplom gewählt ... Sehen Sie da irgendwelche Probleme?«

Ich weiß nicht, ob es mein Glück war, dass wir bereits im Vorzimmer standen und seine Sekretärin nun das Gespräch mitbekam, jedenfalls gab er sich chillig und sagte großmütig: »Eine engagierte Studentin wie Sie, Frau Auwald, prüfe ich immer gerne.«

Er zog die linke Augenbraue wieder in seiner unnachahmlichen Art hoch und sagte zu seiner Sekretärin: »Frau Auwald kann leider ihren Vertrag bei uns nicht verlängern. Sie haben ja gehört, dass ich sie als Prüfling im Vordiplom habe, und wir wollen doch jeden Anschein von Bevorzugung vermeiden.« Er sprach nun wieder mich an. »Nicht wahr, Frau Auwald, das liegt doch auch in Ihrem Interesse? Sie haben so eine Protektion ja auch wirklich nicht nötig.«

Hm, hatte ich nicht? Na, wenn er meinte. Im Moment musste ich allerdings erst mal ganz stark den Drang unterdrücken, ihm an die Gurgel zu gehen, denn sein scheinheiliges Getue machte mich total aggro.

Lass es!, mahnte mein innerer Coach. *Der lohnt kein Blutvergießen, und ich denke, du brauchst ihn noch?*

Das sah ich auch so.

Ich unterdrückte meine Aggressionen und brachte die Episode als Hiwi am Lehrstuhl Kiesling ohne Meuchelmord hinter mich.

Zähneknirschend räumte ich meinen Schreibtisch aus und pilgerte dann im Zorn und ohne Blick zurück in die Mensa, wo ich alles in ein Schließfach warf und mir erst mal die Laufschuhe anzog.

Als ich losrannte, galt mein letzter Gedanke der Frage, ob die Erde ohne Männer nicht tatsächlich weniger unwirtlich wäre.

Andererseits wäre sie aber auch ärmer. Vielleicht sollten wir uns nur nicht ständig von den vielen Frauenzeitschriften einreden lassen, dass Männer immer und überall Sex haben wollen. Vielleicht wollten sie es ja gar nicht und machten es nur, weil ihnen ihre bescheuerten Männermagazine einredeten, dass es die Frauen sind, die ständig verführt und gevögelt werden wollten. Wollten wir ja gar nicht! Also, ich jedenfalls kam durchaus mal eine Weile ohne Sex aus. Es blieb mir ja auch gar nichts anderes übrig, wo Jean-Paul so weit weg war. Aber das ertrug ich doch problemlos.

Klar, wenn man mal von deinen gierigen Gedanken absieht. Wer hat denn Sex zur Leibesübung erklärt, um ihn ohne Reue auch mit einem anderen Typ haben zu können?, mischte sich mein innerer Coach mal wieder ein.

Ich seufzte und rannte die Rolltreppe im Kaufhaus falsch herum rauf, was mir ein paar Leute direkt übel nahmen und darum lauthals hinter mir herschimpften.

Sex ohne Liebe gab es natürlich, aber wollte ich das? Lars hatte ich es im Prinzip immer vorgeworfen, dass er mit seinen One-Night-Stands Sex zur Körperertüchtigung mechanisierte und seine Bindungsunfähigkeit damit übertünchte.

»Du hast Angst davor, zu lieben«, hatte ich ihm mal gesagt, und dann hatte es ihn bei Melli doch erwischt.

Ich blieb stehen und machte ein paar Rumpfbeugen. Aber Lars war nun wirklich kein gutes Beispiel, jedenfalls so lange nicht, bis wir wussten, was da mit Jacqueline Niederstrasser lief. Was Gutes konnte es sicherlich nicht sein, so wie ich die kannte.

Hm, meine eigenen Probleme hatten mich ganz davon abgebracht, der Sache nachzugehen. Musste ich unbedingt bald mal machen, denn diesen Freundschaftsdienst war ich Melli einfach schuldig.

Ich starrte auf den dichten Verkehr der Hauptstraße, und dann sah ich sie plötzlich: die Verkehrsinsel! Unsere Verkehrsinsel mit der Platane, wo Jean-Paul und ich uns zum allerersten Mal geküsst hatten.

»Du musst einen Platz aufsuchen«, hatte Paula gesagt, »wo du dich Jean-Paul ganz nahe fühlst. Einen Platz, der euch beiden etwas bedeutet und wo ihr zusammen glücklich ward. Und dann musst du an ihn denken, und ich kann dir sagen, dass er es ganz sicher spüren wird, egal ob er in Amerika ist oder auf dem Mond. Wenn du die Kraft deiner Liebe mit der Kraft dieses Ortes verbindest, wird er deine Liebe ganz nah bei sich fühlen. Es wird für ihn sein, als stündest du vor ihm.«

Und während ich dies noch dachte, war es, als

zöge mich eine unsichtbare Macht hinüber auf die Verkehrsinsel, hin zur Platane, zum Ort unseres ersten Kusses.

Ich flitzte von dieser Magie beflügelt durch den fließenden Verkehr, mit schlafwandlerischer Sicherheit und ohne Furcht. Als mein Fuß den Rasen der Verkehrsinsel betrat, dachte ich einen Moment, dass das, was ich vorhatte, wohl doch reichlich verrückt war. Paula hatte mir mit ihrem Esoterikschwachsinn offenbar das Hirn vernebelt.

Aber als ich dann den Stamm der Platane berührte, kam es mir wirklich so vor, als ginge eine ganz besondere Kraft und Stärke von diesem Baum aus, die sich unmittelbar auf mich zu übertragen schien.

Humbug, Aberglaube!, nölte mein innerer Coach, aber ich blendete ihn aus und stieg zügig in die breite Krone der Platane hinauf.

Dort gab es eine Astgabel, in der man bequem sitzen konnte und auf der ich damals ziemlich zittrig gehockt hatte, als mich meine Kondition verlassen hatte und ich mich nicht mehr zurück durch den Verkehr traute. Jean-Paul hatte plötzlich wie ein rettender Engel an ihrem Fuß gestanden, wofür ich ihn überglücklich geküsst hatte, und er … er hatte den Kuss tatsächlich erwidert – ohne mich zu erkennen.

Ich schloss die Augen und ließ diesen kostbaren Moment noch einmal wie einen Film vor mir ablaufen. Ich schmeckte Jean-Pauls Kuss so lebhaft auf meinen Lippen, als hätte er ihn mir gerade jetzt gegeben.

Komm zurück, Jean-Paul, dachte ich dabei, bitte komm zurück! Du bist schon viel zu lange fort. Ich brauche dich hier! Ist unsere Liebe nicht viel wichtiger als ein paar Dinosaurierskelette?

Wenn Paula mit ihrer Esoterik nur ein wenig recht hatte, dann müsste Jean-Paul meine Sehnsucht jetzt spüren. Wie unter einem Zwang würde er die Grabungswerkzeuge wegwerfen, seinen Koffer packen und den nächsten Flieger nach Hause nehmen.

Ich liebe dich, dachte ich. Jean-Paul, ich liebe dich so sehr!

Paula brauchte mir überhaupt nichts mehr zu erzählen. Diesen ganzen esoterischen Blödsinn konnte sie sich sonst wohin schieben. Von wegen, er wird spüren, dass du ihm ganz nah bist, und seine Sehnsucht wird so groß werden, dass er alles tun wird, um so schnell wie möglich bei dir zu sein und dich in seine Arme schließen zu können. Ha! Da lachte ich ja nur noch drüber!

Als ich froh gestimmt und mental durchleuchtet von Liebe und Zuversicht in die WG zurückgetrabt war, checkte ich nach einer entspannenden Dusche meine E-Mails. Allerdings durfte ich statt glühender Liebesschwüre und der Ankündigung seiner bevorstehenden Rückkehr nur ein paar dürre Zeilen von Jean-Paul lesen, in denen er mir mitteilte, dass der Fund der neuen Saurierspezies seine Mitwirkung bei der Zuordnung und Auswertung der Fundstücke erforderte.

Mein Aufenthalt hier könnte sich dadurch um ein paar Wochen verlängern. Sei nicht traurig!

Ich küsse dich,

Jean-Paul

Ich stürmte in Paulas Zimmer und zerrte sie vor meinen PC. »Guck dir das an, und dann sag mir bitte, wo da die geistige Übertragung geblieben ist!«

Paula zuckte mit den Schultern. »Immerhin hatte er in dem Moment, wo er das geschrieben hat, das Verlangen, dich zu küssen, und du hast zur gleichen Zeit an euren ersten Kuss gedacht. Passt doch. Wenn er nicht weg kann, dann kann er halt nicht weg, aber das hat doch nichts mit seinen Gefühlen für dich zu tun, die er in diesem Kuss ja ausdrückt.«

»Vielen Dank für die Erläuterung«, sagte ich. »Ich habe ihm viele Dutzend Male Küsse geschickt, ohne dafür extra auf eine Platane zu klettern. Ich sehe da keinen Unterschied.«

»Du musst es fühlen, und du musst daran glauben, dass Jean-Paul es fühlt.«

Ich schüttelte den Kopf. »Paula, das hat gar nichts gebracht. Ich fühle nur eins: eine unbeschreibliche Wut darüber, dass er jetzt noch länger dort bleibt.«

Paula war schon an der Tür, als ich sie noch mal ansprach. »Glaubst du, er ist mir treu?«

Paula sah mich aus ihren großen dunklen Augen ein wenig melancholisch an. »Ich glaube es, Alix, aber das bringt dir nichts, wenn du nicht selber in deinem Inneren die Gewissheit hast.«

»Dann verrate mir doch einen Trick, wie ich die kriege!«, rief ich verzweifelt. »Brau mir einen Zaubertrank oder leg mir die Karten! Mach irgendetwas, was mir hilft, an Jean-Pauls Treue zu glauben!«

Noch einmal schüttelte Paula resignierend den Kopf. »Du musst an ihn glauben«, sagte sie. »Schenk ihm Vertrauen. Mehr ist nicht nötig.«

In Liebe einander halten – in Treue einander lassen!

Das war verdammt schwer.

Nun gut, die Lage war hoffnungslos, aber nicht kritisch, und es zeichnete sich auch nirgendwo eine Lösung für eines meiner Probleme ab. Kein Grund also, den Kopf hängen zu lassen. Augen zu und durch!

»Ach, ehe ich es vergesse«, sagte Paula am nächsten Morgen auf dem Weg ins Theater, »da hat jemand von dieser Treuetestagentur angerufen. Die wollten dich wohl dringend sprechen.«

»Wann denn? Und wieso dringend?«

»Gestern Nachmittag. Entschuldige, ich habe es ganz vergessen. Es ging wohl um einen Auftrag.«

Na, die machte mir ja Spaß. Ich nagte am Hungertuch, und wegen ihr gingen mir Aufträge durch die Lappen. Ich zog mich in mein Zimmer zurück und rief sofort zurück.

Die Sekretärin war dran. »Wann können wir denn in der Sache Kiesling mit dem Testergebnis rechnen?«, fragte sie. »Die Kundin hat schon mehrfach nachgefragt. Normalerweise testen wir prompt, und diese Geschichte liegt jetzt schon ziemlich lange bei Ihnen. Wollen Sie den Auftrag zurückgeben?«

»Äh ... nein!«

Oder doch? Sollte ich? Nein! Diese Chance zur Rache wollte ich noch nicht aus der Hand geben. Wenn der mich nämlich bei den Prüfungen mies behandelte, dann konnte er sich aber so was von warm anziehen!

»Äh, also ich erledige das in Kürze«, versprach ich. »Der Mann ist Professor, und es ist nicht ganz so leicht, an ihn heranzukommen, aber ich ... ich kriege das schon hin.«

Seine Frau sollte doch froh sein, dass ich meinen Bericht noch nicht abgeliefert hatte. Es war für ihr

Seelenheil doch entschieden besser, noch etwas in Ungewissheit zu leben, als zu erfahren, dass ihr Mann jedem Weiberrock hinterherhechelte!

Mir fiel meine miese finanzielle Lage wieder ein, und so fragte ich vorsichtig: »Einen kleinen Vorschuss könnten Sie nicht vielleicht …?«

»Nein«, blockte die Sekretärin sofort ab. »Das machen wir grundsätzlich nicht. Wir zahlen erst nach erbrachter Leistung.«

Na ja, war verständlich in diesem etwas windigen Geschäft.

»Hätten Sie vielleicht noch einen kleinen, unkomplizierten Auftrag für zwischendurch? Den ich pronto erledigen kann?«

Ich hörte sie leise kichern. »Na gut«, sagte sie. »Ich habe zufällig grade was hereinbekommen, was passen könnte. Ein Architekt in Ihrer Nachbarstadt und noch ein etwas speziellerer Auftrag. Wollen Sie?«

Und ob ich wollte. Sie versprach, mir die neuen Aufträge umgehend zuzuschicken, und ich versicherte ihr noch mal, dass ich die Kiesling-Sache schnellstens zum Abschluss bringen würde.

Sah doch ganz gut aus für die zweite Hälfte meiner Monatsmiete.

♡ ♡ ♡

Neville musste mir der Himmel geschickt haben, weshalb ich beinahe ein bisschen ein schlechtes Gewissen hatte, dass ich so wenig gläubig war. Die Kirchenvertreter waren zweifellos im Recht, wenn sie bemängelten, dass immer weniger Menschen bereit waren, Kirchensteuer zu zahlen, aber von Gott erwarteten, dass er ihnen bei ihren Problemen half. Na ja, Gott war ja irgendwie mehr als nur Kirche, und wenn er Gott war, was brauchte er dann Steuern?

Also, jedenfalls war es eine wunderbare Fügung, dass mir Neville neulich beim Brötchenholen über den Weg gelaufen war. Er war nämlich wirklich bereit, regelmäßig mit mir für die Klausur zu üben, und entwarf sogar einen richtigen Lernplan, mit dessen Hilfe ich den kompletten Stoff noch bis zum Termin schaffen konnte. Seiner Meinung nach … Meiner Meinung nach zwar nicht, aber das behielt ich für mich. Es konnte jedenfalls nicht schaden, mal anzufangen und mit ihm so gründlich wie möglich zu lernen. Das lenkte mich zudem auch von meinem Frust wegen Jean-Paul ab.

Neville kam mindestens einmal am Tag zu uns in die WG, was Justin mit einem gewissen Misstrauen sah. Er versuchte sehr bald, unsere Treffen zu boykottieren, indem er entweder aufwendig kochte, in der Küche herumklapperte, lautstark sang oder einfach nur die Anlage in der Wohndiele aufdrehte und dort wie ein Privatdetektiv hinter seiner Zeitung hockte. Nervig! Fühlte er sich als Sittenwächter der Nation oder hatte er von Jean-Paul den Auftrag erhalten, mich zu bewachen?

Möglicherweise war er aber auch in eigener Mission tätig, denn hin und wieder gewann ich den Eindruck, vor allem wenn er mich unterstützt hatte, dass er das alles nicht ganz uneigennützig tat.

Nun bilde dir aber mal nichts ein, stoppte mein innerer Coach jeden weiteren Gedanken in dieser Richtung. *Wenn er überhaupt an einer von euch Interesse hat, dann doch wohl am ehesten an Melli.*

Ach, ja? Na, wenn er meinte. Aber da würde Justin wohl kaum Chancen haben ... Wenn allerdings an der Sache mit Jacqueline Niederstrasser und Lars doch etwas dran sein sollte – wer wusste es schon ... Vielleicht flüchtete Melli ja dann in Justins Arme.

Ich schüttelte den Kopf. Nein, das konnte ich mir bei Melli dann doch nicht vorstellen. Sie und Justin waren wirklich wie Feuer und Wasser, das würde keine vierundzwanzig Stunden gut gehen.

Neville stand an meinem Schreibtisch und sah aus dem Fenster. »Du kannst mir ja direkt ins Schlafzimmer gucken«, sagte er grinsend. »Da muss ich mir wohl ein paar Jalousien einbauen.«

»Ach nee, lass! Gönn doch deiner Umwelt auch mal was!«

Er lachte laut. »Na, wenn es dich antörnt, mir morgens beim Bodybuilding zuzusehen. Mehr spielt sich da leider zurzeit nicht ab.«

Hm, das vertiefte ich jetzt besser nicht, dachte ich noch, als er hinzufügte: »Du bist übrigens noch nie bei mir gewesen. Wieso lernen wir immer nur hier ...?«

Weil es hier garantiert sicherer für mich ist! Aber das sagte ich natürlich nicht. Nein, wirklich, der Typ war entschieden zu attraktiv, um mit ihm alleine in seine Wohnung zu gehen.

Daher sagte ich, um ihn hinzuhalten: »Stimmt! Aber du bist ja auch noch gar nicht fertig eingerichtet.«

Aber da lag ich falsch.

»Doch, bin ich«, entgegnete er leicht euphorisch. »Und darum steigt auch am Freitag die ultimative Einweihungsparty. Du bist natürlich eingeladen.«

»Aber ich muss lernen ...«, lehnte ich ganz automatisch ab.

»Musst du nicht«, widersprach er mit spitzbübischem Lächeln. »Hast du es vergessen? Deine Klausur ist am Freitagvormittag, und meine Fete steigt am Abend ab einundzwanzig Uhr. Ich denke, bis dahin hast du dich vom Klausurstress erholt. Und was ist cooler, als nach einer solchen Anstrengung auf eine Party zu gehen? Ich habe sie extra deinetwegen so lange hinausgeschoben ...«

Wie nett. Viel zu nett! Gefährlich nett! Der Typ zögerte doch seine Wohnungseinweihung nicht ohne Grund heraus. Meinetwegen! Was erwartete der denn?

Etwas Dankbarkeit für seinen unermüdlichen Nachhilfeunterricht vielleicht?, schlug mein innerer Coach vor. *So ganz nach selbstlosem Helfer sieht der Typ, ehrlich gesagt, nicht aus.*

Hm, das schien mir auch so, dennoch wiegelte ich sogleich ab: Unsinn, du hast einfach eine viel zu schlechte Meinung von den Männern.

Die auf deinen Erfahrungen beruht!

Neville ist anders, gab ich zurück, glaubte es aber nicht wirklich.

♡ ♡ ♡

Kurz vor der Klausur erhielt ich dann die Post von UTT, unter anderem mit einem ganz speziellen und besonders eiligen Auftrag. Er betraf ausgerechnet unseren glatzköpfigen Oberstadtdirektor, und es gab genaue Anweisungen, wo mein Flirtversuch gestartet werden sollte: während der romantischen Badenacht im Stadtbad.

Ich kratzte mich ratlos am Kopf, was ich eigentlich eher selten tat, aber das brachte mich nun doch ins Grübeln.

Wieso kam seine Frau auf eine derart ausgefallene Idee?

Ich erinnerte mich noch gut daran, wie die beiden dort vor etwa einem halben Jahr zu den Keyboardklängen eines Entertainers einträchtig turtelnd ihre romantischen Runden zwischen den Schwimmkerzen absolviert hatten.

Was war denn für ein Blitz in diese Ehe eingeschlagen?

Als ich Paula von dem Auftrag erzählte, kicherte sie höchst amüsiert. »Na, dann mach dir mal ein paar schöne Stunden«, sagte sie.

Ich verdrehte die Augen bei dem Gedanken an schwüle Atmosphäre, schwüle Musik und schwüle Komplimente.

Aber was tat ich nicht alles für fünfzig unverhoffte Euros!

So packte ich denn am Freitagabend die Badehose ein und ließ mich von Melli zum Stadtbad fahren. Als ich die große Schwimmhalle betrat, glänzte dort aber zu meiner Überraschung nicht nur die Vollmondglatze des Oberstadtdirektors auf dem Wasser, sondern neben ihm wogte im Auf und Ab des Wellenschlags das von einer Plastikblumenbadehaube gekrönte Haupt seiner Gattin.

Was war denn das für ein krankes Unternehmen? Wollte die mich jetzt echt dabei beobachten, wie ich ihren Gatten angrub? Hm, es sollte ja Leute geben, die dabei ein sinnliches Vergnügen verspürten, wenn sie ihren Partner bei einer untreuen Handlung beobachteten. Nach dem Prinzip funktionierten letztlich ja auch Swingerclubs.

Ich schluckte noch mal. Das war aber jetzt eigentlich nichts für mich. Solchen Perversitäten wollte ich keinen Vorschub leisten.

Ähm, na ja, fünfzig Euro waren andererseits eine Menge Geld. Und jetzt hatte ich schon so viel Zeit in die Sache investiert ...

Konnte die Lady sich denn nicht mal ein bisschen vom Acker machen? Wenn sie die ganze Zeit neben ihm herdümpelte, konnte ich ihn ja nun wirklich nicht einfach anquatschen.

Als hätte sie meinen inneren Monolog gehört, schwamm die Frau des Oberstadtdirektors nun zum Beckenrand und hievte ihren etwas fülligen Körper aus den Fluten. Sie ging zu einer Liege, trocknete sich ab und entschwand dann in einem Seitengang, der zur Wellness-Abteilung führte.

Aha, dann würde sie ja sicher erst mal eine Schönheitsbehandlung machen, so dass sie eine Weile aus dem Verkehr gezogen war und ich freie Bahn beim Vollmond hatte. Dann nichts wie ran!

Der Typ am Keyboard ließ grade mal wieder die rote Sonne bei Capri versinken, als ich auf den Oberstadtdirektor zupaddelte. Er hatte sich in den Whirlpoolbereich zurückgezogen und auf eine der Sprudelbänke gesetzt. Zwischen seinen massigen Oberschenkeln blubberte es mächtig.

Oh Gott, was tat ich mir hier eigentlich an? Als Melli mir seinerzeit von ihrem Job als Aktmodell berichtete, hatten sich vor Schreck meine Schamhaare gekräuselt, aber das hier war, ehrlich gesagt, auch nicht viel besser.

Aber okay. Job ist Job. Das musste ich jetzt mal ganz pragmatisch sehen. Gefühl ausschalten, Verstand an.

»Romantisch hier, nicht wahr?«, fragte ich. »Blubbert so angenehm ... Da verspürt man gleich so ein Prickeln ... ähm ... ja ...«

Er sah mich etwas irritiert an. »Prickeln? Was meinen Sie genau?«

»Äh, ja, dieses Blubbern ... äh ... zwischen den Beinen. Finden Sie das nicht irgendwie ...«

Er lachte, und eine leichte Röte überzog seine Wangen, was ihn wie den Weihnachtsmann aussehen ließ. Nur ohne Mütze und Bart.

»Sie meinen erotisierend?«

Ups. Er war ja ein Mann deutlicher Worte.

»Äh, ja, genau ... das meinte ich.«

Er grinste und wurde noch röter, ob von der Hitze im Raum oder wegen des heißen Themas war nicht eindeutig zuzuordnen.

»Ich sitze ja hier nur wegen der Verspannungen, also der Muskelverspannungen ...«

»... zwischen den Oberschenkeln?« Ich konnte es mir doch nicht verkneifen, auf das mächtige Blubbern zwischen seinen Beinen anzuspielen.

Er kicherte und warf mir nun einen, wie er wohl meinte, neckischen Blick zu. »Was haben Sie für schmutzige kleine Gedanken?«

Na, die hatte doch wohl er. Ich rieb mir innerlich die Hände, denn mein Flirtversuch schien bei ihm auf fruchtbaren Boden zu fallen.

»Schmutzig? Wir sitzen in einem Whirlpool. Wie kann es hier schmutzig sein? Sind wir nicht wie die Englein so rein?«

Nun übertreib mal den Kitsch nicht!, sagte mein innerer Coach angeekelt von so viel Sülz.

Und ich schämte mich direkt ein bisschen, weil er ja recht hatte. Das musste die Wirkung dieser grausamen Schlagermusik sein, die der Typ am Keyboard produzierte.

Ich überlegte grade, ob das nun schon die Bereitschaft zur Untreue bei meinem Oberstadtdirektor anzeigte und ich den Auftrag als erledigt betrachten konnte, als sich plötzlich jemand mit einem Klatscher zwischen uns beide auf die Bank fallen ließ.

»Machen Sie mal Platz da!«, sagte eine zickige Stimme. »Das ist *mein* Mann!«

Na, wenn sie meinte. Ich würde ihn ihr bestimmt nicht wegnehmen. Ich verstand sie zwar nun überhaupt nicht mehr, aber das konnte mir ja egal sein. Jedenfalls war ich der Ansicht, dass ich genug für mein Geld getan hatte. Und wenn sie selbst mich hinderte, konnte ich ja eh nicht mehr machen.

Leicht irritiert stieg ich also aus dem Bade und nahm mir vor, noch mal bei UTT nachzufragen, was das denn eigentlich für ein merkwürdiger Auftrag war, ehe ich meinen Bericht schrieb.

Der war in der Tat sehr merkwürdig, denn als ich mit der Sekretärin telefonierte und sie fragte, wie denn das wohl alles einzuschätzen sei und was seine Frau sich von so einem Treuetest denn erhoffen würde, lachte diese mir schallend ins Ohr.

»Der Test ist nicht von seiner Frau in Auftrag gegeben worden«, sagte sie prustend. »Sondern von einer Frau Lydia Werner. Ich würde mal tippen, die Gute ist seine eifersüchtige Geliebte!«

Der Herr lehre mich, die Menschen zu verstehen!

In der letzten Woche vor der Klausur nahm ich dann kaum noch wahr, was um mich herum geschah. Für meine lieben Mitbewohner war ich vermutlich kaum noch zu ertragen. Ich hatte Nevilles Tipp befolgt und mir die wichtigsten Fakten für die Klausur auf Karteikarten und Zettel geschrieben und die überall da in der Wohnung hingeklebt, wo ich mich häufig aufhielt. Also nahezu überall. Besonders viele auf dem Klo und in der Küche, was offenbar jeden Menschen tierisch annervte, der nichts mit Klausuren zu tun hatte.

»Die ganze Wohnung sieht aus wie ein riesiger Zettelkasten«, maulte sogar Paula. »Es kommt mir vor, als wäre Thomas hier eingezogen. Den hab ich früher dafür verachtet und für einen wandelnden Karteikasten gehalten. Jetzt muss ich das wohl etwas relativieren.«

»Aber bei mir ist es wirklich nur vorübergehend, Paula«, bat ich um Verständnis. »So kann ich mir diese schwierigen Fachbegriffe und Definitionen am besten einbimsen. Gleich nach der Klausur rupfe ich alles wieder runter.«

Paula schüttelte den Kopf, und Justin, der hinzugekommen war, meinte nur: »Stell dir einfach mal vor, ich würde die Texte meiner Rollen auch noch hier überall aufhängen ...«

Meine Güte, man konnte aber auch kleinlich sein.

»Das ist was anderes«, sagte ich etwas eingeschnappt, denn grade von ihm hätte ich mir mehr Unterstützung erwartet.

Aber letztlich war es mir auch egal, was er dachte. Wichtig war nur, dass Nevilles Methode funktionierte. Es war echt genial. Wenn ich eine Definition von

Aggression brauchte, musste ich nur daran denken, dass ich sie zigmal beim Öffnen des Kühlschranks gelesen hatte. Oder wenn es um die Stunden ging, die ein Erwachsener vor dem Fernseher verbrachte, dann stellte ich mir einfach vor, ich säße auf dem Klo, und schon erschien die Statistik vor meinem inneren Auge.

»Ich weiß, dass es auch für euch Stress bedeutet«, räumte ich Paula und Justin gegenüber ein und hoffte, sie milde zu stimmen, »aber ich muss diese Klausur schaffen, sonst habe ich die Arschkarte gezogen und kann noch mal mindestens zwei Semester für den dämlichen BA dranhängen.«

Beide nickten einträchtig, dachten dabei aber wahrscheinlich, dass man einer Irren möglichst nicht widersprechen sollte.

Und dann erwischte es mich. Ich weiß nicht, ob es nur die Aufregung war oder ob ich mir wirklich eine Magen-Darm-Grippe eingefangen hatte, jedenfalls kam ich zwei Tage vor der Klausur kaum noch vom Pott runter, was immerhin den Vorteil hatte, dass sich die Statistiken und Definitionen, die dort hingen, bombenfest in meinem Kopf verankerten.

Justin kochte mir sämtliche Kräutertees, die ihm einfielen, selbst Sophya lief mit einer speziellen indischen Mischung gegen Diarrhö auf, und Lars, der schon mal in Lateinamerika gewesen war, empfahl Mate-Tee gegen Montezumas Rache, aber da war er wohl einem Irrtum unterlegen. Nichts half wirklich.

So stopfte ich mich schließlich bis oben hin mit Immodium voll und hemmte damit sämtliche Darmbewegungen auf Wochen hinaus. Das wusste ich aber in dem Moment noch nicht. Erst mal war ich nur froh, als ich am Klausurmorgen kein Gluckern und auch sonst kein verdächtiges Geräusch aus meinem Gedärm hörte.

Gott, mir fiel ein Stein vom Herzen. Jetzt würde ich den Rest auch noch schaffen. Schlimmer als zwei Tage Durchfall würde die Klausur schon nicht sein, so viel Bosheit traute ich nicht mal Kiesling zu. Und er galt zwar allgemein als hart, aber auch als fair. Na, denn.

Melli, die ausnahmsweise einmal nicht wie eine Leiche auf Urlaub aussah, war extra früh aufgestanden, um mich mit der Vespa zur Uni zu fahren. Angesichts dieser total lieben Geste von ihr nahm ich sie beim Abschied einmal kurz und fest in den Arm und sagte: »Du, wenn ich das hinter mir habe, dann reden wir mal. Wäre doch gelacht, wenn wir deine Probleme nicht auch in den Griff kriegen würden.«

Und ich nahm mir ehrlich vor, mich auch wieder etwas mehr um den Verkauf ihrer Bilder zu kümmern.

Sie grinste etwas schief und sagte: »Probleme? Ich? Mach du es erst mal gut.«

Sie spuckte mir dreimal über die Schulter und knatterte davon.

Die Klausur hatte es echt in sich, und ich brauchte die vollen fünf Stunden Bearbeitungszeit. Am Ende wusste ich überhaupt nicht mehr, wo mir der Kopf stand, und als ich abgegeben hatte und den Hörsaal verließ, wusste ich nicht mal mehr die Fragen. Kompletter Blackout. Erst als dann weitere Kommilitonen herauskamen und anfingen zu diskutieren, fiel mir die eine oder andere wieder ein.

Hm, da hatte ich aber so einiges anders gelöst als die. Oh je, wenn das mal gut ging! Ich beschloss, mich nicht weiter verrückt zu machen, da ich nun ohnehin nichts mehr ändern konnte, und fuhr auf dem schnellsten Weg in die WG.

Außer Justin war aber niemand da.

»Komm, lass uns einen Piccolo köpfen«, schlug Justin vor. »Wenigstens hast du es hinter dir! Wird schon schiefgegangen sein!«

Hm, was würde mein kaum sanierter Magen-Darm-Trakt wohl dazu sagen? Egal! Ein Schlückchen nur.

Er grinste und holte ein Fläschchen aus dem Kühlschrank.

Wie nett. Das hatte er doch bestimmt nur für diesen Zweck dort vorsorglich deponiert.

Wir stießen an, und als mir das prickelnde Nass die Kehle herunterrann, dachte ich mit Entsetzen daran, dass mein Schicksal nun in Kieslings Hand lag.

»Meinst du, er ist nachtragend?«, fragte ich aus diesem Gedanken heraus.

»Wer?«

»Kiesling.«

»Und wenn? Ich denke, ihm ist klar, dass er auf dünnem Eis wandelt. Er wird gut daran tun, deine Klausur ganz objektiv zu bewerten. Unser Gang zur Frauenbeauftragten des Fachbereichs ist nur aufgeschoben und kann jederzeit noch erfolgen, falls er dich ungerecht behandelt.«

»Und du meinst, daran denkt er?«

Justin grinste. »Da bin ich mir aber sicher – hundertpro!«

Gut, ich hatte sachlich-fachlich mein Bestes gegeben, mehr konnte ich nun auch nicht tun. Ein bisschen relaxen und dann Party machen, das war jetzt genau das Richtige.

Jetzt fand ich es nun doch ziemlich cool, dass Neville seine Einweihungsparty genau auf diesen Abend gelegt hatte. Der Junge hatte ein gutes Gefühl für richtiges Timing, das musste man ihm lassen.

Ich ließ mir ein herrliches Vanilleschaumbad ein und genoss es.

Während ich planschte, riss ich den einen oder anderen Zettel von der Wand, las ihn durch und freute mich jedes Mal, wenn ich feststellen konnte, dass ich genau das geschrieben hatte, was darauf stand.

Neville, ich könnte dich knutschen!

Aber, aber! Was würde denn Jean-Paul dazu sagen?, moralisierte mein innerer Coach.

Aber ich hatte diesmal keine Lust, auf ihn einzugehen, und was Jean-Paul betraf, der hatte mir ja nicht mal Glück für die Klausur gewünscht.

Ich spielte mit dem Vanilleschaum, blies ihn durch die Luft und schaltete vollkommen ab. Offenbar lag die Ursache für meine Magen-Darm-Verstimmung doch nur in meiner Nervosität, denn kein verdächtiges Gluckern, keine Krämpfe störten meinen Entspannungsprozess. Und sonst auch nichts! Ich dachte weder an Jean-Paul noch an sonst irgendetwas Konkretes, sondern schloss die Augen und meditierte.

Ich bin ganz entspannt, meine Stirn ist kühl und klar, mein Sonnengeflecht ist strömend warm ...

Es dauerte nicht lange und ich sah vor meinem geistigen Auge ein helles Licht, und daraus sprühten unzählige bunte Sterne hervor, ein endloser vielfarbiger Sternenregen. Es war wunderschön.

Total entspannt stieg ich schließlich aus der Wanne,

und nach einem kurzen Powernapping überlegte ich, was ich denn Schickes zu Nevilles Party anziehen sollte.

Ein bisschen Spaß muss sein ...

Natürlich musste ich auch mit Melli und Paula noch anstoßen, als sie nach Hause kamen. Aber als ich ihnen sagte, dass ich am Abend auf Nevilles Party eingeladen war, fanden sie das überhaupt nicht gut.

»Ich dachte, du feierst mit uns ein bisschen«, maulte Melli. »Lars und Karlos wollten extra in den Pub kommen.«

Na, als wenn die da nicht ohnehin jeden Freitag abhingen. Normalerweise wäre ich ja auch hingegangen, aber da ich jetzt schon den *Nightlife*-Termin mit einem Kollegen getauscht hatte, wollte ich auch mal wieder richtig Party machen.

»Neville hat mir so viel geholfen, da kann ich ihn nicht hängen lassen. Er rechnet fest mit mir.«

»Aber uns, deine besten Freundinnen, kannst du hängen lassen, oder was?« Selbst Paula schien nun sauer zu sein.

Himmel, so hatte ich das jetzt aber gar nicht eingeschätzt. Ich hatte eine Klausur geschrieben, gut, aber ob ich die überhaupt bestanden hatte, stand in den Sternen. Und wenn Neville nicht ohnehin seine Einweihung feiern würde, hätte ich bestimmt keine Party wegen der Prüfung veranstaltet.

Also holte ich meine Freundinnen mal wieder auf den Boden der Tatsachen zurück und sagte: »Wir können Party machen, wenn ich bestanden habe und die Note weiß. Jetzt besteht dazu aus meiner Sicht wirklich noch kein Anlass.«

»Dann nicht!«, sagte Melli bockig, drehte sich um und verschwand in ihrem Atelier.

Wenigstens Paula brachte etwas Verständnis für mich auf und meinte tröstend: »Ach, die kriegt sich schon wieder ein. Im Augenblick ist sie etwas dünnhäutig. Mach dir einfach einen schönen Abend! Du hast ja schließlich genug geschuftet. Ich gehe dann mit Karlos endlich mal wieder ins Theater. Ist auch schön, vor den Kulissen zu sitzen, statt immer nur dahinter herumzuwuseln.«

Ich nahm sie, dankbar für ihre Worte, in den Arm und drückte sie ganz fest. »Bist meine Beste!«, sagte ich und leerte mit ihr auf die Schnelle noch das letzte Piccolo-Fläschchen.

»Auf die Freundschaft!«

Ich war echt locker drauf, als ich kurz nach einundzwanzig Uhr zu Neville hinüberging. Mit einem Blick aus meinem Fenster hatte ich gesehen, dass schon einige Gäste eingetrudelt waren, und so konnte ich nun ohne Bedenken auch auflaufen. Mit ihm alleine hätte ich nämlich nicht so gerne in der Wohnung sein wollen.

Ich hatte mich ein bisschen partymäßig gestylt. Nicht zu viel, um ihn nicht scharf zu machen, aber doch so, dass ich mir selber gefiel und mit frischem Selbstbewusstsein auf seine Leute zugehen konnte. Da er ein etwas älteres Semester war, kannte ich die meisten seiner Freunde wie erwartet nicht. Nur ein paar Mädels hatte ich schon bei Kiesling-Veranstaltungen gesehen, die sie genau wie ich regelmäßig besuchten. Offenbar gehörten sie auch zu seinem Fanclub.

»Du arbeitest doch bei Kiesling«, sprach mich auch sofort eines der Mädels an und kicherte albern. »Wie ist der denn so als Chef? Erzähl doch mal!«

Na, das tat ich besser nicht!

Daher sagte ich, um sie abzuwimmeln: »Da muss ich dich enttäuschen, mein Vertrag ist leider grade abgelaufen.«

Neville drückte mir ein Bier in die Hand und zog mich ein wenig zur Seite. »Du meinst, bei Kiesling ist jetzt eine Stelle frei?«

Ich wusste zwar nicht, warum es ihn interessieren sollte, aber ich nickte und meinte unernst: »Willst du dich drauf bewerben?«

Er lachte ein wenig verlegen und schüttelte dann den Kopf. »Die ist ja sicher schon weg, und so wie ich ihn einschätze, stellt der eh lieber Studentinnen ein, hübsche natürlich! Wie dich!«

Nun musste ich lachen. Wenn er wüsste, wie genau er den Nagel auf den Kopf getroffen hatte! Aber es ärgerte mich doch ziemlich, dass Kiesling mich einfach so rausgeworfen hatte. Allein schon wegen dieser Gemeinheit sollte ich seiner Frau reinen Wein einschenken.

Von wegen, die Vertrauensbasis ist nicht mehr gegeben! Na, hoffentlich blieb er wenigstens bei der Bewertung meiner Klausur fair. Und hoffentlich hatte ich nicht zu viel Blödsinn verzapft!

»Woran denkst du?«, fragte Neville, und weil ich nicht länger über Kiesling sprechen wollte, sagte ich ganz spontan und unüberlegt: »An Jean-Paul, meinen Freund.«

Neville zuckte leicht zusammen, reichte mir ein frisches Bier und sagte betont sachlich: »Ist der nicht schon ziemlich lange weg? Glaubst du, dass er jemals zurückkommt?«

»Natürlich kommt er zurück!«, schnauzte ich ihn an. »Und zwar sehr bald!« Wie konnte er so etwas nur denken, geschweige denn sagen?!

Ich weiß nicht, ob es gerade diese heftige Äußerung war, die Neville anstachelte, mich erst recht anzugraben, aber logisch wäre es. Wenn er befürchten musste, dass Jean-Paul schon bald wieder auf der Matte stehen würde, dann musste er jede Chance nutzen, wenn er noch vorher bei mir landen wollte. Und seine Party war ja auch ausgezeichnet für eine Flirtoffensive geeignet.

Die Stimmung war sehr angenehm und locker, und er hatte in der Küche leckere Salate und Häppchen aufgebaut. Es gab Bier vom Fässchen und gute Mucke, die er über eine teure Anlage im Wohnzimmer laufen ließ.

Überhaupt war sein Apartment richtig cool. Ein großes, helles Wohnarbeitszimmer mit hoher Decke, an das Küche und Bad angrenzten. Hinter der Küche versteckt lag noch das Schlafzimmer, das ich von meinem Fenster aus pikanterweise sehen konnte.

Ein etwas kurioser Grundriss, aber nicht selten in diesen alten Hinterhäusern, die meist kostengünstig im sozialen Wohnungsbau renoviert worden waren. Da lief eben nur ein einziger Sanitär- und Heizungsstrang durchs ganze Haus, weshalb Küche und Bad zwangsläufig zusammenliegen mussten, um lange Rohrwege zu vermeiden.

»Nicht schlecht«, sagte ich grinsend, als er mich in sein Schlafzimmer führte, »dann kannst du dir immer schnell was zu essen aus der Küche holen, wenn du nachts mal Hunger kriegst.«

»Der Hunger bezieht sich leider meist auf etwas, das man nicht im Kühlschrank aufbewahren kann«, sagte er und hatte eine nicht zu übersehende Begehrlichkeit im Blick.

Ich schluckte und entfloh dem Ort, wo sein ausladendes Kingsize-Bett mit mattbraunem Satinüberwurf sehr verführerisch lockte.

»Äh, hübsch hast du es hier«, sagte ich beim Verlassen des Raumes. »Aber es fehlt noch ein schönes Bild an der Wand. Du solltest dich mal bei Melli umschauen. Die hat garantiert was Passendes.« Ich dachte an ihre frühe abstrakte Phase mit den pastellfarbenen Spachtelfarben, die sicher gut zu den sanften Erdtönen seines Schlafzimmers aussehen würden.

»Mach ich, aber du musst dabei sein«, sagte er etwas zu entgegenkommend.

Aber warum nicht? Wenn Melli dadurch endlich mal wieder ein Bild verkaufen konnte ... Und ehrlich gesagt, schien der Knabe nicht ganz unvermögend zu sein. Das sah alles sehr gediegen aus, was er bisher in seiner Wohnung platziert hatte. Das Apartment war sparsam, aber äußerst geschmackvoll eingerichtet, mit einigen richtig pfiffigen Details.

Als er mir irgendwann ganz beiläufig erzählte, dass sein Vater ein bekannter Architekt wäre und es sehr viel lieber gesehen hätte, wenn er auch Architektur studiert hätte, um später sein gut gehendes Architekturbüro zu übernehmen, da konnte ich mir seinen Sinn für schöne Proportionen auch erklären. Offenbar hatte er den jedoch nicht nur in Bezug auf Innenarchitektur, so unverhohlen wie er meine Proportionen in Augenblicken betrachtete, in denen er sich von mir unbeobachtet glaubte. Das stürzte mich in eine echte Krise.

Um nicht in Depressionen zu verfallen, stellte ich mich mit der Frage, ob denn Sex wirklich zwangsläufig mit Liebe gekoppelt sein musste, an die Zapfanlage und schenkte dort das Bier an die Gäste aus. Da ich schon so nah an der Quelle war, füllte ich bei mir auch immer mal wieder nach.

Es ging ja echt nichts über ein Frischgezapftes!

Irgendwann fiel mir jedoch das Stehen schwer, und ich wandelte mit meinem Bierchen ins Wohnzimmer hinüber, wo ich mich müde in eine Sofaecke kuschelte.

Dort saß ich auch noch, als ich Nevilles leicht alkoholgetränkten Atem in meinem Gesicht spürte. Die Partygeräusche waren verstummt, die Musik aus den Lautsprecherboxen war leise gestellt und das Licht gedimmt.

Wir waren alleine. Nur Neville und ich.

»Wo … wo sind denn alle?«, fragte ich verstört, weil ich da offenbar irgendwas verpasst hatte, auf jeden Fall den allgemeinen Aufbruch.

»Nach Hause. The party is over …«

»Äh, ja, dann … äh … gehe ich wohl auch mal.«

»… aber nicht für dich. Du darfst bleiben. So lange du willst. Du bist mein Special Guest.«

Ups! Das … das wollte ich aber gar nicht sein. So eine Bevorzugung war wirklich nicht nötig!

Das sah Neville anders. Er begann, mein Gesicht mit Küssen zu bedecken und mir sehr zielstrebig an die Wäsche zu gehen.

»Du bist eine wirklich tolle Frau. Ich bin schon die ganze Zeit total scharf auf dich«, sagte er dabei.

Es klang sogar irgendwie überzeugend, so als glaubte er wirklich, was er da sagte, und nicht so als leierte er nur seine üblichen Anmachfloskeln runter. Das hatte ich bisher nur bei Lars erlebt ... Ich seufzte bei dem Gedanken, denn das war schon ein sehr außergewöhnlicher One-Night-Stand gewesen – mit einem roten Juso-Kondom!

Apropos!

»Hast du Kondome?«, fragte ich, für Neville ziemlich unvermittelt.

Er sah mich strahlend an. So leicht hatte er sich das mit mir wohl nicht vorgestellt.

»Klar, im Schlafzimmer, wollen wir?«

»Na dann los, komm!«, rief ich lachend.

Entweder jetzt oder nie!

Neville zog mich vom Sofa hoch, und wir zerrten uns gegenseitig die Klamotten vom Leib, während wir durch die Küche in das Schlafzimmer mit dem Traumbett stolperten.

Später konnte ich mir diesen spontanen Seitensprung gar nicht mehr erklären. Vermutlich waren meine grenzenlose Erleichterung über die endlich geschriebene Klausur, der Alkoholkonsum und die entsetzliche Leere schuld, die mich in meinem eigenen Bett erwartet hätte. Egal! Es war, wie es war, und alles war gut. Wirklich, es hatte Spaß gemacht, nur wiederholen würde ich es nicht. Das wäre Neville gegenüber nicht fair, denn ich hatte dabei die ganze Zeit nur an Jean-Paul gedacht.

Wirkliche Untreue passierte im Kopf, nicht im Bett eines anderen Mannes ...

♡ ♡ ♡

Als ich am Vormittag nach einem späten Frühstück, das Neville liebevoll aus den Partyresten zusammengestellt und um frischen Kaffee ergänzt hatte, in die WG zurückkehrte, schlief dort noch alles.

Na, Gott sei Dank! Dann musste ich wenigstens nicht sofort Erklärungen abgeben.

Ich setzte mich an meinen Schreibtisch und schaute zu Nevilles Schlafzimmerfenster hinüber. Er öffnete es grade und winkte mir zu.

Ach, du liebes Lieschen! Da hatte ich mir ja was Schönes eingebrockt. Am besten tauschte ich mit Justin oder Paula das Zimmer, denn auf Dauer würde ich es wohl kaum aushalten, beim Arbeiten ständig an meinen Seitensprung erinnert zu werden. Egal ob mit schlechtem Gewissen oder ohne. Es ging schon aus Pietätsgründen nicht.

Das hättest du dir auch vorher überlegen können, meinte mein innerer Coach.

Ja, hätte ich. Hatte ich aber nicht, und ändern ließ sich daran nun auch nichts mehr. So war das Leben eben – nicht alles konnte man durchplanen. Und das war eigentlich auch gut so, denn sonst würden sicherlich einige spontane Erfahrungen und die daraus mitunter resultierenden Erkenntnisse verhindert werden.

Ich zog die Unterlagen von UTT aus der Ablage und betrachtete sie eine Weile grübelnd. Mir war sofort klar, dass der Lockvogelauftrag mit dem Architekten in der Nachbarstadt Nevilles Vater betraf. Ein attraktiver Mann, das musste ich beim Blick auf sein Foto zugeben. Ähnliche Kategorie wie Kiesling.

Was sollte ich also tun?

Ich sah, wie Neville das Fenster wieder schloss. Nach kurzem Zögern nahm ich die beiden schmalen Hefter mit Personal- und Berichtsbogen und steckte sie zusammen in einen DIN-A4-Umschlag. Auf ein weißes Blatt schrieb ich einen kurzen Begleitbrief, in dem ich erklärte, dass ich leider beide Aufträge aus persönlichen Gründen unerledigt zurückgeben musste.

Ich möchte hiermit außerdem das Vertragsverhältnis zwischen mir und UTT beenden. Von weiteren Aufträgen bitte ich abzusehen.

MfG Alix Auwald

Wer war ich, dass ich die Treue fremder Männer testete – hatte ich mit meiner eigenen Treue nicht schon genug zu tun?

♡ ♡ ♡

Die Hölle war los!

Eigentlich war nur Vorlesungsschluss, und alles wäre okay gewesen, wenn Boris, Mellis Kumpel aus der Kunsthochschule, das nicht mit ihr hätte feiern wollen. Was bei Boris feiern hieß, war ja hinlänglich bekannt. So stand er also schon vormittags mit der Bong im Rucksack in der WG und wurde von einer manischen Melli überschwänglich begrüßt.

Sie schleppte ihn sofort in ihr Atelier und meinte zu mir nur: »Geschlossene Gesellschaft! Wir suchen nach einer Inspiration.«

Wo sie die finden wollte, konnte ich mir vorstellen: auf dem blauen Mond!

Als Justin von der Vormittagsprobe aus dem Theater kam, sog er sofort misstrauisch schnuppernd die Luft ein.

»Hat Melli Besuch?«, fragte er nach dieser Geruchsprobe, die offensichtlich Haschisch-positiv ausgefallen war.

»Äh, ja, hat sie …«

»Boris?«, schloss er messerscharf.

»Sie, äh, arbeiten …«

»Ach!«

Justin hasste es, wenn Melli kiffte, und war darum stocksauer. Denn nach der Katastrophe mit ihrer *Apokalypse* hatte sie ihm hoch und heilig versprochen, die Finger von Drogen jeglicher Art zu lassen.

»Sie … sie braucht dringend eine Inspiration. Du … du weißt ja gar nicht, wie dreckig es Melli geht.«

»So, weiß ich nicht?!«, knurrte er. »Ich weiß auf jeden Fall, dass es ihr nachher noch viel dreckiger gehen wird. Und wer darf dann wieder ihr Kindermädchen spielen und aufpassen, dass sie nicht irgendeinen Scheiß anstellt? Der liebe Justin!«

»Sie stellt schon nichts an.« Ich versuchte ihn zu besänftigen. »Sie braucht echt mal einen positiven Kick, so depressiv wie sie in letzter Zeit ist.«

»Warum eigentlich? Hat sie Stress mit Lars? Ich habe gleich gesagt, der Typ ist nichts für sie.«

Ich grinste innerlich, denn das sagte er ja bei jedem Mann, den wir mal mit in die WG brachten. Ich glaube, dass er wirklich an der Wahnvorstellung litt, dass wir alle drei eigentlich nur mit ihm glücklich werden könnten. Vielleicht träumte er sogar von einer Art Harem …

Ich verkniff mir mühsam ein Kichern und riss mich

zusammen. Das Thema Lars und Melli war zurzeit alles andere als witzig. Aber das würde ich Justin nicht auf die Nase binden.

»Nein, das heißt, nicht so wirklich ... Es geht mehr um die Malerei und ...« Ich schaute ihn nun ehrlich frustriert an. »Sie ist halt mal wieder extrem knapp bei Kasse. Farben und Leinwände sind echt sauteuer!«

Justin seufzte mitleidig und packte seine Einkäufe für das Mittagessen aus der Tüte. Ziemlich viele Nudeln dabei, fand ich.

»Wieso hilft Lars ihr nicht mal aus? Er hat doch genug Schotter.«

Er stellte Milch und Eier in den Kühlschrank und legte Nudeln, Schinken und Käse neben den Herd. Das sah nach Auflauf aus. Hm, lecker. Hoffentlich kriegte ich was ab. In letzter Zeit hatte ich das Essen leider öfter mal ausfallen lassen müssen, weil es einfach nicht in meinen Terminplan gepasst hatte oder die Kasse leer gewesen war. Aber wenn Justin Auflauf machte, dann meist in so großen Portionen, dass die ganze WG davon satt wurde, einschließlich nicht zahlender Noteinquartierter wie Robbie und Jenna.

Ach herrje, um die hatte ich mich ja auch sofort nach der Klausur kümmern wollen. Aber erst mal zurück zu Melli.

»Du kennst doch ihren Standpunkt, dass sie von ihren Lovern kein Geld annimmt«, sagte ich.

»Na, super!«, meinte Justin ironisch. »Wirklich sehr ehrenvoll, diese Einstellung. Wird man ihr später mal auf den Grabstein meißeln: Hier ruht Melli Kubinski, die beim Versuch, die Haare von ihrem Pinsel zu fressen, elendiglich zugrunde ging. Ihre hohe Moral wird uns immer ein Vorbild sein. Gott hab sie selig!« Wieder hatte er dieses megasüße Grinsen im Gesicht, mit dem er wie ein Pirat vom Schlage Captain Jack Sparrows aussah.

»Herrgott, muss sie denn ständig kiffen und saufen? Was ist das für eine Moral!«

Hm, mir gefiel das ja auch nicht sonderlich, aber sie war eben eine Künstlerin. Da galten die bürgerlichen Gesetze nicht.

»Justin«, sagte ich in einem letzten Versuch, Melli zu verteidigen, »das hat nichts mit ihrer Grundeinstellung zu ethischen Fragen zu tun. Viele Künstler nehmen irgendwelche Drogen zur Bewusstseinserweiterung ... Inspiration fällt nicht wie Manna vom Himmel!«

Aber Justin blieb stur. »Sie entsteht aber auch nicht im Drogenrausch oder im Alkoholkoma. Wer nur mit solchen Exzessen kreativ werden kann, der ist kein wirklicher Künstler. Der ist irre und gehört in die Psychiatrie. Der hat keine Inspiration, sondern Hallus und Wahnvorstellungen! Melli sollte wirklich einen großen Bogen um Drogen machen!«

Ich sah ihn scharf an, weil ich ihm nur die Hälfte von seinem ganzen Vortrag abnahm, denn eigentlich wollte er doch nur eins sagen: dass Melli gefälligst einen Bogen um Boris machen sollte! Als ich in meiner offenen Art diese Vermutung äußerte, antwortete er mir genauso offen.

»Klar soll sie das. Der ist eh nicht gut für sie, der Junkie!«

Womit wir wieder mal beim Thema waren. Kein Mann, der die WG betrat, war für eine von uns Frauen gut genug. Justin natürlich ausgenommen.

Er begann nun, eine gewisse Hektik zu verbreiten, woraus ich schloss, dass er anfangen wollte zu kochen und die Küche gerne für sich alleine hätte. Also stand ich auf.

»Ich koche jetzt«, sagte er erwartungsgemäß. »Sag Melli, dass sie gerne mitessen kann, aber ohne diesen Junkie!«

Ich verkniff mir jede weitere Bemerkung und pilgerte zu Melli rüber. Nach kurzem Klopfen trat ich ein – ausnahmsweise mal, ohne auf ihr »Herein« zu warten. Das hätte ich mal lieber getan, denn sie lag mit Boris auf ihrem neuen Doppelbett, und beide waren fast nackt.

Leise machte ich die Tür wieder zu und beschloss, nichts gesehen zu haben.

Wirklich, ich hätte Melli ja gewarnt, wenn ich etwas mitgekriegt hätte. Aber weil ich mir vor dem Essen noch schnell die Haare waschen wollte, war ich grade im Bad, als es klingelte. Deshalb ließ Justin Lars herein und unternahm perfiderweise nicht das Geringste, um Melli zu warnen.

Ich hätte es garantiert geschafft, Lars an der Eingangstür abzuwimmeln, aber Justin führte ihn offensichtlich mit geradezu diabolischer Freude zu Melli rein.

Gut, er behauptete hinterher, er hätte lediglich therapeutische Absichten gehabt und dass Lars Melli nur mal beim Kiffen erwischen sollte. Er hätte ja nicht ahnen können, dass Melli und Boris … Nein, wirklich, wer ahnte denn auch so was?!

»Du sagst, sie nimmt kein Geld von ihrem Lover, weil sie sich nicht prostituieren will, und dann liegt sie mit diesem Boris im Bett! Kannst du mir mal erklären, wie das zusammengeht?«

Justin war so wütend, wie ich ihn noch nie erlebt hatte.

Ich zuckte mit den Schultern, weil ich ihm Mellis Verhalten nicht erklären konnte. Im Moment überstieg ihr Benehmen auch meinen Verständnishorizont. Aber irgendwie ging bei Melli immer vieles noch zusammen, was bei anderen nicht ging. Sie war eben einfach krass.

Aber dass Lars plötzlich in der Tür stand, kam wohl selbst ihr extrem ungelegen. Ich kam, die nassen Haare in ein Tuch gewickelt, erst dazu, als Melli hysterisch kreischte und Lars dem in die Diele flüchtenden halbnackten Boris seine Klamotten hinterherschmiss.

Boris stürzte sich gerade auf seine ausgebeulte Cordjeans, als vor ihm die Bong auf den Boden krachte und in tausend Stücke ging.

Tja, so ein sensibler Glaskörper hielt eine solch grobe Behandlung eben nicht aus. Boris auch nicht. Er stand in der Unterhose vor den Scherben, hielt zitternd die Jeans in der Hand und war offenbar unfähig sich zu bewegen.

»Dass du mich ausgerechnet mit dem betrügst!«, schnauzte Lars Melli an und warf einen angewiderten Blick auf das Häufchen Elend, das Boris abgab. »Dass du dich nicht ekelst vor so was!«

Nun ging er aber entschieden zu weit! Boris roch zwar nicht grade wie frisch aus dem Schaumbad gestiegen, aber abgesehen von seinen etwas fettigen Haaren und den extrem herausstehenden Rippen seines mageren Körpers sah er ziemlich normal aus.

Außerdem hatte er ein freundliches Wesen, und seine moralischen Standards waren wohl kaum geringer als die von Lars, dem Ex-Gockel der Stadt, der es doch schon mit jeder getrieben hatte. Und jetzt machte er auch noch mit Jacqueline Niederstrasser rum!

Ups! Das hätte mir jetzt aber nicht rausrutschen sollen.

Melli stand im Bademantel in der Tür ihres Ateliers und sah mich mit ihren grünen Katzenaugen an.

»Schon wieder diese Jacqueline Niederstrasser? Wer zum Teufel ist das? Kann mir das vielleicht endlich mal jemand sagen?!«

»Äh, niemand«, sagten Lars und ich gleichzeitig.

»Niemand, der dich interessieren muss«, fügte Lars noch hinzu.

»Wenn du mit ihr rummachst, interessiert mich das sehr wohl!« Jetzt wurde Melli zickig.

»Aber ich mache nicht mit ihr rum. Was ist das überhaupt für ein Ausdruck? Das ist ein rein geschäftlicher Kontakt.«

»Erzähl das deiner Großmutter!«, mischte sich Justin ein.

»Die ist tot.«

Ich fand die ganze Situation zum Kotzen und ärgerte mich, dass ich sie auch noch mit meiner Bemerkung über Jacky verschärft hatte. Andererseits hatte ich Lars nun mal gesehen, wie er mit ihr geknutscht hatte, da konnte ich ihn ja nun schlecht in Schutz nehmen.

Melli reichte es. »Du Schuft!«, stieß sie hervor und knallte nach einem bühnenreifen Abgang die Ateliertür hinter sich zu, dass die Wände wackelten.

Na, die machte mir ja vielleicht Spaß. Wie sollte

diese Soap denn jetzt ohne die Hauptdarstellerin weitergehen?

Das fragten sich die männlichen Kontrahenten wohl auch. Ohne Melli lohnte sich der ganze Streit ja gar nicht.

Genau in diesem Moment klingelte es erneut an der Wohnungstür. Es war Frau Waschkowski.

»Fräulein Auwald, Herr Justin … haben Sie vergessen, dass Sie die Hauswoche haben? Es ist schon die halbe Woche um, und Sie haben immer noch nicht die Treppe geputzt, wenn ich erinnern darf.« Bei diesen Worten machte sie ihren Hals so lang wie eine Giraffe, um nur ja einen Blick in die Wohndiele erhaschen zu können. Das gelang ihr wohl auch, denn sie bekam förmlich Stielaugen, woraus ich schloss, dass sie zumindest Boris gesehen hatte.

»Was … was ist denn bei Ihnen los, wenn ich … wenn ich mal fragen dürfte?«, stotterte sie total geschockt.

»Dürfen Sie nicht!«, schnauzte ich sie an und wollte ihr grade die Tür vor der Nase zuknallen, als ich es mir anders überlegte und sagte: »Aber ich sage es Ihnen auch so: Wir feiern hier eine Orgie, und da das eine ziemliche Sauerei mit sich bringt, putzen wir die Treppe natürlich erst danach!«

Just in diesem Moment tauchte meine Mutter hinter ihr im Treppenhaus auf. Ach, du Schreck, die hatte meine Worte aber doch hoffentlich nicht gehört?

»Aber die Hausordnung …«, lamentierte Frau Waschkowski erneut.

Ich schob sie von der Schwelle und zog meine Mutter rein. »Wir putzen die Treppe schon, Frau Waschkowski«, sagte ich genervt, »später … Sie sehen doch, ich kriege grade Besuch von meiner Mutter.«

Sie drehte sich um und ging kopfschüttelnd die Treppe hinunter, wobei sie etwas vom Verfall der Sitten murmelte.

Ich schloss die Tür und konnte mich nun endlich meiner Mutter widmen. Die hatte ich tatsächlich völlig vergessen, dabei war ich so froh gewesen, dass sie sich endlich bereit erklärt hatte, zusammen mit Justin und mir über Robbie zu reden, um endlich eine tragfähige Lösung zu finden. Ich jedenfalls konnte die Verantwortung für den Knaben nicht länger tragen und wollte wirklich nicht schuld daran sein, wenn er sich durch seinen pubertären Trotz sein ganzes Leben versaute.

»Schön, dass du da bist, Mama«, sagte ich und drückte ihr ein Küsschen auf die Wange. »Am besten gehen wir in mein Zimmer, hier ist es grade … äh … nicht so gemütlich.«

Das war kaum zu übersehen, auch wenn Boris es inzwischen geschafft hatte, seine Klamotten einzusammeln. Da er sie aber nur verstört an sich presste, änderte das nichts daran, dass er noch immer halbnackt im Chaos wandelte.

Allerdings sah er im Moment nicht halb so erleuchtet aus wie auf Mellis genialem *Apokalypse*-Bild, für das Boris Modell gestanden hatte. Damit versuchte er sich jetzt auch herauszureden – mit dem Modellstehen.

»Das … das interpretierst du alles total falsch«, sagte er zu Lars. »Das war eine rein künstlerische Sitzung …«

»Die ihr liegend auf dem Doppelbett abgehalten habt?«, schnaubte Lars wütend. »Raus!«

Justin ließ ihn brüllen, schnappte sich Boris und

schleppte ihn ins Bad. Und obwohl er vorher ja ziemlich über ihn hergezogen hatte, sagte er: »Betrachte dich als mein Gast. Zieh dich an, und wenn du willst, kannst du zum Essen bleiben.« Dann wandte Justin sich an Lars. »Wer hier rausfliegt, bestimmst nicht du«, sagte er zu ihm. »Oder hast du inzwischen einen Mietvertrag für die WG?«

»Dann fick du doch auch mit ihm!«, knurrte Lars und stürzte an meiner erschütterten Mutter vorbei aus der Wohnung.

»Wenn du Melli weh tust, dann ist es mit meiner Freundschaft vorbei«, rief Justin ihm nach.

Da war mir klar, dass er sie insgeheim liebte.

»Gott, Kind«, stammelte meine Mutter, »das ist ja Sodom und Gomorrha!«

»Genau, Mama«, sagte ich innerlich frohlockend und dirigierte sie zu meinem Zimmer. »Dann verstehst du jetzt sicher auch, warum Robbie nicht wieder bei uns wohnen kann. Seine Seele würde gewiss Schaden nehmen.«

♡ ♡ ♡

Alle reden Stuss, aber Männer anders als Frauen!

Wir sprachen nach diesem Schock erstaunlich sachlich über Robbie und seine Zukunft, und Mama versprach, sich endlich zu Hause bei unserem Vater durchzusetzen.

»Du hast recht, Kind«, sagte sie zu mir. »Robbie hat sich nun lange genug die Hörner abgestoßen, er gehört wieder nach Hause. Er hat so ein schönes Zimmer, und da hat er doch auch genug Platz, um seine kleine Freundin mitzubringen … wenn es sein muss.«

Ich grinste, weil ich es total gut fand, dass sie nun bereit war, auf den Kleinen einzugehen. Also war es abgemacht.

»Ich suche Robbie, und wenn ich ihn gefunden habe und er ist einverstanden, dann kannst du ihn abholen. Okay?«

Sie nickte.

»Na, komm, dann essen wir jetzt was. Justin hat Auflauf gemacht, der wird dir schmecken.«

Zwar zögerte meine Mutter zuerst etwas, aber als Boris mit der Bemerkung »Zu viel Stress hier« Justins Essenseinladung ausschlug und sich schlich, setzte sie sich doch zu uns. Und weil sich der Sturm nun gelegt hatte, konnte ich auch Melli noch überreden dazuzukommen.

Somit saßen wir bald alle in der Küche und aßen Justins leckeren Nudelauflauf, zu dem er noch einen knackigen Salat gemacht hatte. Ein einfaches, aber wirklich köstliches Essen.

Das fand auch meine Mutter, und selbst Mellis Laune schien sich zu bessern, und sie langte tüchtig zu. Na ja, Kiffer sind ja notorisch hungrig! Dann wollte sie aber doch etwas mehr über Jacky wissen.

»Was habt ihr nur immer mit der?«, fragte sie und schien echt irritiert zu sein. »Warum sollte Lars etwas mit ihr haben?«

Ich wollte grade sicherheitshalber das Thema wechseln, als mir meine Mutter ins Wort fiel.

»Jacqueline Niederstrasser? Was habt denn ihr mit der zu tun?«

»Nichts«, sagte ich blitzschnell.

Was meine Mutter aber nicht davon abhielt, zu erzählen, dass sie in ihrer Werbeagentur eine Anzeigenkampagne für die Immobilienfirma von Jackys Vater gestaltet hatte.

»Sie ist da jetzt mit eingestiegen, weil es wohl mit dem Jurastudium nicht so geklappt hat. Na ja, jedenfalls mussten wir in alle Anzeigen Fotos von ihr reinbringen. Dabei wirkt sie ja nun alles andere als seriös ...«

Da konnte ich meiner Mutter nur zustimmen.

Als meine Mutter gegangen war, stattete ich Melli einen kurzen Besuch ab. Da gab es noch ein paar Dinge, die ich wirklich gerne klären wollte.

»Hast du mit Boris geschlafen?«

»Grundgütiger, nein! Wie kommst du auf so einen abartigen Einfall!«

»Nun, ich bin ja nicht die Einzige, die bei seinem halbnackten Anblick auf diese Idee gekommen ist.«

Sie schaute mich prüfend an. »Lars?«

»Ich denke schon.«

»So ein Quatsch! Ich habe seit ewigen Zeiten nichts mehr mit Boris. Ich wollte nur nicht, dass er sich mit seinen versifften Klamotten auf mein neues Bett legt.«

Eine etwas fadenscheinige Erklärung, dachte ich, aber typisch Melli. Spontan, unüberlegt und von keiner Sorge über die Wirkung einer solchen Aktion auf andere Menschen angekränkelt. Na ja, andere Menschen hätten es ja auch normalerweise nicht mitgekriegt. Ich war also beruhigt, was den Seitensprungverdacht betraf, und traute mir zu, Lars diese Situation nun einigermaßen glaubwürdig erklären zu können. Dann würde der sich schon wieder abregen.

Melli war jedoch noch nicht beruhigt. »Weißt du«, sagte sie nachdenklich, als ich mich erhob und in mein Zimmer zurückgehen wollte, »diese Jacqueline Niedermeyer ... oder wie die heißt ... die interessiert mich nicht wirklich. So ein One-Night-Stand, das bedeutet nichts für ihn ... und für mich ... Nur wenn er sie schon früher kannte und sie jetzt wieder trifft ...«

Ich schaute sie fragend an.

»Wenn er ...« Sie stockte, weil es ihr offensichtlich peinlich war, über ihre Ängste zu sprechen, aber dann fuhr sie doch fort. »Wenn er also ... Ich meine, wenn er es mit ihr ein zweites Mal getan hätte, das würde mich schon treffen. Das wäre echt Verrat!«

Als ich wieder an meinem Schreibtisch saß, sah ich hinüber zu Nevilles Wohnung. Nichts rührte sich – ausgeflogen, der Vogel.

Mir gingen Mellis Worte nicht aus dem Kopf. Ich konnte sie gut verstehen. Bisher hatte sie die Gewissheit gehabt, dass Lars, der Mr One-Night-Stand unserer Stadt, nur mit einer einzigen Frau mehr als einmal geschlafen hatte, nämlich mit ihr. Mit dieser Gewissheit schaffte sie es offenbar, mit einem Mann liiert zu sein, der als der Obergockel der Stadt galt. Aber das waren auch klare Spielregeln, und das Ganze funktionierte nur, wenn Lars sie nicht brach. Wenn er nicht auch mit anderen Frauen ein zweites Mal in die Kiste sprang.

Und da war ich mir in Bezug auf Jacqueline Niederstrasser wirklich nicht sicher. Sie war schon zu unserer Schulzeit total scharf gewesen, und sie bekam immer alles, was sie wollte, besonders wenn es zwei Beine hatte und Eier dazwischen. Daher machte ich mir um die Beziehung von Melli und Lars wirklich ernsthafte Sorgen.

Drüben an Nevilles Schlafzimmerfenster tauchte der Schattenriss einer Gestalt auf, die offensichtlich zu mir herüberschaute. Hm, aber ich wollte ihn jetzt nicht sehen.

Im Übrigen galt für mich dieselbe Regel wie in Mellis Beziehung: Einmal ist keinmal, aber zweimal ist einmal zu viel.

Vergiss mich, Neville!, dachte ich. Du weißt so gut wie ich, dass ich einen Freund habe und ihn behalten will.

Weil mich Nevilles Anblick am Fenster gegenüber annervte, stand ich auf und zog meine Laufschuhe an, um durch einen kleinen Parcourslauf den Kopf wieder frei zu kriegen.

Unbewusst lenkte ich meine Schritte in die Gegend, wo Robbie mit den Punks rumgehangen hatte.

Tatsächlich traf ich ihn wieder dort an. Er saß mit Jenna und Putzi auf seinem Schlafsack und sah irgendwie klein und schutzbedürftig aus. Als ich näher kam, sah ich, dass er total verschnupft war. Auch Jenna wirkte alles andere als frisch. Alle beide konnten einen Waschgang und anschließend ein sauberes, warmes Bett gebrauchen.

Aber ich beschloss, hier keinen großen Aufriss zu machen, und sagte darum betont locker und eher beiläufig: »Hey, Bruder, pack mal zusammen! Heute steigt bei uns 'ne Party. Ihr seid eingeladen!«

»Echt?«, fragten beide wie aus einem Munde, und in ihre trüben Augen trat direkt ein bisschen Glanz.

Wir alle sind aus Sternenstaub, in unseren Augen warmer Glanz. Wir sind noch immer nicht zerbrochen, wir sind ganz.

Ich würde schon dafür sorgen, dass diese beiden Kiddies nicht zerbrachen, hier auf der Straße.

»Los, hopp!«

»Und du bist nicht mehr sauer wegen der Wohnung von Jean-Paul?«

Ich schüttelte den Kopf. »Wenn du dein erstes Geld verdienst, schicke ich dir die Rechnung.«

Er grinste. »Und Putzi?«

»Nimm den Köter halt mit.«

»Na, dann.« Er schlug mit zwei Kumpels die Hand ab.

»Man sieht sich.«

Na, hoffentlich so schnell nicht wieder, dachte ich.

Natürlich war Robbie sauer, als er dann in der WG feststellen musste, dass ich ihn gelinkt hatte und es keine Fete gab, dafür aber einen Freifahrschein nach Hause. Aber Justin packte ihn am Kragen, als er abhauen wollte, und zerrte ihn aufs Sofa zurück. Wir schickten Robbies Kleine erst mal ins Bad und setzten ihm dann die Pistole auf die Brust.

»Versau dir nicht deine ganze Zukunft!«, sagte Justin. »Schließlich hast du genug Grips im Kopf, um dein Abi zu schaffen. Geh wieder in die Schule! Zieh das durch, und dann hast du deine Freiheit. Und das ist dann echte Freiheit, nicht so ein Pseudokack zwischen Mülltonnen und Drogen.«

Die Sprache verstand Robbie offenbar, und als Paula dann anbot, dass Jenna doch vielleicht eine Lehre bei ihrer Mutter im Frisiersalon machen könnte, weil die jetzt auch etwas krassere Kundschaft hätte, da erschien ihm die bürgerliche Welt plötzlich nicht mehr ganz so übel.

Als Jenna frisch duftend wieder auflief, fand auch sie die Idee zumindest überlegenswert.

»Wenn du willst, frage ich meine Mutter, ob du in meinem alten Zimmer wohnen kannst«, schlug Paula vor.

Blieb nur ein Problem.

»Papa will keinen Hund im Haus.«

»Dann gehe ich auch nicht zurück. Ohne Putzi nicht!«

Schöner Mist.

Aber Justin machte einen Vorschlag: »Was hältst du davon, wenn ich ihn in Pflege nehme, bis du dein Abi hast? Putzi mag mich, und du kannst ihn sooft besuchen, wie du willst, gehst mit ihm spazieren und kümmerst dich um ihn, wenn du aus der Schule kommst.«

Das schien ein gangbarer Kompromiss zu sein, aber was würde Melli mit ihrer Hundehaarallergie dazu sagen?

In Robbies Gesicht las ich seine widerstreitenden Gefühle wie in einem offenen Buch.

»Mach es«, riet ich ihm, obwohl ich ahnte, dass Melli mich womöglich lynchen würde. »Ein besseres Angebot kriegst du nicht mehr.«

Das sah Robbie ein, und die Sache war gebongt.

Wir scheuchten auch ihn unter die Dusche, und ich rief meine Mutter an, die nach Dienstschluss mit frischen Klamotten kam, um Robbie und Jenna abzuholen. Seine versifften Sachen packte ich mit spitzen Fingern in eine Plastiktüte und gab sie ihr mit.

Sie drückte mich fast tot vor Freude, und weil ihre Dankbarkeit keine Grenzen kannte, steckte sie mir einen etwas größeren Geldschein zu und sagte: »Kauf dir was Schönes, Kind. Danke für alles.«

Als Robbie weg war, kroch Melli wieder aus ihrem Atelier hervor. Sie hatte Ringe unter den Augen und sah total schlecht aus. Ich kochte ihr einen Tee, und Paula und ich setzten uns zu ihr in die Wohndiele. Sie hockte wie ein Häufchen Elend in meinem AWO-Sessel. Lars hatte sich seit dem Zwischenfall mit Boris nicht mehr gemeldet, und Melli wurde von den schlimmsten Befürchtungen geplagt.

»Und wenn er mich doch mit dieser Jacqueline Niedermeyer betrügt?«

»Niederstrasser«, korrigierte Paula. Aber selbst das ging Melli am Allerwertesten vorbei.

»Ist doch wohl scheißegal, wie die Tussi heißt!«

»Also, ich kann mir das bei Lars wirklich nicht vorstellen«, sagte ich gegen meine Überzeugung, und Paula sagte gar nichts.

Das fiel Melli natürlich sofort auf. »Was ist? Warum sagst du nichts, Paula? Weißt du was Neues, dann spuck's aus!«

Es war Paula sichtlich unangenehm, so direkt angesprochen zu werden, aber als ehrliche Haut, die sie nun mal war, sagte sie schließlich: »Ich ... äh ... habe sie heute zufällig gesehen, als ich aus dem Theater kam. Sie ... äh ... fuhren in ihrem roten Sportwagen ...«

»Wer sie?«

»Sie und ... Lars.«

Melli jaulte auf, und in dem Moment kam Justin mit dem Hund in die Diele. Der kriegte total den Schreck und jaulte ebenfalls panisch. Melli kreischte hysterisch und zog die Beine auf den Sessel.

»Was ... was soll das? Wieso ist dieser Köter wieder hier?«

»Ähm, ja, das wollte ich dir noch sagen ...«, fing ich an, aber Justin kam mir zuvor.

»Ich habe Putzi in Pflege genommen.«

»Du hast *was*?!«

»Melli«, sagte ich besänftigend. »Putzi ist wirklich ein ganz lieber Hund, und er haart auch fast gar nicht, und er wird dich kein bisschen belästigen. Er ist immer bei mir oder bei Justin im Zimmer ...«

»Aber er ist nicht mal stubenrein!«, kreischte sie weiter in der unnatürlich hohen Tonlage einer Teenagervertreibungsmaschine.

Gut, dass ich kein Teenie mehr war und die meisten Töne gar nicht mehr hörte. Im Gegensatz zu Putzi, der außerordentlich gequält wirkte.

»Ach, die Stubenreinheit kriegen wir schon in den Griff. Wir müssen halt nur regelmäßig mit ihm Gassi gehen.«

Justin grinste. »Und, Melli, es wäre vielleicht ganz gut, wenn du dich doch mit ihm anfreunden könntest. Man sagt Hunden eine wunderbare therapeutische Wirkung auf die menschliche Psyche nach.«

Sie stand auf und sah Justin giftig an. »Dann ist das Vieh bei dir ja richtig!« Und da sie sich gegen uns drei offenbar keine Chance ausrechnete, fügte sie hinzu: »Wehe, ich erwische diese Bestie in der Küche, im Badezimmer oder in meinem Atelier!«

Hm, Melli machte mir ernstlich Sorgen. Sie reagierte im Moment wirklich auf fast alles reichlich hysterisch. Die Sache mit Lars und Jacqueline Niederstrasser schien ihr unheimlich zuzusetzen. Höchste Zeit, dass da etwas geschah!

Misch du dich besser nicht ein, riet mein innerer Coach, aber das wollte ich ihm nicht versprechen.

Ich konnte eine Freundin einfach nicht so leiden sehen. Wenn nur die dumme Prüfung nicht wäre! Dadurch kam ich zu gar nichts mehr.

Justin zumindest war froh. Er fasste Mellis Abgang als Sieg auf, tätschelte Putzi den Kopf, den er auf seine Knie gelegt hatte, und sagte mit kaum unterdrücktem Triumph in der Stimme: »Na, bitte, Alter, was habe ich gesagt: Kannst bleiben.«

♡ ♡ ♡

Das alles hatte mich natürlich in meinen Prüfungsvorbereitungen für das Mündliche extrem zurückgeworfen. Also hing ich in den nächsten Tagen trotz des schönen Wetters meist in der Bibliothek herum und schaffte mir Kieslings Spezialgebiete drauf.

Bei einer kleinen Kaffeepause in der Cafeteria der Zentralbibliothek lief mir Neville über den Weg. Der schien ebenfalls unheimlich beschäftigt zu sein, denn ich hatte seit der Party nichts mehr von ihm gehört.

Auch jetzt wirkte er nicht so wirklich erfreut mich zu sehen. Irgendetwas hatte er doch!

Hatte er tatsächlich, nämlich einen neuen Job. Nach einigem Herumdrucksen rückte er damit raus.

»Du, ich habe seit Neuestem einen Hiwi-Job bei Professor Kiesling«, sagte Neville.

Ich schluckte. Wessen Job er gekriegt hatte, war ja transparent.

»Du ... äh ... arbeitest doch auch noch für Kiesling, oder?«

»Nein«, sagte ich also leicht muffig und rührte frustriert mit einem Holzstäbchen meinen Kaffee um. Der wurde auch immer dünner und kostete inzwischen sechzig Cent. Schierer Wucher! »Mein Vertrag ist ausgelaufen.«

»Du meinst, ich habe jetzt deinen Job?« Das schien ihm peinlich zu sein, denn er verstummte erst mal.

»War schön mit dir neulich«, sagte er nach einer Weile. Hm, erwartete er jetzt ein Kompliment? »Könnten wir mal wieder machen.«

»Wohl eher nicht«, sagte ich. »Du weißt ja, ich bin in festen Händen.«

Neville schwieg, und ich hatte nichts hinzuzufügen.

Die ganze Uni konnte mich mal. Es war wirklich an

der Zeit, dass die mündlichen Prüfungen anfingen. Hier drehte doch im Moment jeder am Rad, der noch nicht in den Semesterferien war.

Als ich mit der Straßenbahn zur Jägerstraße fuhr, wurde mir wieder mal bewusst, dass die fehlenden Einkünfte aus dem Hiwi-Job in meiner Haushaltskasse in Zukunft ein schmerzliches Loch hinterlassen würden.

Na gut, dann ließ ich das Mittagessen eben nicht nur jeden zweiten Tag, sondern jeden Tag ausfallen. Wenn Justin mich dann hin und wieder bekochen würde, sollte das doch reichen. Ich musste ohnehin ein wenig auf meine Linie achten.

Ich sah grübelnd aus dem Fenster, und als die Bahn durch die Nordstadt fuhr, prügelten sich direkt am Bahndamm zwei Jugendbanden mit Zaunlatten. Ein höchstens zehnjähriger Junge, der auf einem leeren Ölfass hockte und darauf herumtrommelte, feuerte sie an.

Was war ich froh, dass ich Robbie nun erst mal von der Straße weggekriegt hatte. Ich stieg am Zeitungskiosk aus und flankte über die Absperrung.

Als ich in der WG ankam, stürzte Melli sofort total aufgeregt aus ihrem Zimmer.

»Alix? Bist du da?«, fragte sie überflüssigerweise, während sie mich dabei beobachtete, wie ich meine Jacke auf die Garderobe warf und die Sportschuhe unter die Bank katapultierte.

»Ja, bin ich«, sagte ich also trocken. »Mein Alias hat heute frei.«

Melli kicherte kurz, war dann aber wieder völlig von dem absorbiert, was sie mir unbedingt und ganz schnell mitteilen musste.

»Halt dich fest!«, quiekte sie. »Ich habe ein Bild verkauft!«

»Wie, was? An wen?«

Ich war wirklich geplättet.

»An deinen Neville!«

Ach je! Der versuchte es aber mit allen Mitteln.

»Er ist nicht *mein* Neville.«

»Dann nicht *dein* Neville. Jedenfalls hat er *Anfang 14* gekauft und sofort bezahlt.« Sie wedelte mir mit ein paar Banknoten vor den Augen herum.

Hm, der Knabe ließ ja wohl nicht locker. Nun versuchte er sich auch noch bei meinen Freunden einzuschleimen. Aber für Melli war es natürlich die Rettung. Sie fuhr gleich mit der Vespa los, um neue Farben zu kaufen, und als sie schwer beladen zurückkam, war sie wie ausgewechselt und endlich wieder die Melli, die ich kannte und liebte.

Ich kochte uns erst mal einen indischen Chai Latte, und Melli tischte dazu ihren Lieblingsdickmacher auf: Rumkugeln vom Bäcker um die Ecke.

»Da habe ich Neville übrigens getroffen. Er hat mich gleich angesprochen, und dann habe ich ihn mit in mein Atelier genommen und ihm die Bilder gezeigt, und er hat *Anfang 14* gekauft, und wir haben es auch gleich bei ihm aufgehängt.«

»Wo?«, fragte ich beiläufig, weil es mich eigentlich nicht wirklich interessierte.

»Über dem Doppelbett.« Sie grinste. »Sieht total cool aus.«

Ich nickte, denn genau so hatte ich mir das vorgestellt.

»Schön«, sagte ich also. »Prima, dass er meinen Tipp gleich aufgegriffen hat.«

»Du warst das?«, fragte Melli erstaunt. »Du hast ihm gesagt, dass ich male? Das hat er mir gar nicht erzählt.«

Sie sprang auf, drückte mich und jubelte: »Danke, du hast mein Leben gerettet!«

Als sie sich wieder beruhigt hatte, hockten wir noch eine Weile zusammen, sogen den Duft der Teegewürze ein und schauten ein paar entspannte Augenblicke in die Flammen der Kerzen.

Wie wohlig so ein Teestündchen mit der Freundin doch war. Ich hatte plötzlich ein ganz warmes Gefühl für Melli und war total glücklich, dass sie trotz ihrer Bedenken mit mir und Paula in diese WG gezogen war.

»Bist du auch so zufrieden hier wie ich?«, fragte ich schließlich leise.

Melli schlürfte hörbar ihren Tee.

»Das sind schon echte Glücksmomente, hier so mit dir zu sitzen«, sprach sie genau das aus, was ich gedacht hatte. Ich liebte sie dafür.

♡ ♡ ♡

Und dann war es endlich so weit. Der Tag der mündlichen Prüfung war da. Ich stand früh auf, damit mir Paula noch die Haare machen konnte, und zog mich dann gediegen an. Ich wollte so seriös wie möglich rüberkommen und Kieslings Hormonen keinen Anlass geben, bei meinem Anblick Salsa zu tanzen. Schließlich war Frau Mikau Beisitzerin, und als Frauenbeauftragte hielt sie gar nichts von Studentinnen, die mit einem sexy Outfit und einem Dekolleté bis zum Bauchnabel versuchten, bei den Professoren ihren Notenschnitt anzuheben.

Mir schlotterten die Knie, und in meinen Handflächen sammelte sich kalter Schweiß. Daher war es mir außerordentlich peinlich, als die Mikau mir zur Begrüßung die Hand reichte und sie dann gleich an ihrem Rock abputzte. Sehr aufmunternde Geste!

Sie jedenfalls wusste nun, dass ich total aufgeregt war. Wenn Kiesling mir jetzt auch noch die Pfote quetschte, war ich geliefert.

Aber er verzichtete auf einen Händedruck, so dass ich wenigstens vor ihm meine physiologische Entgleisung verbergen konnte. Es musste ja wirklich nicht jeder gleich mitkriegen, dass ich voll die Paras schob.

»Nehmen Sie doch Platz, Frau Auwald«, sagte er mit jovialem Lächeln, so als wäre nie etwas anderes zwischen uns gewesen als die freundliche Distanz zwischen Lehrer und Schüler.

Meine Herren, der Typ hatte sich echt unter Kontrolle. Was ich von mir nicht wirklich behaupten konnte.

Er sah mich mit einem kontrollierenden Blick an. »Fühlen Sie sich gut und in der Lage, die Prüfung abzulegen?«, fragte er.

Im ersten Moment war ich über so viel Anteilnahme direkt ein wenig gerührt. Wie nett, dass er sich so freundlich nach meinem Befinden erkundigte, nach all dem, was unausgesprochen zwischen uns hing.

Aber dann sagte er zu der Mikau: »Notieren Sie bitte für das Protokoll: Frau Auwald erklärt, dass sie körperlich und seelisch in der Lage ist, die Prüfung durchzuführen.«

Na, sauber! Der sicherte sich aber gründlich ab. Wobei er mich ja nicht wirklich nach meinem Seelenzustand gefragt hatte. Der war nämlich alles andere als prüfungstauglich!

»Wie bitte?« Kiesling sah mich etwas verwundert an, und auch Frau Mikau schaute direkt besorgt. Ich hatte doch nicht schon wieder laut gedacht?

Wäre wirklich gut, wenn du nur sprechen würdest, wenn du gefragt wirst, sagte mein innerer Coach, doch dieser Tipp kam ein wenig spät. *Und ansonsten hältst du besser die Klappe, wenn du nicht in Teufels Küche kommen willst!*

»Was sagten Sie über Ihren Seelenzustand, Frau Auwald?« Diesmal war es die Mikau.

»Äh, nichts … Ich … ich meine, der ist ja wohl allgemein bei Prüflingen etwas instabil … Ist er doch, oder?«

»Aber stabil genug für die Prüfung schon?«, fragte Kiesling. »Blenden Sie einfach mal Ihre privaten Befindlichkeiten aus und konzentrieren Sie sich auf die Sache.«

Das war ja nun ein sehr praktischer Rat, wenn das private Problem direkt vor einem saß. Nein, Herr Professor Kiesling, so einfach war das wirklich nicht, und ein paar abgewandelte Zeilen aus dem Gedicht über »Archibald Douglas« geisterten durch mein Gehirn. *Ich sehe Sie nicht, Herr Kiesling, das ist alles was ich kann. Ein Professor vor meinem Angesicht ist nur eine Lehrkraft und kein Mann.*

Gott, was war ihm sein Teil in der Hose geschwollen, als er mich auf seinen Schreibtisch drückte …

Ich schluckte, und einen Moment lang krallten sich unsere Blicke ineinander, als wollten sie einen Ringkampf austragen. Hallo, wer zwinkert zuerst?

Ich senkte den Blick. Für den Sieg bei so einem

Spielchen würde ich es doch nicht riskieren, ihm seine Laune zu verderben. Sollte er sich doch überlegen fühlen. Hauptsache, ich kam heil und mit einer anständigen Note aus dieser Prüfung raus.

Inzwischen lief mir der Schweiß auch die Achseln runter, und ich war froh, einen dunklen Pulli aus gut aufsaugendem Material angezogen zu haben. So schwamm ich nicht gleich weg und man sah die Schweißränder nicht so deutlich wie auf einem hellen Teil. Tja, alles eine Frage der guten Vorbereitung.

Nun gut, allein damit würde ich aber wohl kaum punkten können, das war schließlich nur eine Marginalie, die ausschließlich meiner eigenen Befindlichkeit diente und allenfalls mein Selbstbewusstsein davor bewahrte, sich in den Keller zu verabschieden.

Ich versuchte herauszufinden, was Kiesling wohl dachte. Erinnerte er sich ebenso wie ich gerade an die Szene mit Justin in seinem Büro? Dann war er garantiert nicht so peacig gestimmt. Für einen Heiligen, der vollkommen über seinen Gefühlen stand, hielt ich ihn jedenfalls nicht.

Er grinste irgendwie still in sich hinein.

Hm, dann dachte er doch sicherlich an was anderes. Vermutlich ging er mal eben seine Möglichkeiten, mich zu piesacken, mental durch. Da wäre es schon besser, wenn er an die Szene, die Justin ihm gemacht hatte, denken würde, denn dann würde er wieder wissen, dass es nichts zu lächeln für ihn gab. Wenn ich wollte, konnte ich schließlich immer noch ... und praktischerweise saß die Fachbereichsfrauenbeauftragte ja direkt am Tisch neben ihm. Wenn der also auf den Gedanken kommen sollte, mich mies zu behandeln, musste ich mich nur an

Frau Mikau wenden. Der Gedanke zauberte mir direkt ein kleines Lächeln ins Gesicht. Was für eine pikante Situation!

Das konnte wirklich heiter werden.

»Nun, ich sehe, es geht Ihnen tatsächlich gut«, meinte Kiesling, offenbar in Anspielung auf mein Grinsen, das für ihn sicherlich unmotiviert war.

Er blätterte in seinen Unterlagen.

»Die Vordiplomsprüfung soll Auskunft darüber geben, ob Sie die wichtigsten Grundlagen der Medienwissenschaften beherrschen, das heißt, ob Sie das Grundstudium mit Erfolg absolviert haben. Womit möchten Sie also beginnen?«

Da fiel mir jetzt so spontan gar nicht mal was ein. Ich hatte ihm doch eine Themenliste eingereicht. Hatte er die etwa vergessen?

Ups! Schon wieder laut gedacht. Musste mit dem Stress zusammenhängen, dass ich meine Gedanken mal wieder auf der Zunge trug und sie auch noch so unkontrolliert von mir gab!

»Nein, Frau Auwald, die habe ich nicht vergessen. Aber könnte es sein, dass Sie vergessen haben, was draufsteht?« Er klang irgendwie süffisant. »Ich wollte Ihnen durch die freie Wahl der Thematik eigentlich den Einstieg erleichtern, aber wenn Sie etwas mehr inhaltliche Unterstützung brauchen ...«

Mist, jetzt schrieb die Mikau doch bestimmt in ihr Protokoll: »Prüfling benötigt Hilfen«. Dafür gab es sicher schon gleich am Anfang Punktabzüge.

Das hatte Kiesling ja sauber hingekriegt. Er beherrschte doch weit subtilere Tricks, als ich gedacht hatte. Dem gelang es noch, mich vollkommen fertig zu machen und bei der Mikau dennoch den Eindruck zu hinterlassen, dass seine Prüfung entgegenkommend und fair gewesen war. So ein Scheißkerl!

Mir stieg natürlich sofort die Röte in den Kopf. Wenn das nun in dem Stil weiterging, war ich am Ende dieser dreißig Minuten tot. Da konnte Melli, die draußen auf mich wartete, schon mal den Leichenwagen bestellen.

Kiesling schaute nun in die Mappe, die ich für die Prüfung zusammengestellt hatte. Themen- und Literaturliste, Studiennachweise, Schwerpunktsetzungen.

»Kommunikationspsychologie«, sagte er abrupt. »Fällt Ihnen dazu etwas ein?«

Ja, dachte ich. Para-Kommunikation – all das, was im Moment unausgesprochen zwischen uns stand und mir das Leben schwer machte!

Nun schweif nicht immer ab!, mahnte mein innerer Coach. *Dir wird doch wohl noch was anderes einfallen als diese abgefuckte Beziehungskiste zwischen euch!*

Ja, ja, ja! Tat es ja. Jede Menge ... total viel ... Watzlawick, Maletzke, Schulz von Thun, Goffman ... Wir alle spielen Theater, setzen uns Masken voreinander auf und kommunizieren auf verschiedenen Lebensbühnen wie in einem riesigen Theatersaal ... Kommunikation als situations- und statusabhängiges Rollenspiel ... Männer und Frauen kommunizieren in unterschiedlichen Sprachen ...

»Du kannst mich einfach nicht verstehen!«

»Wie bitte?« Kiesling wirkte etwas schockiert und die Mikau erst recht. Die guckte, als hätte ich Kiesling seinen professoralen Heiligenschein vom Kopf gezerrt und wie einen Diskus aus dem Fenster geschleudert.

Majestätsbeleidigung! Majestätsbeleidigung!

Die dachte doch garantiert, ich hätte Kiesling geduzt. Und dass mir das irrtümlich rausgerutscht wäre, weil ich mit ihm privat was am Laufen hatte.

Blitz und Donner von der Göttin der Emanzipation, wer immer sie war, auf mein Haupt! Was für ein Frevel!

»Äh, ich ... ich meine das Buch. Das Buch von Deborah Tannen, das diesen Titel trägt. Darin geht es um den Unterschied zwischen männlicher und weiblicher Kommunikation und darum, dass die Geschlechter sich gegenseitig nicht verstehen ... Diese ... äh ... Klischees, dass Frauen angeblich immer über Schuhe reden und Männer andere Vorstellungen davon haben, wie man ein Zwei-Minuten-Ei kocht ... also ... Sie kennen doch diese Szene von Loriot ... die mit dem Ei ... wo die Frau das nach ihrem Gefühl kocht und der Mann nach der Uhr und die beiden typisch männlich und weiblich argumentieren ... Das ist doch ein gutes Beispiel für Kommunikationspsychologie.« Ich schaute Frau Mikau verzweifelt an. Sie war doch Frauenbeauftragte, ihr musste das Thema doch liegen. »Nicht?«

»Nein«, meinte Kiesling trocken, und nicht das kleinste Lächeln spielte um seine Mundwinkel. »Ich würde Loriot nicht unbedingt zur kommunikationspsychologischen Grundlagenliteratur rechnen. Und was Tannen betrifft, da stimmt mir die Kollegin Frauenbeauftragte doch sicherlich zu, dass dies ein sehr populistisches und inzwischen völlig veraltetes Machwerk ist.«

Selten hatte ich jemanden in einem so geringschätzigen Tonfall über ein Buch sprechen hören. Aber was konnte ich dafür, wenn in unserer Bibliothek so ein Zeug herumstand?!

Die Mikau wollte mir offenbar hilfreich beispringen, denn sie sagte: »Vielleicht ist es wegen der vielen Nachahmer nicht mehr ganz aktuell, aber seinerzeit war es durchaus originell in der Betrachtungsweise. Von daher ist es durchaus ein Buch, das in den Grundlagenkanon über männliche und weibliche Kommunikation gehören könnte.«

Aha, dann war sie also schuld daran, dass es noch nicht ausgemustert worden war.

Kiesling lachte unfroh. »Wenn Sie die Prüfung gerne auf diesem Niveau fortführen wollen, Frau Auwald, bitte sehr. Ich persönlich hätte Ihre intellektuellen Möglichkeiten höher eingeschätzt.«

Na toll! Jetzt saß ich also komplett zwischen den Stühlen. Ignorierte ich die Unterstützung der Mikau, war die sauer, und laberte ich weiter auf dem Niveau populärwissenschaftlicher Bestseller, war ich bei Kiesling unten durch.

Mir wurde schlecht, und meine Zunge pappte pelzig am Gaumen. Hatte nicht mal jemand ein Glas Wasser?

Natürlich nicht. Kiesling trank Kaffee aus einem Pappbecher und bekam gar nicht mit, wie ich vor ihm verdurstete. Und falls er es mitkriegen sollte, ging es ihm sicher am Arsch vorbei. Die Prüfung war erst wenige Minuten alt, und schon begann Kiesling mich vorzuführen. Also doch Rache – kleinliche, miese Rache. Diese Ratte!

Ich hätte es mir denken können. Männer, die ihrer Frau drei Kinder machten und sie dann mit einer Studentin betrogen, hatten einfach keinen Anstand im Leib!

Ethik! Bei dem zählte doch nur eine Ethik: die der Macht.

Solche Männer meinten doch, sie könnten sich aufgrund ihres Aussehens und ihrer Stellung alles herausnehmen. Und wurden sie mal zurückgewiesen, waren sie zu jeder Sauerei fähig!

Ich hätte kotzen können vor Angst, die Prüfung in den Sand zu setzen. Was konnte ich tun, wenn er nicht wollte?

Nichts! Ich war ihm doch total ausgeliefert. Die ganze Büffelei hätte ich mir schenken können. Es hätte nicht viel gefehlt und ich wäre heulend aus dem Prüfungszimmer gestürzt.

Nun reiß dich aber mal am Riemen!, befahl mein innerer Coach. *Du hast doch nicht so viel mit Neville gelernt, um jetzt schon einzuknicken!*

Da hatte er natürlich recht. Also gut! Dann ging ich halt stilvoll zugrunde.

Kapelle! Bitte noch ein letztes Tänzchen, bevor die Titanic unterging.

Ich richtete mich innerlich und äußerlich ein wenig auf und holte erst mal tief Luft.

Als sie ertrunken war und im Wasser schwamm …

Gut, verschob ich die Endzeitgedanken erst mal auf später.

»Ja«, hob ich an, »ich sehe das ähnlich wie Frau Professorin Mikau …« Ich dachte mir, dass sie es schätzen würde, wenn ich nicht Professor Mikau, sondern Professor*in* sagte.

»Ich … ich dachte, es wäre vielleicht ganz anschaulich, mit einem praktischen Beispiel aus dem Buch von Frau Tannen zu beginnen …«

»Wir sind eine wissenschaftliche Hochschule, keine Fachhochschule …«

Arroganter Schnösel!

»Ja, ähm, vielleicht ist das ... äh ... ja auch gar nicht erforderlich, denn alle einschlägigen Werke der Kommunikationspsychologie kommen ... äh ... zu dem Schluss, dass der Mann aufgrund seines archaischen Erbes« – um nicht zu sagen seiner Steinzeitmentalität – »Kommunikation als eine Art Kampfhandlung betrachtet, aus der er als Sieger hervorgehen will ...«

Kiesling kriegte wieder diesen subtilen Ausdruck im Gesicht, und das lag wirklich nur daran, dass er seine linke Augenbraue in einer unnachahmlichen Weise hochzog.

»Ach, deswegen hat also auch die Frau immer das letzte Wort?«, sagte er.

»Hat sie ja gar nicht!«, mischte sich die Mikau ein. »Indem der Mann es ihr ständig vorwirft, hat er es ja bereits wieder an sich gerissen.«

Liebes Lieschen, wollten die jetzt hier einen Disput ausfechten? He, Leute, nur zur Erinnerung, das ist meine Prüfung!

Und so fiel ich den beiden etwas heftiger, als ich eigentlich wollte, ins Wort und sagte: »Was ja die Kampf-Sieg-Hypothese bestätigt.«

Die Mikau notierte etwas in ihrem Protokoll, und ich hoffte, dass der Punktsieg diesmal an mich ging. Kiesling jedenfalls schien das Thema abgeschlossen zu haben, denn er schaute auf meine Prüfungsunterlagen und sagte dann: »Sie haben Schulz von Thun in Ihrer Literaturliste angegeben – was halten Sie von seiner differenziellen Kommunikationspsychologie?«

Äh ... im Moment gar nichts, denn ich hatte den grade überhaupt nicht auf der Pfanne. Also Warteschleife ...

»Schulz von Thun«, wiederholte ich, um Zeit zu

gewinnen. »Meinen Sie jetzt in Bezug auf männliches und weibliches Kommunikationsverhalten oder … äh … allgemein?«

»Allgemein«, sagte Kiesling, und mit einem Seitenblick auf Frau Mikau fügte er hinzu: »Wir wollen hier ja nichts auf die Spitze treiben.«

Ich atmete erleichtert auf und versuchte, in meinem Gehirn nach ein paar herumtreibenden Wissensbruchstücken zu fischen.

Und da ging mir tatsächlich was ins Netz!

»Von Thun differenziert unabhängig vom Geschlecht nach bestimmten Kommunikationstypen …«

Äh, ja, aber welchen?

»Nun, dann nennen Sie uns doch mal ein kongruentes Paar.«

Ich schluckte. Eine simple Aufzählung verschiedener Typen hätte ich ja vielleicht noch hingekriegt, aber ein kongruentes Paar? Also noch mal Warteschleife … Tipps und Tricks aus dem Rhetorikkurs.

»Sie meinen also, ich … äh … soll Ihnen ein kongruentes Paar nennen. Also wie die Kommunikationspartner deckungsgleich kommunizieren … also zusammenpassen, sich ergänzen wie Topf und Deckel … Nut und Feder …«

Penis und …

Oh Gott, was dachte ich denn da schon wieder für einen Unsinn!

Kiesling griente nun ganz unverhohlen, als hätte er meine dirty Denke per Gedankenübertragung belauscht.

»Ja, genau das meinte ich. Haben Sie in der Richtung etwas anzubieten?«

Hatte ich. »Kann ich mit einem Beispiel beginnen?«

»Wenn es nicht wieder um das Kochen von Eiern geht und Sie wenigstens Fachhochschulniveau erreichen, bitte.«

Sackgesicht! Er machte mich inzwischen richtig wütend, wie er so überheblich und scheinbar im Besitz der ultimativen wissenschaftlichen Wahrheit dasaß.

Aber es half ja nichts. Ich nahm mich also zusammen und erzählte, was bei mir auf dem Klo zu dem Thema gehangen hatte und hängen geblieben war. Das war eigentlich doch eine ganze Menge. Leider wurde ich dann wieder etwas *zu* konkret.

»Sehr interessant«, meinte Kiesling mit ironischem Tonfall, »aber geht es auch etwas weniger abschweifend und privat?«

Ich fühlte, wie mir die Hitze flammend in die Wangen stieg. Bestimmt sah ich jetzt aus wie ein Weihnachtsapfel. Leider war es dafür aber die absolut falsche Jahreszeit.

»Äh, ja, tut mir leid, da sind mir wohl ein paar Gedanken auf die Zunge gerutscht, die da gar nicht hin sollten … äh, ja.«

Jetzt hält er mich für komplett ballaballa und hat keinen Funken Respekt mehr vor mir. Nicht mal mehr fürchten wird er mich nun noch. Er wird mich in die Tonne stampfen und seinen Triumph heute Abend mit irgendeiner Ische im *Viper* oder einem anderen exklusiven Club begießen. Ich hasste den Typ!

Nicht zu hassen! Zu lieben bist du da!, warf mein innerer Coach ein.

Als wenn die Antigone hier noch was brächte.

Klar bringt sie was: Peace of Mind! Relax!

»Also, was ich eigentlich damit sagen wollte, ist,

dass in Wahrheit die kommunikative Hilflosigkeit mancher Menschen nichts anderes ist als ein Schrei nach Zuwendung, nach Nähe, nach Liebe!«, fuhr ich fort.

Na bitte, geht doch!

Kiesling lächelte. »Können Sie sich vorstellen, dass Menschen mit einem solch hilfebedürftigen Kommunikationsstil ihre Umwelt ausbeuten?«

Vorstellen konnte ich mir das schon. Ich dachte an Robbie, der alle naselang bei mir angekrochen kam und Unterstützung erwartete. Konnte der sich mit seinen sechzehn Jahren nicht allmählich auch mal alleine mit unseren Eltern auseinandersetzen und seine Interessen selbst vertreten? Wenn ich an das Chaos dachte, das er in Jean-Pauls Wohnung hinterlassen hatte, wurde mir heute noch übel.

»Ich glaube schon, dass manche Menschen ihre Hilflosigkeit vorschieben, um andere auszunutzen. Sie haben mitunter ein recht bequemes Leben, wenn sie immer andere für sich die Kastanien aus dem Feuer holen lassen.«

Ich sah Kiesling an. Das war jetzt wahrscheinlich wieder mal nicht wissenschaftlich genug.

»Sprechen Sie aus eigener Erfahrung?«, fragte er prompt.

Aber es war mir doch etwas zu intim, darauf einzugehen. Trotzdem würde ich mit Robbie wirklich mal ein Wörtchen reden müssen.

»Man tut so einem Menschen nicht wirklich etwas Gutes, wenn man ihm immer all seine Probleme abnimmt«, sagte ich aus meinen Gedanken heraus. »Er lernt dann nie, sich selbst zu helfen.« War das jetzt okay?

Kieslings Gesicht konnte ich nichts ansehen. Glatt wie ein Kinderpopo, da war keine Regung abzulesen.

»Wissen Sie, wie es zu solchen Kommunikationstypen kommt? Hat Schulz von Thun dafür eine Erklärung?«

Ich kramte in meinem Gedächtnis, und da meine Festplatte inzwischen erfreulicherweise warmgelaufen war, fiel es mir deutlich leichter, etwas Sinnvolles zu finden.

»Er macht seelische Axiome für die unterschiedlichen Kommunikationsstile verantwortlich, die sich bereits in der frühen Kindheit ausgeprägt haben. Jeder von uns hat einen schreienden Säugling in sich …« Ups, nein! Oder doch? » … also bildlich gesehen. Ein Kleinkind, das vielleicht vernachlässigt wurde und sich als Erwachsener noch nach der Zuwendung der Mutter sehnt. Je nachdem, ob jemand frühe Zurückweisung erfahren hat oder überbehütet aufwuchs, ist sein Kommunikationsstil unterschiedlich geprägt.«

Das hatte ich jetzt doch super formuliert. Es stand ja auch auf meinem am meisten gelesenen Klozettel. Den Teil konnten selbst Melli und Paula schon runterbeten. Wenn das Kieslings wissenschaftlichen Ansprüchen nicht genügte, dann wusste ich es auch nicht.

»Was also versteht man unter einem seelischen Axiom?«

»Es ist eine Art innerer Befehl. Zum Beispiel wie … äh … bei Kant. Äh, ja, so eine Art kategorischer Imperativ …«

Hm, hoffentlich hatte ich da nicht ein bisschen weit ausgeholt.

Kiesling machte sich eine Notiz, und Frau Mikau schrieb eifrig ihr Protokoll. Jetzt hatte sie wenigstens mal was zu schreiben.

»Wie ist es bei einem distanzierten Kommunikationstypus? Sind diese Menschen wirklich so kalt und überheblich, wie sie nach außen wirken?«

Er sprach jetzt aber nicht von sich, oder?

»Nicht unbedingt. Es kann auch ein sehr verletztes Kleinkind hinter ihrer Fassade stecken. Das seelische Axiom lautet dann: Wenn ich Menschen an mich ranlasse, tun sie mir weh. Also kommuniziere ich lieber auf Distanz, dann kann mir nichts passieren.«

Wieder fiel mir Robbie ein. Es konnte gut sein, dass er genau diesen Typus ausbildete, wenn wir nicht aufpassten. Papa hatte ihn sehr verletzt, als er seine Freundin nicht anerkannt und ihn beim Skaterclub einfach abgemeldet hatte. Wir durften nicht zulassen, dass er sich nun in ein seelisches Schneckenhaus zurückzog, wo er einsam seine Wunden leckte.

»Sehr interessant«, sagte Kiesling. »Darf man erfahren, wer Robbie ist?«

Gott, ich wäre vor Schreck fast vom Stuhl gefallen. Was hatte der nun schon wieder in meinen Gedanken zu suchen?

Frag lieber, was deine Gedanken in der Prüfung zu suchen haben! Frau Mikau hört auch schon sehr interessiert zu.

Merde!

»Äh, pardon!«, stammelte ich. »Das … das wollte ich eigentlich gar nicht sagen.«

»Und warum nicht? Es ist doch ein treffender Transfer des Theorieansatzes. Wer also ist dieser Robbie?«

»Mein Bruder. Er ... haut gerne mal von zu Hause ab und hängt dann in der Punkerszene herum. Und man muss ihm wirklich jedes Wort aus der Nase ziehen, denn von alleine sagt der gar nichts und geht nur auf Distanz.«

»Und wie alt ist das Brüderchen?«

Brüderchen ist gut.

»Sechzehn«, sagte ich und wusste überhaupt nicht, warum wir plötzlich über Robbie sprachen.

»Na«, meinte Kiesling jovial, »dann kann ich mich bei meinen Söhnen ja noch auf einiges gefasst machen.« Er wandte sich an Frau Mikau. »Das bitte außerhalb des Protokolls, Frau Kollegin.«

Irgendwie lief plötzlich alles besser. Ich hörte auf, in Kiesling den großen bösen Wolf zu sehen, der Rotkäppchen verschlingen wollte, und er schien sich nicht mehr so eingeklemmt zu fühlen zwischen den zwei großen F: Frauenbeauftragte und Fehltritt.

Jedenfalls wirkte er ebenfalls entspannter, als er die nächsten Gebiete aus den Grundlagenfächern abfragte. Ich wurde Goffmans Rollentheorie der Kommunikation los, wusste, wie viel von den Fernsehnachrichten beim durchschnittlichen Zuschauer hängen blieb, konnte erklären, wie man Meinungsumfragen machte und warum es bisher keine eindeutige Antwort auf die Frage gab, ob Medienkonsum aggressiv machte. Ich spulte dazu die gängigen Theorieansätze ab und diskutierte mit Kiesling relativ ausführlich über die Habitualisierungshypothese, also über die Frage, ob das Anschauen von Gewalt in den Medien, also virtuelle Gewalt, dazu führte, dass Menschen auch gegenüber realer Gewalt abstumpften.

Dabei hatte ich Bilder von rechten Schlägertrupps im Kopf, die eine Schauspielergruppe krankenhausreif geprügelt hatten, nur weil sie für ihr Stück wie Punks kostümiert waren.

»Deswegen musste ich auch unbedingt etwas für meinen Bruder tun«, stotterte ich völlig unmotiviert. »Wenn dem auf der Straße was passiert wäre ... Ich hätte mir das nie verziehen!«

Kiesling und ich starrten uns einen Moment schweigend an.

»Außerhalb des Protokolls, Frau Kollegin«, sagte er noch einmal zu der Mikau.

Die sah mich etwas irritiert an, und so erklärte ich ihr kurz, was mit Robbie los gewesen war.

»Es ist gut, dass Sie ihn da rausgeholt haben«, sagte Kiesling, und es klang echt verständnisvoll. »Es sind ja nicht die Punks, die gewalttätig sind, sondern ...«

Ich nickte. Da waren wir uns wirklich mal einig.

Kiesling sah auf seine Uhr. »Wie ist es, Frau Kollegin? Ich habe mir ein Bild gemacht.«

Die Mikau nickte. »Ja, wir sind drei Minuten über der Zeit. Sie können Schluss machen.« Und zu mir sagte sie: »Wenn Sie uns dann mal einen Moment alleine lassen würden, damit wir die Note finden können.«

Na, hoffentlich mussten sie nicht zu lange suchen! Plötzlich hatte mich die Nervosität wieder total im Würgegriff.

Schlagartig war mir bewusst, dass ich mich ja in einer Prüfung befand und nicht bei einem Kaffeeklatsch. Ich hatte es zwischenzeitlich tatsächlich fast vergessen.

Meine Herren, ich war ja wirklich klatschnass geschwitzt unter den Achseln. Ich stank bestimmt, als käme ich aus dem Affenkäfig im Zoo.

Während ich aus dem Prüfungszimmer stolperte, dachte ich nur, dass ich mich bestimmt unmöglich benommen und nur Quatsch geredet hatte. Jedenfalls konnte ich mich an nichts Sinnvolles mehr erinnern. Über das Kochen von Eiern hatte ich gesprochen und über Robbie ... Nach einer guten Note sah das nicht grade aus. Von meinem ganzen fetten Wissen war ich jedenfalls nicht mal einen Bruchteil losgeworden.

»Na, wie ist es gelaufen?«, fragte Melli, die treu vor dem Raum auf mich gewartet hatte.

Ich zuckte mit den Schultern. »Frag mich nicht, ich habe keine Ahnung, was ich gelabert habe. Jetzt hab ich einen totalen Blackout. Er hat gesagt, es wäre gut, dass wir Robbie von der Straße geholt haben, wegen der Neonazis!«

Melli starrte mich an, als litte ich an galoppierendem Schwachsinn.

»Aha, hat er ...«, sagte sie und sah dabei reichlich fassungslos aus. »Ist doch egal, welche Note«, sagte sie, um mich aufzumuntern. »Hauptsache, du hast es geschafft.«

Was abzuwarten war.

Als ich wieder hereingerufen wurde, saß Kiesling mit unbewegter Miene hinter seinem Tisch.

Der Mann denkt mit dem Penis, schoss es mir durch den Kopf, das konnte nur heißen, dass ich durchgefallen war. Denn sein Penis dachte von mir bestimmt nicht nett, wo ich ihn doch so in seiner Aktion behindert hatte. Das heißt, eigentlich war es ja Justin gewesen.

Na ja, ließen wir das. Schnee von gestern. Lieber nicht dran denken.

»Bitte nehmen Sie doch Platz, Frau Auwald.«

Ich hockte mich zusammengefaltet auf die Stuhlkante und zitterte innerlich vor mich hin. Apropos Schnee. Hier drin schien die Eiszeit zu herrschen, und das konnte schon mal nichts Gutes bedeuten.

Und richtig – Kiesling nahm mich erst mal komplett auseinander.

Also doch Mist gebaut, dachte ich sofort resignierend und beschloss, mich noch heute im Stadtgraben zu ersäufen und meine wissenschaftliche Laufbahn auf jeden Fall an den Nagel zu hängen. Denn eins war klar: So wie ich mich angestellt hatte, brauchte er gar keinen Finger selbst zu rühren, damit ich durchfiel.

»Sie haben sich am Anfang ja recht schwergetan«, sagte er. »Und hin und wieder ließ Ihre Konzentration etwas zu wünschen übrig ...«

Und am Schluss hatte ich nur über meinen pubertierenden Bruder geschwafelt. Das konnte nur eins bedeuten: Setzen! Sechs!

»... aber insgesamt war es eine schöne, fundierte Leistung mit interessanten Diskussionsansätzen. Vielleicht manchmal etwas sehr praxisbetont, aber dennoch ... Wir haben uns entschlossen, die Prüfung mit 1,3 zu bewerten.«

Fang mich wer auf, dachte ich noch, dann fiel ich in Ohnmacht.

Als ich wieder zu mir kam, war Melli bei mir, und Frau Mikau wedelte mir mit ihrem Schreibblock Frischluft zu. Das Fenster des Prüfungszimmers stand sperrangelweit auf. Kiesling war, Gott sei Dank, nirgends zu sehen. Das hatte mich jetzt aber wirklich umgehauen.

»Stimmt das?«, fragte ich vorsichtig. »Habe ich wirklich eine Eins von Kiesling gekriegt?«

Die Mikau nickte. »Da können Sie sich jetzt wirklich was drauf einbilden. Freigebig ist der mit solchen Noten nicht.«

Hm, dachte ich, vielleicht hatte er doch ein bisschen ein schlechtes Gewissen ... Aber egal! So schlecht war ich offenbar nicht, denn sonst hätte die Mikau da sicher nicht mitgespielt.

Ich rappelte mich also auf, bedankte mich noch mal kurz bei ihr und machte mit Melli die Biege.

Was war ich froh! Das war ja wirklich unfassbar! Wenn jetzt noch die Klausur einigermaßen gut war, hatte ich das Vordiplom echt geschafft.

Melli grinste. »Jetzt wird aber erst mal gefeiert!«

Und weil Neville uns vor der Uni gerade über den Weg lief, erzählte sie ihm natürlich gleich vom Superergebnis der Prüfung und lud ihn, ohne mich zu fragen, am Abend zur Party ein.

Nun ja, ich konnte ihn ja auch schlecht übergehen, denn schließlich hatte er so viel mit mir geübt und war darum maßgeblich an meinem Erfolg beteiligt. Besonders die Frage mit der Meinungsumfrage hätte ich ohne ihn total in den Teich gesetzt.

Er versprach zu kommen, und wir schwangen uns auf die Vespa und bretterten in die WG.

Wie hatte Erich Fried in einem Gedicht geschrieben?

Ich erwarte ja gar nicht viel von meinem Glück.
Es soll sich nur als solches zu erkennen geben ...

Danke, dachte ich, danke Glück! Echt nett, dich kennenzulernen!

Natürlich wollte ich Jean-Paul an meinem Glück teilhaben lassen, und so setzte ich mich in der WG sofort an meinen Laptop und schickte ihm eine E-Mail.

Ich wartete eine Weile, aber er antwortete nicht. Also versuchte ich es noch mal mit einer SMS und schließlich mit einem Anruf.

Nichts! Nur die Mailbox erzählte mir, dass der Teilnehmer vorübergehend nicht erreichbar wäre.

Na super! Wieso schaltete er sein Handy aus, wo er doch genau wusste, dass ich heute meine Prüfung hatte? Und warum rief er nicht mal selber bei mir an?

Ich starrte sein Foto an, das auf meinem Schreibtisch stand, und wie ein böses Gespenst tauchte das Bild von Amy dahinter auf. Ich war mir plötzlich mehr denn je sicher, dass er mich mit ihr betrog.

♡ ♡ ♡

Die Männer, das Leid und die Liebe – Chaos hoch drei!

Meine Freunde hatten tatsächlich eine Überraschungsparty für mich organisiert, und die Stimmung hatte bereits den ersten Höhepunkt erreicht, als Neville noch eintrudelte.

Hm, dachte ich, vielleicht hätten wir ihn doch nicht einladen sollen. Irgendwie schämte ich mich immer noch, dass ich in meiner depressiven Phase mit ihm abgestürzt war. Ich war nur froh, dass ich meinen Freundinnen davon nichts erzählt hatte. Dann wäre seine Anwesenheit ja noch schlimmer zu ertragen.

Aber auch Justin war nicht grade erbaut darüber, dass Neville plötzlich aufkreuzte. Eigentlich ging es ihn ja nun wirklich nichts an, wer zu meinen Feten kam. Auch wenn er mir viel geholfen hatte in letzter Zeit, berechtigte ihn das nicht, sich ständig in mein Privatleben einzumischen. Schließlich hatte Neville mir auch viel geholfen.

Der Typ ist nicht gut für dich und der auch nicht und der schon ganz und gar nicht! Das nervte.

Na, das mach ihm aber mal klar! Nach den vielen heißen Kartoffeln, die er für dich aus dem Ofen geholt hat!

Aber es ist nichts passiert, woraus er schließen könnte, dass er für mich mehr war als mein Mitbewohner, allenfalls ein guter Kumpel.

So dachte ich noch, als Justin Neville auch schon anranzte.

Ich zerrte die beiden schnell auseinander und erklärte Neville: »Äh, also Justin ist ein Freund von Jean-Paul, ein sehr enger Freund. Er glaubt, er wäre es ihm schuldig, mich ein wenig zu beschützen, während Jean-Paul in Amerika ist.«

»Dann ist er also sozusagen dein Wachhund«, meinte Neville. »Klar, wenn ich so eine tolle Freundin hätte, würde ich mir auch einen Kopf darüber machen, ob sie mir treu bleibt ...«

Er hatte das so laut gesagt, dass Justin es hören musste, und da er mich dabei bedeutungsvoll angriente, kriegte ich natürlich sofort ein schlechtes Gewissen und einen roten Kopf noch dazu.

Wie konnte der Typ mich vor meinen Freunden so vorführen? Die mussten ja mit Blindheit geschlagen sein, wenn sie nicht merkten, dass zwischen ihm und mir mehr war als nur die Erinnerung an das gemeinsame Einatmen von Bücherstaub, den wir beim Lernen für das Vordiplom in der Unibibliothek aufgewirbelt hatten.

Ich verdrückte mich daher ganz schnell mit einer fadenscheinigen Entschuldigung in mein Zimmer und versuchte dort, Jean-Paul noch einmal über sein Handy zu erreichen. Leider wieder vergeblich.

Versuchen Sie es später noch einmal, empfahl mir die freundliche Dame von der Mailbox.

Als ich wieder in die Wohndiele kam, klebte Neville mir sofort wieder an den Hacken, und da Melli schließlich dafür verantwortlich war, dass er hier war, beschloss ich, ihn mal eine Weile bei ihr abzustellen.

»Komm mal mit«, sagte ich zu ihm. »Ich glaube, Melli braucht etwas Gesellschaft, und ich muss erst mal meine anderen Gäste begrüßen. Du bleibst ja sicher noch ein bisschen länger.«

Hoffentlich nicht, dachte ich, aber er nickte und meinte: »So lange du willst. Ich habe dir übrigens was Interessantes zu erzählen.«

Ach, wollte er mich nun so ködern?

Ich schluckte die Bemerkung, die mir auf der Zunge lag, ausnahmsweise mal herunter, denn ich wollte schließlich nicht undankbar sein.

So schob ich Neville zu Melli rüber, und da er wusste, dass sie eine aufstrebende junge Künstlerin war, schlug ich ihm vor, doch noch einen zweiten echten Kubinski zu erwerben.

Und Melli ermunterte ich: »Zeig Neville doch noch ein paar andere Arbeiten, Melli, vielleicht die krasskonkreten!«

Sie verschwand daraufhin tatsächlich mit ihm in ihrem Atelier, und ich freute mich, ihn erst mal los zu sein.

Wie undankbar!, nölte mein innerer Coach, aber der war wirklich nicht ernst zu nehmen.

Er glaubte doch nicht, dass ich aus bloßer Dankbarkeit noch mal mit Neville in die Kiste hüpfen würde? Das war ja gegen jede Moral! Außerdem wollte ich Jean-Paul jetzt treu bleiben, und dieser eine Absturz mit Neville zählte doch nun wirklich nicht! Aber dabei musste es auch bleiben.

Wenn du meinst und es schaffst!

Kaum war Neville aus dem Weg, steuerte ich auf Justin zu.

»Also, auch wenn es dich eigentlich nichts angeht,

ich habe nichts mit ihm. Du brauchst dich also nicht den ganzen Abend mit ihm anzulegen. Besser wäre es, du hältst dich ein bisschen von ihm fern.«

»Und du bist sicher, dass er nichts von dir will?«

War ich mir natürlich nicht, aber notfalls würde ich ihn mir schon selber vom Leib halten können. Als Beschützer brauchte ich Justin in diesem Falle wirklich nicht.

Das sah er aber anders. »Meinst du nicht, ich müsste dennoch etwas auf dich achtgeben? Äh, weil Jean-Paul doch nicht da ist ... und der vielleicht denkt ...«

Nein, wie selbstlos! Ich hatte es doch geahnt, dass er mein Kindermädchen spielen wollte – um nicht Nevilles Ausdruck vom Wachhund zu benutzen.

»Der denkt gar nichts«, blockte ich sein hilfsbereites Angebot ab. »Ich habe ihm gesagt, dass ich liiert bin und dass mein Typ in Amerika ist.«

Justin grinste. »Das hättest du ihm aber besser verschwiegen. Der denkt doch bestimmt, dass er jetzt freie Bahn bei dir hat.«

»Aber ich habe doch gesagt, dass ich einen Freund habe!«, sagte ich empört.

»In Amerika! Was kratzt einen Typen mit solch einem verknallten Blick ein Freund in Amerika?«

Ich zeigte Justin einen Vogel. »Du spinnst!«, sagte ich, und bevor ich zu Paula, Elke und Sophya hinüberging, fügte ich noch hinzu: »Nur weil *du* deinen Spargel ständig überdüngst, musst du nicht glauben, dass alle Männer Sklaven ihres Stängels sind.«

Was für ein Blödkopf! Ich hoffte inständig, dass er unrecht hatte und Neville akzeptierte, dass ich einen Freund hatte, und er als anständiger Kerl, für den ich ihn hielt, heute seine Finger von mir lassen würde.

One-Night-Stand hin, One-Night-Stand her!

»Mach dich locker, Mädchen«, sagte Elke, zu der ich inzwischen ein recht entspanntes Verhältnis hatte und die immer gerne zu unseren Feten kam. »Du hast jetzt dein Vordiplom so gut wie in der Tasche, und das ist ein Grund zum Feiern. Lass dich doch nicht immer von Beziehungsproblemen runterziehen!«

Na, die machte mir Spaß.

Neville hatte Mellis Bilder inzwischen offenbar lange genug angesehen, und die beiden palaverten begeistert darüber, als sie in unsere Wohndiele zurückkehrten. Neville langte dann tüchtig bei Speis und Trank zu und schien sich gut zu amüsieren.

Na bitte, er war einfach ein richtig netter Typ: hilfsbereit, unkompliziert und aus gutem Hause. Das war zwar selten, aber hin und wieder gab es das doch noch. Inzwischen war auch Lars aufgetaucht, und die beiden schienen sich gleich gut zu verstehen. Na hoffentlich verplapperte sich Lars nicht. Sicherheitshalber ging ich mal schnell zu ihnen rüber.

Zu spät! Ich hörte grade noch, wie Neville sagte: »Alix ist eine total tolle Frau!«, worauf Lars erwiderte: »In jeder Hinsicht.«

Neville starrte ihn einen Moment irritiert an und fragte dann sehr interessiert: »Ach ja? Kennst du sie denn … äh … näher?« Vermutlich hätte er am liebsten »intimer« gesagt, aber das traute er sich dann doch nicht.

Ich stürzte auf die beiden zu und mischte mich sofort in das Gespräch ein. Das war zwar unhöflich, aber zwingend nötig, wenn ich nicht gleich nackt hier stehen wollte. Also, mal bildlich gesprochen.

»Ja, natürlich kennt er mich näher«, sagte ich mit

zuckersüßem Lächeln. »Er kennt mich sogar sehr gut. Er war Mellis Sponsor, und ich bin Mellis Managerin. Da hatten wir selbstverständlich viel miteinander zu tun.«

Ich warf Lars einen eiskalten Blick zu, der ihm garantiert die Zunge am Gaumen festfrieren ließ. »Eine äußerst erfolgreiche Zusammenarbeit, von der Melli als Künstlerin sehr profitierte. Immerhin haben wir erreicht, dass ein Werk von ihr nun in der Kunsthalle hängt. Solltest du dir wirklich mal ansehen.«

Lars hatte verstanden und nickte zustimmend. »Doch, lohnt sich wirklich. Wo ist Melli denn eigentlich?« Er sah sich suchend um.

Hm, keine Ahnung, wo sie steckte, eben war sie doch noch da ... Vielleicht hatte sie Lars gesehen und wollte ihm nicht unbedingt über den Weg laufen, solange die Sache mit Jacky zwischen ihnen schwelte. Vermutlich hatte sie sich in ihrem Atelier verbarrikadiert.

Lars machte sich auf die Suche nach ihr, und ich stand wieder mit Neville alleine da.

Hallo? Kein Wachhund in der Nähe? Nicht mal mein innerer Coach ließ seine moralinsauren Sprüche ab.

Ich wusste überhaupt nicht, über welches unverfängliche Thema ich mit Neville reden sollte. Und weil er mir immer mit verliebtem Blick hinterherdackelte, kam ich nicht mal dazu, richtig Party zu machen.

Irgendwann drückte er mich in eine Ecke und sagte: »Ich habe übrigens eine gute Nachricht für dich.«

Ja? Wollte er gehen? Nein, natürlich nicht.

»Ich habe bei Kiesling zufällig deine Klausur gesehen.«

Ach, das wunderte mich nun aber. Rein zufällig … Dass ich nicht lachte. Und …? Nun spuck es schon aus: Was habe ich?

»Willst du wissen, was du hast?«

Ich zuckte mit den Schultern. »Weißt du es denn?«

Er sonnte sich in seiner Wichtigkeit. »Klar, aber ich darf es ja eigentlich nicht verraten – Dienstgeheimnis.«

Wenn er jetzt glaubte, ich würde ihn anbetteln, dann hatte er sich getäuscht.

»Dann lass es besser«, sagte ich.

Er sah mich verblüfft an. »Echt? Du willst gar nicht, dass ich es dir sage?«

»Das musst du schon selbst entscheiden.«

Er fasste es nicht. »Und ich soll es dir echt nicht sagen?!«

»Na ja, wenn du unbedingt willst, dann spuck es schon aus.«

Er flüsterte es mir ins Ohr, und ich stieß einen lauten Jubelschrei aus.

»Behalt es aber bloß für dich!«, forderte er etwas ängstlich.

Jetzt hatte er plötzlich mächtig Schiss in der Hose. Aber das war mir nun auch egal. Wie genial! Ich hatte tatsächlich eine Zwei! Und damit hatte ich das Vordiplom super bestanden. Ich atmete erleichtert auf.

Das konnte ich also abhaken. Jetzt hatte ich nur noch ein Problem: Wie wurde ich Neville los?

Gott sei Dank suchte Elke seine Nähe, weil sie ihn wohl für intelligent hielt. So ließ sie sich dazu herab, hin und wieder an seiner Seite ihr alkoholfreies Bier zu schlürfen, was mir eine kleine Verschnaufpause beim »Mich-dankbar-Erweisen« verschaffte. Dabei ertrug Elke es sogar, dass Neville weiterhin sein Loblied auf mich sang, und zwar so übertrieben, dass es mir mehr als peinlich war und ich nur hoffen konnte, dass er nicht auf die Idee kam, es außer Elke noch jemand anderem zu zwitschern.

Es erstaunte mich aber doch, dass Elke so an ihm klebte. Sollte sie sich etwa spontan in ihn verguckt haben? Ich dachte, sie wäre mit Torsten zusammen?

Als ich die beiden alleine in der Küche antraf und Elke danach fragte, lachte sie etwas albern. Und offenbar, um von ihrem eigenen undurchsichtigen Triebleben abzulenken, begann sie, Neville von meinem triebgesteuerten Praktikumsanleiter beim *Tagesanzeiger* zu erzählen, gegen den ich mich nur mit ihrer Hilfe hatte wehren können, so wie sie es schilderte.

Neville hatte die Geschichte wohl als Anspielung auf sich selbst gedeutet, und daher eierte er nun ein wenig herum und bemühte sich, die Männer als solche und besonders sich selbst in ein besseres Licht zu rücken.

»Natürlich«, sagte er sichtlich verlegen, »steckt nicht in jedem Mann ein …«

»… Vergewaltiger?«

Wir fuhren herum und starrten Melli an, die ein scheinheiliges Grinsen im Gesicht hatte.

Neville wurde blass, dann rot und schließlich etwas gefleckt im Gesicht.

Himmel, der dachte doch jetzt bestimmt, dass ich Melli von unserem Quickie erzählt hatte!

»Äh, meine Freundin Melli hat generell eine etwas … äh, ja … krasse Einstellung zu Männern«, versuchte ich ihren Schnitzer hektisch wieder auszubügeln. »Das … äh … hat nichts zu bedeuten, also, persönlich, meine ich … also bezogen auf dich …«

Neville starrte mich nach wie vor fleckig an, und ich zerrte Melli erst mal von ihm weg.

»Wie kannst du mich so kompromittieren?«, schnauzte ich sie mit gedämpfter Stimme an. »Der denkt doch jetzt, dass ich in einer Männerhasser-WG lebe.«

Melli grinste unbeeindruckt weiter: »Tust du doch auch.«

Ich stöhnte resigniert auf. »Das diskutieren wir noch aus, aber nicht jetzt«, sagte ich und ging hinüber zu Justin an seine Cocktailbar.

War mir auch egal, wenn Neville jetzt dachte, dass er unter Bekloppten gelandet war.

Melli war vorhin offensichtlich nicht wegen Lars abgetaucht, denn den schien sie erst jetzt entdeckt zu haben. Sie fauchte mich nämlich empört an: »Wer hat den denn eingeladen?«

Ich zuckte mit den Schultern. »Stört er dich?«

»Das fragst du? Sag mir Bescheid, wenn er wieder weg ist. Ich habe echt keinen Bock, ihm zu begegnen, solange er mit dieser Niedermeyer im Sportwagen herumfährt!« Zornschnaubend verschwand sie in ihrem Atelier.

Lars sah sich immer noch suchend um und kam zu mir rüber. Er hatte von der kleinen Szene in der Küche offenbar nichts mitgekriegt.

»Wo ist Melli bloß?«, fragte er, und es klang direkt etwas frustriert. Offenbar waren die beiden grade unbemerkt aneinander vorbeigegangen. Melli durch den Flur und Lars durch die Diele.

»Ich schaue mal im Atelier«, sagte Lars.

Oh Gott, nein, dachte ich und wurde nun echt nervös. Jetzt bloß keine Szene wegen Jacqueline Niederstrasser!

Als Lars auf die Ateliertür zuging, hastete ich leicht panisch hinterher.

»Äh, Lars«, hielt ich ihn zurück. »Äh ... einen Moment nur ...« Er sah mich verwundert an. »Ich ... ich glaube, es ist keine so gute Idee, jetzt zu Melli zu gehen.«

Der erstaunte Ausdruck in seinem Gesicht vertiefte sich, und seine blauen Augen schauten mich misstrauisch an.

»Ist dieser Boris wieder bei ihr?«, schnappte er.

»Nein, natürlich nicht! Wie kommst du auf eine so blöde Idee?«, entfuhr es mir.

Das war ja wohl abartig, so etwas zu denken. Ach herrje, warum konnte ich solche Gedanken eigentlich nie für mich behalten?

»So abartig finde ich das nach dem letzten Vorfall eigentlich nicht«, sagte er, schien sich aber wieder etwas beruhigt zu haben. »Wenn es nicht Boris ist, mit dem sie im Bett liegt, wer ist es denn dann?«

Es hätte nicht viel gefehlt und ich wäre ihm an die Gurgel gegangen. So sprach niemand von meiner Freundin, schon gar nicht jemand, der sich als ihr Freund und Lover bezeichnete. Tat er doch noch, oder? Ich sah ihn misstrauisch an. Okay, dachte ich, jetzt reicht es, hier musste endlich mal reiner Tisch gemacht werden.

»Komm mit!«, sagte ich. »Ich muss mal mit dir reden. Wegen Melli und wegen ...« – ich überlegte noch, ob ich es wirklich sagen sollte, aber da rutschte es mir auch schon heraus – »... Jacqueline Niederstrasser!«

Er starrte mich einen Moment perplex an und sagte dann völlig irritiert: »Woher weißt denn *du* was von Jacky?«

»Ich weiß es eben«, sagte ich und dirigierte ihn von der Ateliertür weg zu meinem Zimmer. »Setz dich!«, sagte ich, und er ließ sich in meinen Lesesessel fallen.

»Weißt du eigentlich, wie unglücklich Melli ist?«, fragte ich sofort anklagend und taktisch völlig unklug.

»Natürlich weiß ich das«, sagte er erstaunlich ruhig. »Und darum habe ich mich ja auch mit Jacqueline Niederstrasser getroffen. Es passte ganz gut, dass ich sie von einem … äh … ja, also von einer früheren Begegnung kannte. Und als ich die Anzeigen ihrer Immobilienfirma sah … Also, sie schien mir einfach die Richtige zu sein für das, was ich suchte, und ich habe es bei ihr ja auch gefunden …«

Nein, dachte ich erschüttert. Es war also wahr! Er betrog Melli und wollte gerade eben zu ihr gehen, um ihr zu sagen, dass er sie verlassen würde. Wie gemein war denn das?!

Ich konnte es einfach nicht glauben, und so schleuderte ich ihm wütend entgegen: »Was bist du nur für ein Schwein?!«

»Wie bitte?« Immer noch wirkte er irritiert. »Du hast aber bei deiner Prüfung nicht irgendwie Schaden genommen, oder?«

Jetzt wurde er auch noch unverschämt. »Wie kannst du Melli mit so einer betrügen!«, fauchte ich ihn an. »Ihr wart so ein tolles Paar! Wenn nicht mal ihr euch treu seid, wer soll es dann noch schaffen?!«

Und angesichts von Mellis Elend wurde mir auch meine eigene ungewisse Situation mit Jean-Paul wieder bewusst, und ich begann zu heulen. Er hatte mich bestimmt auch längst verlassen.

Lars stand auf und kam zu mir rüber. »He, du weinst doch nicht etwa?«, sagte er plötzlich ganz sanft. »Seid ihr denn hier alle völlig bekifft?«

Ich zog die Nase hoch und sagte: »Wir haben nicht gekifft, aber das sollten wir vielleicht besser tun, damit wir euch Scheißtypen vergessen können.«

Lars schob mich rüber zu meinem Bett und setzte sich dann neben mich.

»Hör mal, Alix, ich weiß nicht, wie ihr auf diese dämliche Idee gekommen seid, aber ich denke überhaupt nicht daran, Melli zu betrügen. Ich liebe sie und habe das doch wohl oft genug zum Ausdruck gebracht.«

»Und was ist dann mit Jacqueline Niederstrasser? Du hast doch eben selbst gesagt, dass du bei ihr endlich das gefunden hast, was du schon lange suchst ...«

Nun brach er in ein ziemlich heftiges Gelächter aus, so dass ich dachte, er würde jetzt durchdrehen. Aber als er sich endlich beruhigt hatte, sagte er mit einem verzweifelten Kopfschütteln: »Alix, ihr spinnt doch alle komplett! Müssen Weiber eigentlich in jeder Frau, die ein bisschen was in der Bluse hat, eine Rivalin sehen? Ich habe nach einer Immobilie gesucht, und Jacky hat sie mir vermittelt. Das ist alles. Kein Geheimnis, keine Affäre, nichts. Ein ganz normales Geschäft. Wäre sie ein Mann, hätte kein Mensch so einen bescheuerten Verdacht gehegt.«

Aber ich hatte doch mit eigenen Augen gesehen, wie er mit ihr geknutscht hatte!

»Du meinst im *Viper*, bei der Geburtstagsparty neulich? Da warst du auch? Warum bist du nicht zu uns gekommen?«

Na, ich konnte mich bremsen.

»Warum hast du Jacky da geküsst?«

Er lachte. »Nicht ich habe sie geküsst, sondern sie mich. Sie hat sich für den Auftrag bedankt, denn wir waren uns grade handelseinig geworden.« Und weil ich etwas skeptisch schaute, fügte er noch hinzu: »Sie ist nun mal eine ... ähm ... alte Freundin von mir ... Aber du weißt doch, ich gehe mit keiner Frau mehr als einmal ins Bett. Außer mit Melli natürlich.«

Hm, das klang ja alles ziemlich überzeugend. So blieb mir also nur, mich zu entschuldigen und ihn zu bitten, ganz schnell zu Melli zu gehen und ihr das Gleiche zu erzählen wie mir.

Das tat er auch, aber er sagte ihr offenbar noch ein bisschen mehr, denn die Freudenschreie, die aus ihrem Atelier drangen, waren nicht zu überhören. Und tatsächlich stürzte sie wenig später mit hochrotem Gesicht und strahlendem Lachen in die Diele und fiel mir um den Hals.

Sie küsste mich links und rechts auf die Wangen, dass mir Hören und Sehen verging, und rief dann in die Schar der Partygäste: »Hey, Leute, hört mal her!« Als Lars zu ihr trat, sagte sie mit feuchten Augen und zittriger Stimme: »Lars und ich haben uns eben verlobt – und ratet mal, was er mir als Verlobungsgeschenk mitgebracht hat?« Sie schwenkte bei diesen Worten ein Papier über ihrem Kopf. »Ihr glaubt es nicht: einen Mietvertrag für eine Galerie!«

Das war dann natürlich das Gesprächsthema des Abends. Lars hatte seinen Laptop dabei und zeigte jedem, der es wissen wollte, wo die Galerie lag und wie die Räume aussahen, und erklärte, wie gut sie geschnitten waren. Ideal, um Mellis kleine und große Werke dort auszustellen.

Wir staunten Bauklötze, und Melli flatterte wie eine bekiffte Kleidermotte im Glückstaumel von einem zum anderen durch die WG, um auch ja jedem persönlich zu sagen, was für ein toller Mann Lars doch war und wie viel Verständnis er für ihre Kunst aufbrachte.

»Stell dir vor, eine ganze Galerie nur für meine Bilder. Jetzt kann ich sie ausstellen, und bestimmt werde ich dadurch auch endlich ordentlich verkaufen. Und dann werde ich berühmt! Melli Kubinski, der neue Stern am Himmel der deutschen Malerei! Hey, Neville!«, rief sie dem grade vorbeigehenden Neville zu. »Da hast du ja eben einen echten Glückskauf gemacht! Wenn ich ’ne eigene Galerie habe und berühmt werde, steigt der Wert deines Bildes sicher total!«

Neville kam lachend zu uns rüber, und ich fand ihn in diesem Moment wirklich sehr attraktiv.

»Toll«, sagte er. »Ganz großartig.« Und während er seinen Arm um mich legte, fügte er hinzu: »Alix bringt mir eben immer Glück.«

Melli flatterte davon, und Neville machte mir schnell seine Glücksrechnung auf: vom Hiwi-Job bei Kiesling über die Bilder von Melli bis zu dem traumhaften Sex mit mir bei seiner Einweihungsparty.

Und ich musste zugeben, dass ich für den Typ tatsächlich die reinste Glücksfee gewesen war.

Egal! Jetzt musste damit aber mal Schluss sein!

»Man soll nicht zu gierig sein«, sagte ich.

Aber er bezog das nur auf den Sex und meinte: »Ach, ein bisschen gierig ist doch im Bett sehr antörnend.«

Das Thema ließen wir jetzt aber wirklich besser fallen.

»Äh, Freundschaft!«, sagte ich, drückte ihm ein Glas in die Hand, das ich im Vorübergehen von Justins Cocktailbar gefischt hatte, und prostete Neville zu.

Wenn Justin nach Mellis Auftritt etwas verstört war, konnte ich ihm das nicht mal übel nehmen.

Zuerst war er bei ihrer Mitteilung über die Verlobung mit Lars kreidebleich geworden, und ich dachte, er würde uns vor die Füße kippen. Aber mittlerweile schien er sich wieder gefangen zu haben. Seine Gesichtsfarbe hatte sich normalisiert, und er gab sich betont locker. Er war halt ein Schauspieler – ein Profi eben. Er lachte, aber ich mochte wetten, dass ihm danach kaum zumute war. Ich war mir sicher, dass Melli ihm etwas bedeutete, und zwar mehr, als es für Außenstehende den Anschein hatte.

Lass das seine Sache sein, ermahnte mich mein innerer Coach. *Finger nicht schon wieder in anderer Leute Beziehungskisten herum! Das gibt nur Stress, und davon hast du selbst schon genug!*

Wo er recht hatte, hatte er recht!

»Cheers!«, prostete Justin mir zu, und weil mir verdammt heiß war, stürzte ich den Cocktail in einem Zug runter.

Jesses! Was war denn das? Meine Kehle brannte, als hätte ich eine Flasche Frosch-Reiniger gesoffen. Bestimmt war ich auch ganz grün im Gesicht.

Ich schnappte mir Justin. »Hast *du* den Cocktail gemixt? Was, zum Teufel, war das? Hast du ein Chemielabor ausgeräumt?«

Er grinste. »Doppelwhopper! Schlägt voll durch, stimmt's?«

Das konnte man wohl sagen. Mich jedenfalls hatte es fast umgehauen. Dennoch fragte ich: »Doppelwhopper? Ist das nicht was zum Essen?«

»Seit heute auch was zum Trinken. Innovationen braucht das Land. Nachdem du nun zur geistigen Elite dieses Landes gehörst, wirst du doch eine solche geistige Kreation zu schätzen wissen. Übrigens sehr hochprozentig. Wie der Name schon sagt: Es ist alles doppelt an diesem Cocktail, besonders der Alkoholgehalt!«

Hm, deswegen war es plötzlich in meinem Magen so schön mollig warm. Da trank ich doch gleich noch mal eine dieser innovativen Schöpfungen.

Der zweite Cocktail ging dann schon viel leichter runter, und als Justin mir mit dem dritten zuprostete, war ich schon ein wenig jenseits von Gut und Böse.

Die Party ging nun irgendwie sehr viel lustiger weiter, und ich wurde zunehmend lockerer.

Paula stand bei Karlos, und irgendwie wirkte es, als würden die beiden sich streiten. Dann kam Melli hinzu, und nach einem kleinen Wortwechsel sah ich Paula in die Diele laufen. Karlos stürzte sein Bier runter und folgte ihr.

Ich hatte fast den Eindruck, dass Paula sauer darüber war, dass Melli ihr mit der Verlobung zuvorgekommen war. Ausgerechnet Melli, die nie im Leben heiraten wollte. Aber eine Galerie als Verlobungsgeschenk – das war schon etwas, bei dem sogar eine freiheitsliebende Künstlerin wie sie schwach werden konnte. Und es war ja auch von Lars absolut lieb und einfühlsam, ihr auf diese Weise nun doch finanziell unter die Arme zu greifen.

»Sie ist einfach zu stolz, um Geld von mir anzunehmen«, hatte er zu mir gesagt, als ich mit ihm anstieß, um zur Verlobung zu gratulieren. »Ich habe doch seit Wochen gesehen, wie deprimiert sie war, und habe mir den Kopf zerbrochen, wie ich ihr helfen könnte. Tja, und dann kam mir die Idee mit der Galerie ...«

Ich fand es wirklich toll, was er getan hatte, und es ärgerte mich, dass Paula nun so egoistisch reagierte. Karlos würde sie sicherlich auch bald fragen, ob sie ihn heiraten wollte. Für ihn mit seinem bürgerlichen Hintergrund war das doch sogar viel normaler als für Lars.

Ich musste ihr wohl mal den Kopf etwas geraderücken, nicht dass sie jetzt Karlos die Pistole auf die Brust setzte und ihn dadurch nur nervös machte!

Allerdings stellte ich wenig später auf der Toilette fest, dass ich selber auch ein bisschen Geraderücken gebrauchen konnte. Irgendwie hing zumindest mein Kopf ein wenig schief auf meinem Hals, und als ich in den Spiegel im Bad schaute, musste ich feststellen, dass es noch einen weiteren Grund gab, warum Justins innovativer Cocktail Doppelwhopper hieß: Man sah nämlich – zumindest nach dem dritten Glas – alles doppelt.

Es war schon ziemlich spät ...

Elke, Sophya, Sean und viele andere Gäste waren bereits gegangen. Paula und Karlos blieben verschwunden, und Melli und Lars waren ohnehin schon seit geraumer Zeit – wohin auch immer – abgetaucht. Ich war so froh, dass sich die Sache mit Jacqueline Niederstrasser auf so positive Weise gelöst hatte. Wer hätte gedacht, dass Lars von dieser Zicke nur eine Galerie für Melli anmieten würde? Eine wirklich traumhafte Idee!

Bestimmt würde sie dort in Zukunft viele Bilder verkaufen und musste nicht mehr jeden Cent dreimal umdrehen. Fast beneidete ich sie ein bisschen um Lars, denn schließlich wusste ich ja aus eigener Erfahrung, dass er auch im Bett ein As war! Jedenfalls mit Juso-Kondom!

Was soll der Futterneid!, mahnte mein innerer Coach. *Du hast doch deinen Jean-Paul!*

Ich seufzte. Hatte ich den wirklich noch? Oder lag er gerade jetzt in den Armen dieser schrecklich verführerischen Amy?

Justin hatte sich den Hund geschnappt, um ihn noch mal schnell an den nächsten Laternenpfahl pinkeln zu lassen.

Nur Neville hockte noch an der improvisierten Bar in der Wohndiele und machte nicht die geringsten Anstalten, sich zu verabschieden. Als höflicher Mensch warf ich natürlich keinen Gast raus, aber so allmählich konnte er mal den Abflug machen. Mein Gott, er nervte!

»Ich ... äh ... gehe dann jetzt mal schlafen«, sagte ich mit schwerer Zunge.

Ich hatte für meine Verhältnisse ziemlich viel getrunken und wie immer natürlich kaum was gegessen. Normalerweise steckte ich das ganz gut weg, denn durch die *Nightlife*-Arbeit war ich ziemlich abgehärtet, was Cocktails anging. Die nahm ich schon ganz gerne mal mit, wenn sie für lau waren. Aber Justins Teufelswhopper hatte selbst bei mir ganz schön reingehauen.

Offenbar nicht nur bei mir, denn als Neville von seinem Barhocker rutschte, wirkte er nicht eben sehr standfest.

»Das ist eine gute Idee«, sagte er und bemühte sich um eine korrekte Aussprache. »Ich bringe dich ins Bettchen.«

»Äh, das schaffe ich schon selber«, wehrte ich ab. »Soll ich … äh … ein Taxi für dich rufen?«

War ich bescheuert? Der Knabe wohnte doch nur ein Haus weiter!

»Gleich.« Er schüttelte den Kopf. »Mache ich gleich selber.«

Okay, wenn er meinte.

Er bot mir den Arm. »Gnädiges Fräulein, darf ich es wagen, Arm und Geleit euch anzutragen? Wo, sagtest du, ist dein Zimmer?«

Gar nichts sagte ich. Scheiße, was machte ich denn nun? Warum verpisste der sich nicht endlich? Da konnte man ja wirklich aggro werden. Na gut, wenn er nicht gehen wollte, dann ging eben ich.

Ich ignorierte seinen dargebotenen Arm und wandelte mit unsicheren Schritten den Flur entlang, um unauffällig in meinem Zimmer zu verschwinden. Tür auf, rein, Schlüssel umdrehen und fertig! Sollte er doch auf dem Sofa schlafen, wenn er wollte. Was kratzte es mich?

Aber er folgte mir. Ich weiß nicht, wie er es gemacht hatte, aber plötzlich stand er vor mir, direkt vor meiner Zimmertür.

»Ich … äh … ich dachte, du bist mir gefolgt?«

Er nickte und grinste.

»Aber wieso kannst du dann … äh … schon vor mir hier sein?«, fragte ich verwirrt.

Er kicherte albern.

»Ich bin dir eben sehr schnell gefolgt!«

Hahaha! Ich überlegte noch, aus welchem Film ich diesen dämlichen Scherz kannte, als er blitzartig meine Tür öffnete und mich ins Zimmer zog. Er drängte mich auf mein Bett und fing tatsächlich an, mir an die Wäsche zu gehen.

So ein Mistkerl, durchzuckte es mich, und ich war im ersten Moment wie gelähmt.

»Oh, Alix«, sagte er total hektisch, »ich ... ich bin so scharf auf dich, seit du damals mit mir ... Sag, dass du es auch willst!«

Einen Moment lang hielt er inne, als er offenbar wenigstens unterbewusst mein Widerstreben registrierte.

»Es war doch schön gewesen. Es war doch auch für dich schön gewesen, oder?« Er zog den Träger meines Tops herunter.

Ich schob meinen Träger wieder rauf und sagte mit schwerer Zunge, aber meiner Ansicht nach durchaus klar verständlich: »Das ist jetzt keine gute Idee, Neville! Du bist ein netter Kerl, aber ich habe einen Freund, und dem bin ich treu!«

»Aber neulich ... Wieso hast du neulich mit mir geschlafen?«, fragte er verwirrt, und ich fühlte, wie sein Teil, das ihm mächtig geschwollen war, etwas abschlaffte.

»Neville, einmal ist keinmal! Es war ein One-Night-Stand. Es war cool, aber das war auch alles. Mehr als einmal schlafe ich nur mit einem Mann, den ich liebe! Und dich, verzeih mir die Ehrlichkeit, dich liebe ich nun mal nicht! Du bist einfach zu spät gekommen, weil ich ... weil ich eben schon einen anderen liebe!«

Und das ist Jean-Paul, dachte ich und war fest entschlossen, Neville aus meinem Bett zu schmeißen.

Ich versuchte ihn also erst einmal sanft abzuwehren, aber er drückte mich wieder aufs Bett, zerrte erneut am Träger meines Tops herum und begann, meinen Hals und mein Dekolleté abzuknutschen.

Ich geriet in Panik und merkte zudem, wie mir langsam der Alkohol in die Birne stieg. Zumindest fiel mir das Denken immer schwerer, vom Sprechen gar nicht zu reden!

»Du hast da was völlig falsch verstanden«, stammelte ich hilflos. »Ich ... ich dachte, das wäre inzwischen ... äh ... klar zwischen uns, dass ich einen Freund habe.«

Neville ließ einen Moment von mir ab und starrte mir direkt ins Gesicht. Sein Atem war ganz schön heiß und alkoholisiert. Wenn man ein Streichholz dran gehalten hätte, hätte er sicher gebrannt. Ein Feuer spuckender Neville ...

So amüsant war das trotzdem nicht, denn er hatte das Reden und offenbar auch das Denken eingestellt und fummelte weiter an mir herum. Da er genauso hinüber war wie ich, agierte er nicht grade zielstrebig.

Eine wirkliche Gefahr ging also von ihm nicht aus, dennoch wollte ich ihn ganz gerne von mir runter und aus meinem Zimmer haben. Das war nicht so einfach, denn er klammerte sich an mich und fing dann plötzlich an zu schnarchen.

So ein Schlafsack!

Zu dumm, dass mein Denkvermögen durch Justins dämliche Cocktailkreation total blockiert war. Also versuchte ich mit roher Gewalt, Neville von mir runterzuschubsen. Aber das war gar nicht so einfach, denn er schien plötzlich Tonnen zu wiegen, und so konnte ich mich einfach nicht aus seiner Umklammerung befreien.

Grundgütiger, das war alles viel zu kompliziert für meinen zugedröhnten Kopf. Warum schlief ich nicht auch einfach ein?

Aber Neville war mir einfach nur zuwider. Er hatte in meinem Bett nichts verloren! Er ekelte mich an. Ich fand ihn echt nur noch scheiße. Männer, die sich besoffen auf eine Frau warfen und dann auch noch schnarchend auf ihr liegen blieben, sollte man kastrieren!

Aber, aber! Wer wird denn so aggro werden!, versuchte mein innerer Coach mich von einer Straftat abzuhalten.

Okay, dann was anderes.

Ich blätterte in Gedanken das Lehrbuch *Selbstverteidigung für Frauen – in bunten Bildern leicht gemacht* durch und erinnerte mich an Lektion 13 a):

Sollte ein Vergewaltiger auf Ihnen zu liegen kommen, bleibt als wirksame Abwehrmöglichkeit der Kniestoß in seine Genitalien. Dazu ziehen Sie ein Bein so weit es geht an den Körper und rammen dann das Knie in einer blitzartigen Bewegung in sein Geschlechtsteil. Achten Sie aber darauf, dass der Stoß sofort beim ersten Mal die maximale Kraft entfaltet und rollen Sie sich so schnell Sie können unter dem Angreifer weg.

Hm, nein danke. Das klang etwas aufwendig, und in meinem jetzigen Zustand war ich eher nicht in der Lage, blitzartig zu agieren. Ich versuchte es lieber noch mal mit Überzeugungs- statt mit Körperkraft.

Ich packte mit beiden Händen Nevilles Schultern, schüttelte ihn und schrie ihm dabei ins Gesicht: »Neville, hey, Neville, wach auf, du Sack!«

Nichts, keine Reaktion.

Gut, versuchte ich also noch mal, ihn von mir runterzuschieben. Es wollte mir aber einfach nicht gelingen.

Dann jedoch gab es einen Lichtblick, denn Neville öffnete seine Augen, und ich beschwor ihn: »Bitte, Neville, steh auf und geh nach Hause! Die Party ist jetzt echt vorbei, und ich ... ich habe dir doch gesagt, dass ich ... einen Freund ... habe! Er ... er heißt Jean-Paul, und ... auch wenn er in Amerika ist ... ich bin ihm treu!«

Neville begann zu kichern!

»Treue ist nur ein Wort«, lallte er, »nur ein Wort.«

Hatte ich eigentlich schon mal erwähnt, dass das Leben einer Banane gleicht? Hatte ich? Na gut, im Moment jedenfalls war es mal wieder ganz schön krumm. Und was das Schicksal angeht, das ist ja auch nicht immer bei klarem Verstand.

Kaum hatte ich nämlich Jean-Pauls Namen ausgesprochen, öffnete sich nach einem leisen Klopfen die Tür, und wie durch magische Kraft heraufbeschworen, stand er plötzlich in meinem Zimmer.

Wirklich – wie aus dem Boden gestampft, lebendig und leibhaftig. Jean-Paul, der doch eigentlich irgendwo in den unwirtlichen Gegenden von Montana verschollen war!

Erst dachte ich, ich würde wegen dem Stress und Justins Alkoholbombe durchdrehen. Halluzination, Fata Morgana, Delirium, Paranoia, manisch-depressives Irresein – alles kam als Erklärung in Frage. Nur der Gedanke, dass Jean-Paul tatsächlich mitten in der Nacht mit einem Flieger aus den USA gelandet sein sollte, erschien mir widersinnig, völlig unrealistisch, um nicht zu sagen abartig.

»Hallo, Alix, Liebste! Ich bin wieder ...«

Sein freudiger Ausruf blieb ihm im Halse stecken, was ich ihm angesichts des Anblicks, den Neville und ich auf meinem Bett boten, nicht mal verdenken konnte.

Merde!

»Jean-Paul!«, schrie ich jedoch sofort in einem Gemisch aus Freude und Panik auf, um dann sogleich nachzuschieben: »Äh ... wo ... wo ... kommst du denn her? Äh ... jetzt ... mitten in der Nacht? Dich ... äh ... hätte ich ja gar nicht erwartet ... also ... im Moment jedenfalls nicht.«

Oh, mein Gott, was laberte ich denn da?

Neville merkte, dass sich was verändert hatte im Raum, und rappelte sich auf.

»Das sehe ich«, sagte Jean-Paul und klang tief gekränkt. »Dann will ich mal nicht länger stören.« Er machte Anstalten zu gehen.

»Äh, bleib doch!«, sagte ich und sprang reichlich unelegant vom Bett. »Es ... es ist nicht so, wie es scheint ... Lass dir doch erklären ...«

Er dachte nicht dran. Die Tür war zu, bevor meine Worte seine Ohren überhaupt erreichen konnten.

»Das tut mir jetzt leid«, sagte Neville geknickt. »Ich konnte ja wirklich nicht ahnen ... Sagtest du nicht, er wäre in Montana verschollen ...?«

Ja, hatte ich gesagt, und das war er ja kürzlich auch noch gewesen. Jedenfalls hatte ich das gedacht, weil er sich nicht mehr gemeldet hatte. Ich hatte sogar befürchtet, dass ihm irgendetwas Schreckliches zugestoßen wäre, in der Grabungsgrube verschüttet oder vielleicht sogar mit Amy durchgebrannt.

Stattdessen saß er im Flieger, hatte sein Handy abgeschaltet und war nur deswegen nach meiner Prüfung nicht zu erreichen gewesen …

Wenn dieser Überfall jetzt eine Überraschung sein sollte, dann war sie ihm gründlich geglückt! Shit!

Ich schaute Neville wütend an, der ja nun auch nichts für Jean-Pauls überraschende Rückkehr konnte.

»Du hast mein Leben zerstört!«, schnaubte ich.

Oh Gott, was musste Jean-Paul jetzt nur von mir denken? Was immer es war, er würde mich garantiert nie wieder anschauen, nachdem er gesehen hatte, wie ich unter Neville auf meinem Bett lag.

»*Raus!*«, brüllte ich Neville an, und es war mir so was von Spucke, ob er bei seiner überstürzten Flucht von Putzi in den Hintern gebissen wurde. Denn der lag knurrend im Flur und bewachte den Ausgang wie Zerberus das Höllentor. Ein Wunder, dass er Jean-Paul vorbeigelassen hatte. Aber vielleicht war er da ja noch mit Justin Gassi. Jetzt jedenfalls klang er ganz schön bedrohlich.

Beiß ihn, dachte ich, beiß ihm die Eier ab! Der Typ hatte mein Leben zerstört und es nicht besser verdient!

Ohne ihn hätte ich brav alleine in meinem Bett gelegen, und Jean-Paul hätte sich ganz leise in mein Zimmer geschlichen, sich zu mir gelegt, sich an mich gekuschelt, mich gestreichelt, geküsst …

Ich kriege 'ne Krise, dachte ich, und alles nur, weil

der Typ so notgeil war! Dabei wusste er doch, dass ich Jean-Paul liebte und ihn nie, nie, nie betrügen würde … Äh, ja, im Prinzip!

Nun komm mal wieder runter, sagte mein innerer Coach. *Es ist doch gar nichts gelaufen mit Neville. Der war doch viel zu betrunken, um überhaupt einen hochzukriegen …*

Echt?! Ja, genau, stimmte ja, es war ja wirklich gar nichts passiert, und selbst wenn etwas hätte passieren können … Es zählte doch nur das, was wirklich geschehen war. Nichts! Das musste Jean-Paul doch auch einsehen. Der Schein trog eben manchmal!

Im Flur war Ruhe eingekehrt, nachdem ich einmal kurz die Tür schlagen gehört hatte. Dann war Neville also weg. Wenigstens das Problem war ich los.

Mir war plötzlich ganz schwindelig, und ich musste mich aufs Bett setzen. Der Raum um mich herum begann zu schwanken, und vor meinen Augen flirrten bunte Kreise und grelle Lichter. Ich war wie benommen. Natürlich, der Alkohol und die Aufregung, der Schock mit Jean-Paul …

Ich schloss die Augen, riss sie aber gleich wieder auf, weil das Schwanken noch viel schlimmer wurde. Ich war mir plötzlich gar nicht mehr sicher, dass Jean-Paul wirklich da gewesen war. Vielleicht hatte ich mir das im Alkoholdelirium nur eingebildet, weil ich ihn mir herbeigewünscht hatte als Beistand gegen die Versuchung. Konnte doch sein. Das hörte sich eigentlich nach einer plausiblen Erklärung an. Plausibler jedenfalls, als zu glauben, er würde mitten in der Nacht einfach in mein Zimmer spazieren. Ich hatte schon immer eine lebhafte Fantasie gehabt.

Vielleicht hatte ich mir wirklich alles nur eingebildet. Hoffnung keimte in mir auf. Wenn Jean-Paul nicht real gewesen war, dann war es Nevilles peinliche Attacke vielleicht auch nicht …

Es war ja allgemein bekannt, dass die Gehirnzellen unter Alkoholeinfluss gelegentlich mal ein paar Aussetzer hatten.

Andererseits wirkte Jean-Paul und besonders seine Reaktion ziemlich lebensecht und Neville, wie er sich bedeppert schlich, auch … Aber wenn alles Wirklichkeit gewesen wäre, dann hätte sich Jean-Paul doch sicherlich auf Neville gestürzt und hätte ihn zusammengeschlagen. Das wäre er meiner und seiner Ehre einfach schuldig gewesen … Stattdessen stand er wie eine beleidigte Leberwurst anklagend in der Tür, sah zu, kapierte rein gar nichts und beschwerte sich auch noch!

Nee, das konnte nicht mein Jean-Paul gewesen sein. Andererseits war das auch wiederum typisch Mann – also realistisch. Merde!

Ich dachte vor und zurück und wieder vor und hatte das Gefühl, dass sich nicht nur meine Gedanken im Kreis drehten, sondern das ganze Universum ins Trudeln geraten war, zuallererst natürlich mein Zimmer, dann die WG, das Haus, die Stadt …

In meinen Ohren begannen Sirenen zu heulen … Ich musste hier raus! Ich musste nachsehen, ob draußen in diesem Moment wirklich die Welt unterging und ob Jean-Paul tatsächlich aus den USA zurück war.

Ich stand schwankend auf. Immer noch hatte ich das Gefühl, dass der Raum um mich kreiste und ständig blitzende Sterne und wilde Farbwirbel hervorbrachte.

Du bist betrunken, sagte mein innerer Coach und ermahnte mich, lieber ins Bett zu gehen. *Du kannst nicht mal mehr klar denken! Du versaust es garantiert noch mehr.*

Er nun wieder! Aber diesmal hörte ich nicht auf ihn – was ich ja ohnehin eher selten tat. Ich musste zu Jean-Pauls Wohnung gehen und mich selber überzeugen.

Ich wankte in den Flur, ein finsterer Schlauch mit einem kreisenden Licht am Ende, das mich aufzusaugen schien.

Alles war so leer! Wenigstens lag der Hund in seinem Korb und blinzelte mich an. Ein realer Fixpunkt in dieser verwirrenden Welt zwischen Sein und Schein.

»Schlaf weiter!«, zischte ich ihn an. »Geht dich gar nichts an, was ich mache! Neville hättest du verputzen können. Jetzt ist es zu spät. An mir ist nichts dran.«

Ich drückte so leise wie möglich die Tür auf, um niemanden zu wecken, und schlich ins Treppenhaus. Vielleicht hätte ich das Licht anmachen sollen, aber ... okay ... als mir das einfiel, war ich schon auf dem Treppenabsatz, wo die Treppe einen Knick machte und von wo ich Jean-Paul bei meinem Einzug in die Arme geschliddert war.

Damals war so viel Porzellan zerschlagen worden – eine ganze Umzugskiste voll! Ob das jetzt die nachträglichen Auswirkungen waren? Aber Scherben sollten doch eigentlich Glück bringen.

Mein Herz raste ganz unnatürlich, mein Atem ging flatternd, meine Beine zitterten, und ein Tränenschleier nahm mir das letzte bisschen Sicht. Ich hätte stehen bleiben oder mich auf eine Stufe setzen sollen, einen Moment nur, um mir wenigstens die Tränen wegzuwischen. Ich hätte kurz durchatmen sollen, um vielleicht nur einen Augenblick über mein Tun nachzudenken.

Aber es trieb mich einfach vorwärts, die Treppe hinunter zu Jean-Paul …

Die Stufen waren alt und ausgetreten, mein Gang unsicher und der Sturz unausweichlich. Ich kam nicht mal dazu zu schreien, als mein Fuß abrutschte und ich die Treppe hinuntersegelte. Nun halt mich doch wer!

Ich registrierte nur noch, dass irgendetwas meinen Fall abrupt abbremste. Mein benebelter Blick blieb an Jean-Pauls Fußmatte hängen.

Gut, dachte ich noch, dann sterbe ich jetzt hier auf seiner Schwelle. Sekunden später schwanden mir die Sinne.

♡ ♡ ♡

»Fräulein Alix? Fräulein Alix! So wachen Sie doch auf! Das geht aber nicht, dass Sie hier im Treppenhaus schlafen … und wie Sie riechen … Sie haben doch nicht etwa hier Ihren Rausch ausgeschlafen … Die Hausordnung!«

Oh, mein Gott, das war doch die Stimme von Frau Waschkowski, die da durch eine dicke Wattewolke gedämpft zu mir drang.

»Hat der Herr Jean-Paul Sie rausgeworfen? Das geht aber nicht … Allerdings, so voll, wie Sie sind – wie eine Strandhaubitze, hat mein Ernst immer gesagt, voll wie eine Strandhaubitze. Wenn Sie wissen, was das ist …«

Nee, wusste ich nicht, wollte ich auch nicht wissen. Eigentlich wollte ich nur meine Ruhe und weiterschlafen ... Das war mir jedoch nicht vergönnt.

Frau Waschkowski entfaltete mal wieder ihren unseligen Aktionismus. Erst mal klingelte sie Sturm. Den Sound kannte ich doch. Die ... die klingelte doch jetzt nicht echt bei Jean-Paul? Das fehlte mir noch ... Ich richtete meinen Oberkörper auf.

Ach herrje, wo war ich überhaupt? Ein Stöhnen entrang sich unwillkürlich meiner Kehle. Oh verdammt, mir tat ja jeder Knochen einzeln weh, und mein Schädel schien jeden Augenblick auseinanderplatzen zu wollen.

»Ni ... ni ... nich ...«, stammelte ich. »Nicht bei Jean-Paul läuten!« Auf keinen Fall!

In was für einem Zustand ich auch immer war, es konnte keiner sein, in dem ich Jean-Paul unter die Augen treten durfte, wenn er mir in Zukunft noch einen Hauch von Achtung entgegenbringen sollte. Und wenigstens seine Achtung wollte ich mir erhalten, wenn er mir denn schon seine Liebe entzog.

Eine fette Träne kullerte über meine Wange, als mir die schreckliche Szene der vergangenen Nacht wieder einfiel: Neville auf mir und Jean-Paul völlig verstört von diesem Anblick an meiner Tür.

Wie sollte er mich denn da noch lieben können? Falls er mich je geliebt hatte. Gut, das war jetzt keine Frage, die im Moment unbedingt beantwortet werden musste. Viel dringlicher war zu klären, wie ich in diesem desolaten Zustand auf Jean-Pauls Schwelle geraten war. Liebes Lieschen, brummte mir der Schädel. Das konnte doch nicht alleine auf Justins Cocktailinnovation zurückzuführen sein.

War ich hinter Jean-Paul hergelaufen und hatte er mich tatsächlich rausgeworfen, wie Frau Waschkowski vermutete?

Wie gemein war denn das! Das konnte doch nur bedeuten, dass zwischen uns alles aus war. Rien ne va plus! Nix ging mehr. Ich schloss die Augen, ließ mich wieder auf seine Fußmatte sinken und stellte das Denken ab.

Das Nächste, woran ich mich erinnerte, war, dass ein völlig aufgelöster Jean-Paul im Pyjama neben mir auf dem Treppenabsatz hockte und meinen Kopf in einer irgendwie unbequemen Stellung in seinen Händen hielt.

Gott, wollte er mir jetzt auch noch den Kopf abreißen?

Nee, offenbar nicht, denn ich hörte – immer noch etwas verschwommen –, wie er sagte: »Wir brauchen einen Notarzt. Sie ist verletzt! Sie muss in der Nacht die Treppe heruntergefallen sein. Warum habe ich denn nur nichts gehört? Sie hätte tot sein können! Nun machen Sie doch etwas, Frau Waschkowski! Gehen Sie in meine Wohnung und rufen Sie einen Arzt an!«

Er war direkt ein wenig hysterisch. Na, da machte ich mal besser die Augen gar nicht erst auf. So eine Hektik tat mir jetzt bestimmt nicht gut.

Als ich erneut erwachte und diesmal die Augen gleich aufschlug, lag ich in Jean-Pauls Schlafzimmer auf seinem großen Doppelbett, und Jean-Paul beantwortete gerade die Frage des Arztes, in welcher Beziehung er denn zu mir stehen würde.

»Sie ist meine Freundin.«

»Kam es zu einer Auseinandersetzung? Haben Sie sie geschlagen?«

Ich fuhr abrupt hoch. »Jean-Paul doch nicht! Er würde niemals eine Frau schlagen!«, ploppte es mir leicht krächzend heraus.

»Aha«, sagte der Arzt und machte eine Notiz. »Und wer hat Sie dann so zugerichtet? Die Abschürfungen im Gesicht, die Rippenprellungen, das sieht mir alles sehr nach einer tätlichen Auseinandersetzung aus.«

»Da ... da ... das täuscht«, stammelte ich. »Ich ... ich bin, also es war dunkel ... im Treppenhaus ...«

»Und Sie waren nicht mehr ganz nüchtern ...«

»Ja ... genau«, gab ich gezwungenermaßen zu. Aber um Jean-Paul vom Verdacht der Misshandlung zu befreien, musste ich ja wohl die für mich peinliche Wahrheit sagen. »Ja also, es war dunkel, und ich war nicht mehr ganz nüchtern ...«

»Das sagten Sie schon.«

Herrgott ja! Konnte der mich denn jetzt mal wenigstens in Ruhe meine Gedanken sammeln lassen? Das war weiß Gott nicht einfach mit einem derartigen Brummschädel, wie ich ihn hatte.

»Na, dann sammeln Sie mal«, sagte der Arzt mit ironischem Lächeln. Daraus schloss ich, dass ich mal wieder laut gedacht hatte.

»Um's kurz zu machen«, sagte ich schließlich, »ich wollte noch zu meinem Freund, und da muss ich wohl die Treppe heruntergefallen sein. Frau Waschkowski hat mich heute Morgen dann gefunden.«

»Das kann ich bezeugen«, sagte Frau Waschkowski, und das war das erste Mal, so lange ich sie kannte, dass sie etwas wirklich Wesentliches gesagt hatte.

»Okay«, meinte der Arzt, »dann nehme ich das

jetzt mal so hin. Aber…« – er wandte sich an Jean-Paul – »… sorgen Sie dafür, dass Ihre Freundin in nächster Zeit nicht noch mal die Treppe runterfällt. Dann muss ich nämlich eine Anzeige machen.«

Er füllte ein Formular aus und ließ es uns unterschreiben.

»Bettruhe«, sagte er dann. »Mindestens eine Woche.« Er blickte Jean-Paul scharf und immer noch mit einem gewissen Misstrauen an.

Meine Güte, fand er denn sonst nur prügelnde Ehemänner und Lover vor?

»Nun«, sagte er und klang jetzt etwas weniger verkniffen. »Sie glauben gar nicht, wie viele Frauen Opfer von häuslicher Gewalt werden. Schön, wenn es bei Ihnen wirklich nur ein Unfall war.«

Na, so schön fand ich das nun auch nicht, war aber froh, dass er allmählich von seiner abstrusen Idee abließ, dass Jean-Paul mich verprügelt hätte. Jedenfalls sprach er nun sachlich und in normalem Tonfall mit Jean-Paul.

»Ich schreibe ihr noch etwas gegen die Schmerzen auf. Sie holen es ihr am besten bald aus der Apotheke. Kein Alkohol in nächster Zeit. Sie sollte im Übrigen mehr essen, sie ist sehr mager. Hat sie eine Essstörung?«

Wie bitte?

Er packte sein Zeug zusammen und verabschiedete sich. »Am Montag soll sich Ihre Freundin bei ihrem Hausarzt vorstellen, ich informiere ihn.«

Dann war er weg.

»Ich hole dann mal eben die Tabletten«, sagte Jean-Paul, aber ich stoppte ihn.

»Nein, Jean-Paul! Bleib! Bitte, bleib!«

Er kam zögernd zum Bett.

»Bitte, setz dich doch.«

Er hockte sich auf die Bettkante.

Meine Güte, war der fertig. Er sah ja erbarmungswürdig aus. Hängende Schultern, eingefallene Wangen, Schatten unter den Augen. Das war doch nicht mein Jean-Paul. Was hatte ich ihm nur angetan!

»Wir müssen jetzt nicht reden«, sagte er bemüht ruhig. »Komm erst mal wieder auf die Beine. Willst du was essen? Soll ich Brötchen mitbringen?«

Nein! Wollte mich denn jeder mästen? Dieser Doktor hatte doch einen Schaden. Hat sie vielleicht eine Essstörung?! Tz! Das Einzige, was ich hatte, war ein Nervenzusammenbruch, weil mich ständig irgendwelche blöden Typen angruben!

»Ich will nichts essen«, sagte ich also etwas schroff. »Ich will reden, und zwar jetzt.«

»Na gut.« Er sah mich fragend an. »Und worüber willst du reden?«

»Zum Beispiel über Neville ...«

»Neville ... Heißt der Typ Neville?« Er wich aus. »Muss das jetzt sein?«

Herrgott, ja!

Also begann ich mit Kiesling, seinen Nachstellungen und dem Stress, den mir das zusätzlich zum Lernen für das Vordiplom gemacht hatte. Ich erzählte von Robbie und erklärte ihm, dass Justin mir die ganze Zeit über total viel geholfen hatte

»Ich musste Justin sogar bitten, meinen Freund zu spielen, damit Kiesling glaubte, du wärst aus Amerika zurück, und endlich mit seiner Anmache aufhörte.« Ich seufzte. »Und Robbies Hund hat er auch in Pflege genommen, sonst wäre Robbie nie wieder zurück zu meinen Eltern gegangen und würde heute noch zwischen Mülltonnen im Gerberviertel herumhängen.«

Ich stockte und wischte mir mit dem Ärmel den Rotz aus dem Gesicht.

»Trotz all dem Stress habe ich noch mein Vordiplom gemacht, und sogar mit einer Zwei plus, und das habe ich eben Neville zu verdanken. Aber deswegen gehe ich doch nicht mit dem ins Bett, aber er … er hat das gedacht, und darum …«

Ich richtete mich auf und starrte Jean-Paul an, als sei er grade eben vom Himmel gefallen.

»Wo warst du überhaupt? Wieso hast du mich tagelang ohne Nachricht gelassen? Als ich dich anrufen wollte, ging das nicht, und ich habe es doch immer und immer wieder versucht. Und weil du dich schon die ganze letzte Zeit kaum gemeldet hast, da dachte ich …«

Ich brach ab, weil mein Coach mahnend sagte: *Keine Beichten und keine Beschuldigungen!*

Womit er zweifellos seine Lebensklugheit bewies.

Also erzählte ich, dass meine Freunde mir eine Überraschungsparty organisiert hatten und dass ich wegen dem ganzen Stress etwas mehr als üblich getrunken hatte.

»Neville auch, weil wir irgendwelche neuen Cocktails ausprobiert haben, die Justin erfunden hat, und die … die haben irgendwie voll durchgeschlagen.«

Ich schaute Jean-Paul tief in seine wunderbaren blauen Augen.

»Er hätte mich sonst nie angefasst … ehrlich … und es ist auch gar nichts passiert …« Jedenfalls an dem Partyabend nicht, dachte ich und hatte doch ein schlechtes Gewissen, weil ich so krasse Halbwahrheiten von mir gab.

Ich zog Jean-Paul zu mir runter und kuschelte mich an ihn.

»Glaubst du mir?«

Er druckste ein wenig herum.

»Misstraust du mir denn so?«

Er schüttelte den Kopf.

»Nein, es ist nur ... Ich muss dir etwas beichten ...«

Also doch! Ich hatte es doch geahnt! Dieses blonde, fettbusige Gift!

Sie war es tatsächlich. Er gestand mir, dass er am Tag nach dem Sensationsfund der neuen Saurierspezies mit ihr abgestürzt war.

»Ich war völlig betrunken, und sie war so scharf auf mich ... und du hast mir so gefehlt! Ich hätte den Fund so gerne mit dir gefeiert! Wirklich, Alix, ich habe die ganze Zeit dabei nur an dich gedacht.«

Mir rollten die Tränen unaufhaltsam über die Wangen, und Jean-Paul versuchte sie wegzuküssen, kam aber gegen diese Flut nicht an.

»Liebes, sei doch nicht so traurig!«, stammelte er total geknickt.

»Bin ich ja gar nicht«, schniefte ich schließlich. »Ich ... ich bin froh ...«

Er verstand gar nichts. Wie sollte er auch.

»Ich bin froh, weil ich jetzt keine Schuldgefühle mehr haben muss, weil ich ... Also mir ging es genauso. Einmal, ein einziges Mal, nach einer Party ... Ich war so alleine und so hungrig, ich meine sexuell ... Es ... es war wirklich nur Sport ... Leibesertüchtigung ... so wie Parcourslaufen. Ich habe ihn kein bisschen geliebt!«

Wir lagen sehr lange schweigend aneinandergekuschelt in Jean-Pauls Bett. Schließlich hielt ich es nicht mehr aus.

»Und nun?«, fragte ich nervös.

»Nichts. Und ... wir sind quitt, denke ich. Eine echte Liebe hält das aus.«

»Liebe?«, fragte ich verblüfft.

Hatte er wirklich Liebe gesagt? Das überrumpelte mich aber jetzt ein bisschen.

»Natürlich Liebe! Was guckst du denn so erstaunt?«

»Weil ... wir haben da ja eigentlich noch nie drüber gesprochen ... nur über Granaten, die du entschärfen musst.«

»Aber wir haben es doch getan! Wir haben uns jeden Tag geliebt, mindestens einmal ...«

»Du hast es nie gesagt ...«

»Was?«

»Na, das ... dass du mich liebst.«

Es war raus, und wenn er jetzt schreiend in die Berge rannte, dann musste er es eben tun.

»Aber Alix! Das ist doch wohl selbstverständlich!«

»Nichts ist zwischen zwei Menschen selbstverständlich.«

Das sah man ja an diesem ganzen Schlamassel, in dem wir heute Morgen aufgewacht waren.

Jean-Paul wirkte nun wirklich ziemlich verwirrt. Er war immer noch übernächtigt, und der Jetlag malte schwarze Augenringe in sein Gesicht.

»Aber Herrgott! Was ist das denn für ein Unsinn? Ich liebe dich doch! Ich habe noch nie in meinem Leben einen Menschen so sehr geliebt wie dich, Alix!«

Mir verschlug es die Sprache, und er schüttelte den

Kopf, als zweifele er an meinem und seinem Verstand gleichzeitig.

»Ich liebe dich, du chaotisches Wesen, du hochexplosive Granate, du kleine Selbstmörderin, du unterernährtes Knochengerippe!«

Ach, du Schreck! Zärtlicher ging es ja wohl nicht! Aber diese ungebremsten Emotionen! Meine Güte, der Typ zeigte ja echte Gefühle!

Jean-Paul sah mich mit seinen wunderbar blauen Augen tiefgründig an, und es klang total schüchtern, als er wie ein Schuljunge fragte: »Und du? Liebst du mich denn eigentlich auch?«

Nun breitete sich aber ein Grinsen in meinem Gesicht aus, und ich sagte aus vollem Herzen: »Aber klar doch!«

P.S.: Ach, übrigens – nach unserem wegen der geprellten Rippen zugegebenermaßen etwas schmerzhaften Versöhnungsmatch überreichte Jean-Paul mir mit feierlicher Miene ein Schriftstück. Wenn ich je an ihm gezweifelt hatte, danach tat ich es jedenfalls nicht mehr.

Es war nämlich die Kopie einer Eintragungsurkunde ins Artenverzeichnis für eine neue Spezies, und die hieß *Sauropolus Alixis magnus*.

Wer war schon Amy? Niemand, den die Welt sich merken musste!

Und so geht's weiter!
Leseprobe aus dem nächsten Roman
mit Alix, Paula und Melli.
Diesmal aus der Sicht von Paula.

Bianka Minte-König / Gwyneth Minte
Liebe? Für immer!

Ab Oktober 2008 im Buchhandel erhältlich.

♡ ♡ ♡

So haben wir nicht gewettet!

Ich glaubte es nicht! Hatte Melli tatsächlich grade ihre Verlobung bekannt gegeben? Ausgerechnet Melli, die sich niemals im Leben an einen Typ binden wollte? Sie, die freie, die unabhängige Künstlerin mit den großen Rosinen im Kopf, was ihre Weltkarriere anging?

Erst traute ich ja meinen Ohren nicht, aber als sie dann auch noch Lars an sich zog und ihn vor allen Partygästen abknutschte, musste ich wohl akzeptieren, dass die Sache besiegelt war.

Ich schielte zu Karlos rüber. Eigentlich wäre er doch dran gewesen. Seit Wochen wartete ich auf die erlösende Frage, aber sie kam und kam nicht. Nur meine Freundinnen Alix und Melli setzten voraus, dass er mich heiraten würde. Er selber jedoch hatte darüber so direkt noch nie mit mir gesprochen.

Aber eigentlich hatte ich selbst auch angenommen, dass ich die Erste sein würde, die von uns drei Freundinnen ihren Typ vor den Traualtar schleppte oder von ihm geschleppt wurde, und nun sah es so aus, als würde Melli mir tatsächlich zuvorkommen.

Nein, bei aller Freundschaft, aber das konnte ich mir nicht bieten lassen.

»Paula, reg dich ab!«, meinte Alix zwar. »Eine Verlobung ist noch keine Hochzeit, und wie ich Melli kenne, wird das auch so schnell keine. Eher eine Art

Dauerverlobung. Du kannst sie also locker noch überholen. Ich wette, bei dir bimmeln die Hochzeitsglocken zuerst.«

Nun ja, das war ihre Meinung. Aber darauf konnte ich mich nicht verlassen. Denn so schlaff, wie Karlos die Neuigkeit hingenommen hatte, sah es nicht danach aus, als wollte er sich in der Sache wirklich bewegen. Dabei war doch eigentlich alles perfekt.

Er hatte das richtige Alter, ich hatte das richtige Alter. Er hatte ein gutes Gehalt, ich hatte ebenfalls mein Auskommen im Job. Wir – und das war nicht zu unterschätzen bei einer Heirat – liebten uns und hatten ähnliche Träume und Wünsche im Leben. Selbst ein kleiner Karlos wäre doch drin.

Warum also machte er mir keinen Heiratsantrag? Thomas, mein Exfreund vor Karlos, der war nicht so. Der hatte auf den Knien vor mir gelegen und mich geradezu angefleht, ihn zu ehelichen.

Ich ging zu Karlos rüber, der sich grade von Justin, unserem einzigen männlichen WG-Mitbewohner, einen seiner merkwürdig kreativen Cocktails mixen ließ. Ich setzte mein strahlendstes Lächeln auf, trat neben ihn und fragte: »Ist das nicht zauberhaft, Karlos, dass Melli sich verlobt hat? Was hältst du davon, wenn wir eine Doppelhochzeit feiern würden?«

»Wieso? Will Alix auch heiraten?«

Der wollte mich doch veräppeln, oder? So blöd konnte er doch wohl nicht sein.

Also nächster Versuch.

Ich kicherte albern, so als hätte er einen tollen Scherz gemacht, und sagte mit etwas aufgesetzter Fröhlichkeit: »Sehr spaßig! Ich dachte eher an uns, an dich und mich.«

Er kippte seinen Cocktail in einem Zug die Kehle runter, was wohl nicht so wirklich bekömmlich war, denn er sah ein wenig verätzt aus, versuchte aber, sich nichts anmerken zu lassen, und sagte gequält locker: »Geht hier ein Virus um? Scheint ja das reinste Hochzeitsfieber zu herrschen.«

Damit war die Sache für ihn scheinbar gegessen, und er wandte sich wieder Justin zu, den er erst mal fragte, was er denn für ein Teufelszeug in den Cocktail getan hätte.

Unverschämtheit! So ließ ich mich nicht abspeisen. Ich tippte ihm auf die Schulter, und als er sich umdrehte, sagte ich: »Hast du Angst vor Ansteckung? Ich nicht. Ich dachte, wir wären uns in der Hinsicht einig.«

Er grinste gequält. »Paula, Süße, das sind wir doch auch.«

»Und worauf warten wir dann noch?«

»Auf die Zustimmung meiner Mutter.«

Es war Melli, die mich auffing, damit der Schock mich nicht zu Boden warf.

Er hatte doch eben nicht wirklich gesagt, dass er für einen Heiratsantrag die Genehmigung seiner Mama einholen müsste?

»Doch, hat er, Paula, hat er.«

Melli schleppte mich ins Bad und legte mir einen nassen Waschlappen auf die Stirn.

»Aber das ist doch totaler Blödsinn! Was habe ich mit seiner Mutter zu schaffen?«

Sie war doch nichts anderes als eine aufgeblasene, neureiche Schnepfe mit völlig überzogenem Standesdünkel!

»Noch hast du nichts mit ihr zu tun, aber über eins

musst du dir im Klaren sein: Wenn du Karlos heiratest, wird sie deine Schwiegermutter!«

»Stimmt«, sagte ich zu Melli. »Und weil sie das auf keinen Fall werden will, wird Karlos mir nie einen Heiratsantrag machen.«

Ich schluckte und konnte die Tränen nicht mehr zurückhalten. Ich lief in die Diele, zog meinen Mantel über und warf noch einen letzten Blick auf das muntere Partytreiben in unserer WG.

»Wo willst du hin, Paula?«, fragte Melli verwirrt.

»Ich … ich gehe ins Wasser! Grüß Karlos von mir!«

Als ich die Wohnungstür schloss, rannte ich genau in Frau Waschkowski hinein, die wohl wieder mal gelauscht hatte. Jedenfalls sagte sie: »Das ist keine gute Idee, Fräulein Paula, kommen Sie lieber erst mal auf einen Weinbrand mit zu mir.« Sie zerrte mich trotz Widerrede in ihre Wohnküche, brachte eine Flasche Mariacron und zwei Wassergläser und goss mir großzügig ein.

»Auf das Leben, Fräulein Paula«, sagte sie. »Und nu' erzählen Se mal. Worum geht et denn? Weswegen wollen Se ins Wasser gehen?«

Ich schaute sie eine Weile schweigend an und trank zwei Gläser Mariacron. Dann kam mir die ganze Situation so absurd vor, dass ich einen regelrechten Lachkrampf bekam.

»Es geht um meine Schwiegermutter«, sagte ich schließlich kichernd. »Meine zukünftige Schwiegermutter. Sie hasst mich, weil ich eine Friseurin bin und nicht aus einer Akademikerfamilie stamme. Ich bin nicht gut genug für ihren feinen Herrn Sohn!«

Frau Waschkowski nickte mit dem Kopf und sagte: »Dann gehen Se wohl doch besser ins Wasser.«

Bianka Minte-König

Beste junge Frauenunterhaltung um die großen Themen Freundschaft und Liebe. Romantisch und mit viel Humor erzählt. Gute Laune garantiert!

978-3-453-58022-0

978-3-453-58023-7

978-3-453-58024-4

HEYNE